수박밭 에서 만나다

수박밭에서 만나다

초판 1쇄 찍은 날 § 2006년 2월 21일
초판 1쇄 펴낸 날 § 2006년 2월 28일

지은이 § 정경하
펴낸이 § 서경석

편집장 § 문혜영
편집책임 § 이종민
편집 § 한지윤

펴낸곳 § 도서출판 청어람
등록번호 § 제1081-1-89호
등록일자 § 1999. 5. 31
어람번호 § 제5-0082호

주소 § 경기도 부천시 원미구 심곡1동 350-1 남성B/D 3F (우) 420-011
전화 § 032-656-4452 팩스 § 032-656-4453
http://www.chungeoram.com
E-mail § eoram99@chollian.net

ⓒ 정경하, 2006

ISBN 89-5831-981-X 03810

수박밭에서 만나다

정경하 지음

도서출판 청어람

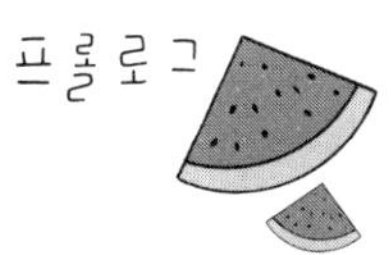

식탁 위에는 선뜻 손이 갈 만한 무엇이 없었다. 깻잎과 상추, 이름 모를 푸성귀가 몇 장씩 올려진 유리 쟁반, 더운 김에 찐 조기, 풋내 나는 열무 김치와 마늘 조림까지 여덟 살 난 아이가 만만하게 먹을 만한 반찬은 없었다. 아이가 누워 이리저리 뒹굴어도 떨어지지 않을 넓은 식탁 위는 아이의 존재를 철저히 무시하고 있었다. 그렇지 않아도 무덤 같은 저택의 분위기에 잔뜩 위축된 아이는 익숙하지 않은 젓가락을 손에 쥐기는 했지만 어디로 손을 뻗어야 할지 알 수 없었다.

눈물이 날 것 같은 아이는 엄마가 보고 싶었다. 새파란 아이 새도를 바르고 앉아 친절하게 김을 싸주던 엄마가 너무 보고 싶었다.

마음이 너무 간절하였나 보다. 어린 입술에서 저도 모르게 스며 나온 한숨에 박 회장이 발끈했다.

탕!

박 회장은 들고 있던 은수저를 소리나게 내려놓으며 아이를 노려보았다.

"이놈, 밥상 앞에서 뭐 하는 게냐! 한숨이라니! 먹을 것 귀한 줄 모르는 놈은 밥 먹일 필요가 없네. 청주댁! 이놈 제 방으로 올려 보내소."

"네? 네, 회장님."

갑자기 이름이 불린 청주댁은 그저 어린 도련님이 불쌍해 눈치를 살폈지만 어쩔 수 없었다. 사장님과 사모님은 아이를 도와줄 마음이 없어 보였다. 그들은 고상하고 차가운 얼굴로 밥을 먹을 뿐이었다.

청주댁은 아이의 어깨를 살며시 잡았다.

"얼른 데려가지 않고 뭘 하는가!"

우악스럽게 아이를 잡아채 가지 않는 청주댁이 박 회장의 화증에 불을 붙였다.

"꼴도 보기 싫소. 얼른 저놈 데려가소."

"네. 네."

청주댁은 기어이 눈물을 보이고 만 아이의 어깨를 끌다시피 해서 데리고 나갔다. 훌쩍거리는 소리가 멀어지자 식탁 위엔 정적이 내려앉았다. 잔뜩 언짢은 얼굴을 한 박 회장이 그의 오른쪽에 앉아 식탁을 뚫어져라 바라보는 아들에게 말했다.

"쯧. 천한 피는 어쩔 수 없네. 박 사장, 알겠는가? 천한 피는 결국 그 값을 하는 게야."

"……네, 아버님. 너무 노여워하지 마시고 진지 드십시오."

나이 지긋한 어른이 되었지만, 결코 박 회장 앞에서 그 당당한 존재를 인정받지 못한 박정우 사장은 고개를 조아렸다. 못마땅한 기색이 역력한 박 회장에게 그때까지 도도하게 앉아 아무 말 없던 유정화가 냅킨으로 가볍게 입가를 두드리며 말했다.

"아버님, 저 먼저 일어나겠습니다. 복지회에서 주관하는 바자회가 며칠 남지 않아서 신경 쓸 일이 많습니다. 그리고 태원인 편식하는 습관이 있나 봐요. 며칠 밥을 먹이지 않으면 고쳐질 거예요. 태원이는 제가 알아서 해도 되겠습니까?"

"그래? 그럼 그래라."

먼저 자리에서 일어나는 것과 아이의 식습관을 바꾸는 것을 흔쾌한 허락을 받은 정화가 식당을 나갔다. 그 모습을 보던 박정우의 얼굴이 살짝 일그러졌다.

"흑."

엄마가 울면 안 된다고 했지만, 마음이 아팠다. 태원은 잔뜩 젖은 얼굴을 베개에 대었다.

"엄마, 엄마……."

불러도 불러도 지겹지 않은 이름이지만, 아무리 불러도 대답 없는 이름.

"엄마, 엄마…… 태원이 무서워. 얼른 데려가 줘. 열 밤만 자면 온다고 그랬잖아. 흑……. 엄마, 나 버리고 도망간 거지? 그렇지? 엄마 미워, 미워……."

보드라운 뺨을 타고 뜨거운 눈물이 흘러내렸다. 불조차 켜지 못한 커다란 방, 키를 훌쩍 넘는 커다란 침대 위에 오도카니 등을 말고 누운 태원은 울음소리가 박 회장의 귀에 들어갈까 입을 꼭꼭 틀어막았다.

사실은 알고 있었다, 열 밤만 자면 데리러 온다는 엄마의 말이 거짓이라는 것을.

엄마는 거짓말을 할 때 항상 이마를 만졌다. 저택의 차가운 철제 대문 잎에서 그와 시선을 마주하며 약속을 할 때도 엄마는 이마를 연신 어루만졌다. 그래도 감히 엄마의 치맛자락을 잡을 수 없었다. 그의 얼굴을 안타깝게 바라보는 눈이 너무 슬펐다. 버려지는 두려움보다 버리고 가는 엄마가 너무 불쌍해 태원은 고개만 끄떡였다.

"알았어, 나 열 밤만 자면 데리러 올 거잖아. 얼른 가, 엄마. 돈 많이 벌어서 나 탕수육 사줘야 해."

태원이 내민 새끼손가락을 떨리는 손으로 마주 잡은 엄마는 그 길로 돌아서 갔다. 다시는 데리러 오지 않을 엄마와 약속하던 기억이 왈칵 서러움을 더해왔다.

"엄마……."

Rrrrrr. Rrrrrr.

순간 정적을 깨는 요란한 기계음에 태원은 놀라 벌떡 일어났다. 주위를 둘러보자 커튼이 쳐지지 않은 창가에서 환한 햇살이 눈부시게 그를 반겼다.

"아, 젠장."

태원은 나지막이 욕설을 중얼거리며 머리를 거칠게 쓸어 넘겼다. 부질없는 꿈. 다시 현실로 돌아와 서른 살이 된 그는 그대로 누워버렸다. 한 손을 들어 얼굴을 가리자 적당히 그을린 가슴이 팽팽해졌다.

Rrrrrr. Rrrrrr.

그를 잠에서 깨도록 만든 벨소리는 끈질기게 그의 관심을 요구했다. 그는 짜증 어린 손으로 수화기를 들었다.

"네."

막 잠에서 깨어 잔뜩 잠긴 목소리는 퉁명스러웠다. 하지만 상대방의 목소리는 그런 그는 아랑곳없이 해맑았다.

[태원 씨, 나예요. 소라.]

이름을 듣는 순간 태원의 눈썹이 살짝 휘어졌다. 정신을 차리고 시계를 보니 오전 일곱 시. 밤늦게 열리는 사교 행사에 참석

을 하느라 여념이 없는 선한 그룹 영양이 전화를 하기엔 터무니
없이 이른 시간이었다.

"무슨 일이지?"

창가의 햇살처럼 달콤한 소라의 목소리에도 태원은 퉁명스러
웠다. 딱히 소라가 아니더라도, 지금 그는 누구에게도 친절하고
싶은 기분이 아니었다. 이십이 년 전 그날의 꿈을 꾼 날은 항상
그랬다.

[아이, 태원 씨, 얼른 일어나서 로비로 나와봐요. 내가 샌드위
치랑 모닝커피 준비해서 왔단 말이에요.]

소라의 말에 태원은 잠시 수화기를 귀에서 떼어내 멍하게 바
라보았다. 이십삼 년을 곱게 크기만 해서 주방이 어떻게 생겼는
지도 모를 정소라가 샌드위치와 모닝커피를 준비했다?

분명 놀랄 일이지만 태원은 냉정했다.

"싫어. 그냥 가라. 어제 야근을 해서 피곤해."

[태…….]

소라의 목소리가 들렸지만 태원은 전화를 끊었다. 그리고 벌
떡 일어나 전화 코드까지 뺀 뒤 창가로 걸어갔다.

오층 높이에서 내려다보이는 거리는 초록빛에 물들어 활기에
넘쳐 보였다. 하지만 그는 아직 회색 빛 안개 속에서 헤어나오
지 못했다.

엄마를 보냈고, 형을 보낸 여름. 그래서 그는 여름을 싫어했
다.

하지만 올해도 어김없이 온몸이 저릿하게 아파 숨을 쉴 수도 없도록 그를 힘들게 하는 여름이 시작했다.

창턱에 손을 얹은 태원은 지친 한숨을 쉬었다.

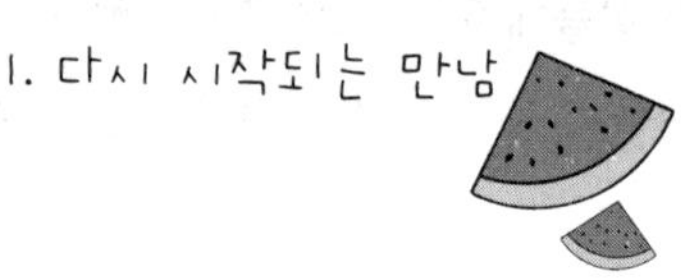

슬금.

수안은 눈치를 보며 살짝 팔을 내렸다. 벌써 몇 분째인지 모르겠지만 아주 죽을 맛이었디. 지릿한 쌀이 오뉴월 태양볕의 아이스크림처럼 흐늘거렸다.

탁!

그때 머리 위로 살짝 얹은 팔을 알아차린 엄마의 슬리퍼가 날아들었다.

"아얏! 엄마, 뭐야! 너무하잖아!"

한 치의 어긋남도 없는 일격에 수안은 바락 소리쳤다.

"다 큰 딸내미 손 들고 벌서게 하고, 거기다 슬리퍼까지 던지고! 엄마 계모지?"

꼬투리를 잡아 바락바락 대들며 수안은 은근슬쩍 팔을 내리고 자리에서 일어났다. 식탁에 앉은 아버지가 눈을 찡긋거리며 맞은편을 가리키자 더욱 의기양양해졌다.

"나 학교 지각해. 얼른 밥 줘."

"설수안, 누가 손 내리라고 했어? 당장 돌아가지 못해?"

하지만 엄마는 생각이 다른 모양이었다. 펄펄 끓는 된장국을 퍼 담던 국자를 확 치켜 들며 주방과 마주한 거실의 벽시계를 가리켰다.

"당장 벽시계 밑에 꿇어앉지 못해! 너 오늘 아주 날 잡을 생각이야?"

두 눈이 하늘을 향해 치켜 올라간 엄마의 호통에 그녀와 시선을 마주하던 아버지가 얼른 시선을 피하자 수안은 울상을 지었다.

"엄마……."

"시끄러."

작전을 바꿔 콧소리 섞은 사정을 해보았지만 엄마는 에누리가 없었다.

"설수안, 너 안 되겠네."

한계에 다다른 듯 낮게 깔린 목소리, 이럴 때의 엄마는 매우 위험했다. 수안은 할 수 없이 벽시계 밑에 무릎을 꿇고 앉아 두 손을 번쩍 들어야 했다.

"치, 이게 뭐야? 다 그런 거지. 술 먹고 그럴 수도 있는 거지. 엄마 정말 너무해. 열세 살 때도 안 받던 벌을 스물세 살이 돼서 받아야 해? 칫."

정말 스물세 살이란 나이가 무색하게 무릎을 꿇고 벌서는 자신이 너무 처량했다. 게다가 구수한 된장국 냄새에 간밤에 죽어라 마신 술에 시달린 위까지 꾸룩거리자 왈칵 눈물이 날 것 같았다.

이 화창한 여름 아침, 정말 서러워서 혀라도 깨물어 버릴까 보다.

그때 방문이 열리며 그녀를 이렇게 서럽고 초라한 존재로 만들어 버린 원흉이 부스스한 모습을 드러냈다. 채 잠이 덜 깬 얼굴로 눈가를 문지르며 나오던 원수가 손들고 꿇어앉은 그녀를 보더니 눈꼬리가 화악 올라갔다.

"설수안! 너!"

"내가 뭐!"

분한 마음에 수안은 앙칼지게 소리쳤다. 젠장, 잘못한 건 정녕 저 원수인데. 분하고 억울했다. 그러자 원수는 그녀 앞에 허리를 굽히더니 머리를 톡톡 건드렸다.

"쪼그만 게 어디서 오라버니한테 소리를 질러? 국보급 얼굴에 남긴 멍 자국도 용서받지 못할 일인데, 너 정말 혼날래?"

"그러게 누가 나 따라오래?"

엄마가 국자를 들고 뛰어나오든 원수가 머리를 콩콩 쥐어박든 이제는 이판사판이다. 수안은 억울하고 분해서 악악거렸다.

"술 마시면 실수도 하고 그런 거지, 내가 일부러 그랬냐? 엉? 그리고 내일 화보 촬영한다는 사람이 잠이나 자지 왜 돌아다녀?"

"너 그래도 큰소리냐?"

"정말 치한인 줄 알고 쳤다니까!"

어젯밤.

대학 4학년. 그냥 보내기에는 이 얼마나 축복받고 아까운 시절인가 말이다! 수안은 친구들과 음주가무를 열심히 즐기고 거나한 걸음으로 돌아오던 중, 으슥한 달빛을 통해 인기척을 느꼈다. 술독에 살짝 들어갔다 나온 그녀였지만, 여자의 본능으로 뒤에서 따라오는 자가 남자라는 것을 알아차렸다. 갑자기 등골이 서늘해졌다. 주홍빛 가로등 아래를 조금 더 지나야 집에 도착하는데, 빳빳하게 굳어 걸음을 재촉하는 그녀와는 다르게 괴한의 발자국은 한가롭기 그지없었다.

수안은 종종걸음으로 앞서 나갔다. 부리나케 걸음을 재촉하자 뒤에서 따라오는 발자국도 점점 빨라졌다. 두어 걸음 걷다 멈춰 서면 따라 멈춰 서는 변태 자식. 불끈 오기가 생겨나기 시작했다. 어두운 밤길을 여자 혼자 걷지 못하는 이 현실이 못내 수안의 분노를 자극했다. 수안은 뒤에서 변태 자식이 다가오길 기다렸다.

저벅저벅.

천천히 다가온 괴한의 숨소리가 바로 등 뒤에서 들리는 것을 느끼자 그녀는 벼락같이 뒤돌아서 강펀치를 날렸다.

"억!"

그 강력한 힘에 변태 자식이 얼굴을 감싸며 주저앉자 수안은 회심의 미소를 지었다. 다이어트를 하느라 복싱을 배운 보람을 여기서 느끼게 되는군.

꽤나 아팠던 듯 변태는 신음을 연발하며 주저앉아 있었다. 수안은 날름 혀를 내민 뒤 부리나케 뒤돌아서 뛰었다.

"야! 설수안!"

그때 변태가 그녀의 이름을 불렀다. 엥? 미친 듯이 뛰어가던 수안은 난데없이 불리는 이름에 우뚝 멈춰 섰다. 그러자 변태가 천천히 몸을 일으켰다. 마치 지하 깊은 곳에 잠들었던 괴수가 부활이라도 하듯 용트림하는 저 남자는, 어랏!

"작은오빠?"

설수혁의 동생이자 설수안의 작은오빠인 설수민이 왜 저기에 있는 거야? 그녀의 어질어질한 머릿속에서 이해가 되질 않았다.

"너, 너! 나 내일 촬영 있는데 얼굴을 때려? 설수안, 미쳤냐? 너 배우 얼굴을 겁도 없이 때린 거야?"

그녀의 곁으로 다가온 수민은 길길이 날뛰었다.

"오빠였니?"

술 냄새를 솔솔 풍기는 그녀의 말에 수민은 더욱 씩씩거렸다.

"넌 네 오라버니 발자국 소리도 몰라? 너 또 술 마셨지? 설수안, 너 진짜 엄마한테 죽고 싶어?”

적막한 밤, 골목이 떠나가라 고래고래 소리를 지른 수민이 도망가려는 수안의 목덜미를 답싹 낚아챘다.

젠장!

수안은 그 길로 잡혀 눈두덩이가 새파랗게 멍든 작은오라비의 얼굴을 본 엄마의 기겁 어린 비명을 배경 음악 삼아 등짝을 두드려 맞아야 했다.

그것도 모자라 아침밥도 먹지 못하고 벌을 서야 했다.

올해 스물여덟 살인 설수민은 잘나가는 배우였다. 그저 잘생기기만 한 얼굴이 아닌, 천의 얼굴을 가진 배우란 평을 듣는 설수민이 집에서는 이렇게 못된 오라비인 줄 사람들은 아무도 모를 것이다.

“수민아, 이 얼굴로 어떻게 촬영을 하니. 응?”

엄마는 연신 달걀로 눈가를 문지르는 수민을 애석해했다. 아내의 관심이 온통 아들에게 향한 것을 알아챈 아버지가 슬금 수안의 곁으로 다가왔다.

“아빠!”

북받치는 설움에 수안이 아빠의 옷깃을 잡고 울먹이자 아버지가 얼른 눈짓을 했다.

“이놈아, 그래 어쩌자고 그랬냐? 자, 밥은 이거 가지고 사먹고 얼른 가라. 오늘 네 어미 보건대 너 학교도 안 보낼 태세다.”

한석은 금지옥엽 막내딸의 손에 빳빳한 수표 한 장을 들려주며 현관으로 내보냈다.

거의 도망 나오다시피 집을 빠져나온 수안은 대문 앞에서 혀를 날름 내밀었다.

"흥! 설수민, 메롱이다!"

큰오빠와는 너무 다르게 그녀를 못살게 구는 설수민은 오빠로서의 자질이 부족했다.

"큰오빠 반만 닮지, 어휴, 우리 설수민은 다리 밑에서 주워왔을 거야. 아님 병원에서 아기가 바뀌었든지."

투덜투덜 수민을 탓하며 지하철역으로 간 수안은 저린 팔을 툭툭 두드렸다. 오늘 대련 수업이 있는데, 팔 힘을 못 써 지기만 해봐라. 설수민, 가만 안 둬.

요란한 소리를 내며 전철이 도착하자 줄 서 있던 사람들이 모두 올라탔다. 맨 뒤에 섰던 수안이 올라타자 전철은 이내 출발했다.

수안은 지금 사범대 체육학과에 재학 중이었다. 슬슬 임용고시 준비도 해야 하는데 생각만 해도 어지러웠다.

그녀는 손잡이를 잡고 멍하니 섰다. 그냥 가은 선배가 하는 태권도장에 취직해 버릴까? 공부는 영 적성에 안 맞는데……

미래에 대한 생각을 하는 동안 수안의 이마에 심각한 주름이 생겼다.

전철이 덜컹거리자 사람들의 몸이 갸우뚱거렸다. 수안의 뒤에 섰던 사람 역시 방심을 했던 듯 그녀에게로 왈칵 몸을 붙여 왔다.

힐끗 돌아보니 남자였다. 그러자 검은 테 안경을 점잖게 쓴 사십대 남자가 땀을 흘리며 그녀를 내려보고 있었다. 왠지 능글 맞은 시선에 수안은 고개를 돌려 버렸다. 아무리 만원이라 하지만 너무 바짝 달라붙어 있는 남자가 수상쩍었다. 하지만 의심이 간다고 모두 행하면 어제와 같은 꼴이 되는 것이다. 수안은 바짝 붙은 남자에게서 몸을 떼어냈다.

가은 선배의 태권도장이 아니라면 영정 선배의 헬스 센터? 거기 트레이닝 강사 구한다고 했던 것 같은데…… 말해볼까? 거기도 아니면 재즈댄스 실력을 살려 작은 댄스 학원을 하나 차릴까? 돈이야 뭐 너무 많아서 주체 못하는 작은오빠를 구워삶으면 되고…….

생각이 거기까지 미칠 찰나, 뒤에서 물컹한 느낌이 강력하게 전달되었다.

"앗!"

화들짝 놀라 엉덩이를 움찔거리며 돌아보자 좀 전의 남자의 두 눈이 휑하게 풀어져 있었다. 수안이 잔뜩 인상을 찌푸리며 노려보자 남자는 더욱 세게 몸을 부딪쳤다.

뭐야? 이 남자 지금 나 성추행하는 거야? 그런 거지?

소름 끼치게 징그러운 남자의 물건은 둘째 치고, 수안은 불쾌해서 견딜 수가 없었다. 아침 만원 지하철에 종종 이런 일이 있다고는 하지만, 자신이 피해를 당하리라고는 상상도 못했었다. 하지만 그런 그녀의 기분과는 상관없이 남자는 능글맞고 태연했다.

"아가씨, 뭘 그렇게 봐? 지금 나 유혹해?"

짐짓 웃음기 어린 남자의 목소리에 주위에 섰던 사람들이 돌아보았다. 대학 4학년이라 해도 청바지에 반팔 면 티 차림의 앳된 얼굴인 그녀를 손가락질했다.

"하여튼 요즘 애들은……."

적반하장도 유분수지, 이 남자 지금 뭐 하는 거니?

"이봐, 아가씨. 나는 원조교제 같은 거 안 하거든?"

남자의 목소리에 사람들의 수군거림이 높아졌다. 어이가 없고 당황스러워 얼굴이 화끈거렸지만 여기서 물러나면 설수안이 아니었다. 변태 자식인 줄 알고 재산 목록 1호인 작은오라비 얼굴도 화끈하게 때려줬는데, 당신 각오해라.

수안은 지하철 칸이 찌렁써렁 울리도록 소리쳤다.

"그래요? 근데 어쩌죠? 나 눈이 꽤 높거든요? 아무리 남자가 궁해도 아무 여자나 마구 더듬는 배불뚝이 변태 자식은 관심없다고요!"

그러자 지하철 안은 정적에 휩싸였다.

"이 변태야! 할 짓이 없어서 아침부터 여자를 더듬니? 그런데 뭐? 원조교제? 내가 미쳤니, 변태하고 원조교제를 하게?"

"어어, 이 여자가?"

남의 일이기에 좋은 구경났다는 듯 온갖 사람들의 시선이 집중되고, 그녀의 반격을 예상하지 못했던 듯 남자가 말을 버벅거렸다.

"맹랑하게 누구한테 반말이야? 내가 누굴 성추행했다고 이래? 너 명예훼손으로 고발할 거다!"

"그래? 그럼 난 당신 성추행범으로 고소한다!"

"이년이 어디서 사람을 성추행범으로 몰아?"

남자는 자신의 결백을 주장하듯 넥타이를 확 풀고 덤볐다.

"하! 그럼 그 물컹한 게 당신 물건 아니었니?"

"이게!"

수안의 말에 남자의 얼굴이 시뻘겋게 달아올랐다. 남자가 손을 확 들어올리자 그제야 사태의 심각성을 눈치챈 승객들이 남자를 잡았다.

"뭐야? 원조교제? 살다가 별소리를 다 듣네! 이봐요, 아저씨. 콩밥 좀 먹어봐요."

덩치 좋은 남학생 두 명이 남자를 도망가지 못하게 붙잡아주자 수안은 핸드폰을 꺼냈다.

태원은 차가운 얼굴로 회장실 앞에 섰다. 감정이 실리지 않은 손짓으로 노크를 하자 안에서 늙은 박 회장의 목소리가 들려왔다.

"부른 지가 언제인데 이제 오는 게냐? 쯧쯧. 무릇 사업하는 사람이란 시간을 칼같이 지켜야 하는 게다.”

그가 들어서자 박 회장은 언짢은 얼굴로 잔소리를 늘어놓았다. 그런 잔소리에 일일이 감정을 소모하는 것은 어리석은 일이라는 것을 벌써 오래전에 깨달은 태원은 단도직입적으로 물었다.

“무슨 일이십니까?”

“이 녀석이 할아비한테 아침 인사도 없이 뭐 하는 짓이냐.”

그의 냉정한 태도에 박 회장이 발끈해 호통쳤다.

할아버지라……. 태원은 진원 형이 죽은 다음날부터 그의 할아버지임을 자청하는 박 회장을 똑똑히 기억했다.

“하실 말씀이 그것뿐이라면 저는 그만 나가보겠습니다.”

“선한에서 날짜를 정했으면 한다.”

박 회장은 범 같은 손자를 보며 말했다. 은회색 정장 슈트에 푸른 와이셔츠를 깔끔하게 받쳐 입은 태원은 그 또래의 진원과 너무 닮아 있었다. 지 빌이믹새 냉랭한 성격까지. 박 회장은 그의 통보에도 얼굴색 하나 변하지 않고 바라보는 태원이 괘씸했다.

“정 회장이 드디어 너를 인정했단 말이다.”

박 회장은 한 번 더 힘을 주어 말했다.

그 천한 것이 제 무식은 아들놈에게 물려주지 않았던지 그래도 머리 하나는 비상했다. 어린 나이에 미국으로 쫓다시피 방치한 녀석은 용케 그 땅에서 죽지 않고 살아남아 자신의 존재를 드러냈다.

과감한 배팅과 냉철한 사고가 어우러진 태원은 무시할 수 없는 사업적 감각을 보여주었고, 드디어 그것을 선한 정 회장이 받아들이기 시작했다.

박 회장은 그것이 좋으면서도 한편으로는 더할 나위 없이 화가 났다. 우진을 선한 따위가 만만하게 여길 수는 없었다. 재계를 아우르는 힘을 가진 우진이 아니던가. 그런데 재계 30위의 선한이 자신들을 그렇게 만만하게 여기는 데는 태원이 놈의 출생이 문제였다.

'집안 망신이야, 망신. 진원이 놈만 살아 있었다면⋯⋯. 하나같이 다 팔불출이야.'

박 회장의 머릿속에서 어떤 생각이 오가는지 태원은 훤히 알 수 있었다. 진원 형의 부재를 아쉬워한다는 것을 굳이 감추려고 들지 않는 교활한 눈동자.

"제 생각은 변함없습니다. 저는 결혼 따윈 관심없으니까요."

"나도 네 결혼 따윈 관심없다. 하지만 너는 우진의 후계자고 후계자로서 당연한 도리를 해야 한다."

"후계자, 시켜달라고 한 적 없습니다."

태원의 검은 눈동자가 싸늘히 식어갔다.

"저의 배다른 형제를 한번 찾아보시죠. 그 형제들은 기꺼이 우진의 후계자가 되려 할 겁니다."

"뭐야! 네 이놈!"

태원의 조롱에 분노한 박 회장이 자리에서 벌떡 일어났다.

"감히 네놈이!"

"나가보겠습니다."

그는 파르르 분노에 떠느라 숨이 멎을 것 같은 박 회장을 뒤로하고 나왔다.

쿵!

문을 닫자마자 벽을 울리는 둔탁한 충격음이 들렸다. 비서실 사람들이 모두 조마조마한 얼굴로 그를 보는 것도 상관없이 태원은 회장실을 벗어났다. 엘리베이터를 타고 사무실로 내려가던 그는 곧 생각을 바꿨다. 갑자기 가야 할 곳이 떠올랐다.

거울에 비친 얼굴이 일그러진 채 비웃으며 그를 바라보고 있었다.

일반 환자가 아니라 해마다 경상 종합 병원에 막대한 기부를 하는 사람을 대하는 간호사의 얼굴엔 긴장이 역력했다.

하루에도 수백 번 하는 그 일이 마치 처음처럼 느껴지는 간호사와는 달리 태원은 팔에 꽂힌 주삿바늘에 의해 붉은 피가 실린지에 담기는 모습을 무표정하게 바라보았다. 순식간에 뽑힌 피가 실린지에 담기자 간호사는 바늘을 뺐다. 그리고 알코올 솜 하나를 바늘 자국 위에 얹고 꾹 눌러주었다. 그리고 간호사는 주의 사항을 알려주었다.

"다 됐습니다. 꼭 누르시고 문지르지 마세요."

"수고했습니다."

하지만 태원은 가벼운 목례를 하고 검사실을 나왔다. 그딴 주의 사항은 여덟 살 나던 해 다 알아버렸다. 어린 마음에 피가 얼마나 나는지 궁금해 솜을 뗐다가 퐁퐁 스며 나오는 피에 화들짝 놀라 문지르고, 다시 힐끗 들쳐 보고, 또 문지르고……. 다음날이 되어 파랗게 퉁퉁 부어오른 팔뚝을 보고 놀라 얼마나 울었던지…….

지긋하게 눌러 얼른 지혈을 시킨 그는 알코올 솜을 버리고 일층 로비로 내려갔다. 이제 이런 일 따윈 하지 않아도 되는데, 오기란 참 무서운 것이다.

병원의 정문을 나선 태원은 뜨겁게 내리쬐는 태양에 눈을 찌푸렸다. 아직 6월 말인데 날씨가 너무 더웠다. 시니컬한 웃음을 지으며 주차된 차로 걸어가던 그는 문득 뒤를 돌아 병원 건물을 응시했다.

녀석, 그냥 가면 또 난리를 쳐대며 의리니 뭐니 한바탕 설교를 해댈 것이 뻔한데…….

태원은 휴대전화를 꺼냈다.

긴 신호음이 울리는 동안 상대방은 전화를 받지 않았다. 신경외과 레지던트이니, 아마 수술 중일 것이다. 그나마 반가운 얼굴을 고대하던 태원은 아쉬운 마음으로 폴더를 내렸다.

그때 아슬아슬 전화를 받은 녀석의 외침이 희미하게 들려왔다.

[앗! 끊지 마, 끊지 마!]

홋. 입술이 슬쩍 올라가는 것을 느끼며 태원은 느긋하게 대답했다.

"안 끊었다."

[어디냐? 나 배고프다. 밥 좀 사주라.]

그러자 호탕한 목소리가 대뜸 이런다. 어쩔 수 없는 녀석.

[돈 잘 버는 친구 놈이 그것도 안 해주면 사람들이 욕한다. 어디냐?]

눈으로 보지 않아도 의사 가운을 벗어 던지고 있을 녀석의 모습이 선했다.

"나 지금 병원 앞이다. 나와라."

[어? 정말? 알았다!]

녀석은 그의 대답은 듣지도 않고 전화를 끊었다. 어이가 없어 휴대전화를 내려다보던 태원은 고개를 흔들었다. 아무리 세월이 흘러도 설수현은 변하지 않는다. 대체 무엇이 설수현을 변하게 할 수 있을까.

그는 심오한 생각을 하며 주차장에서 발길을 돌려 정문으로 걸어갔다. 타인의 존재를 쉽게 받아들이지 못하는 태원으로서는 수현의 존재가 소중했다. 중학교 시절, 학급에서 살 어울리지 않는 그에게 유일하게 친구 하자고 먼저 손 내밀던 녀석. 온통 어둡기만 한 그와는 달리 화목한 가정에서 잘 자란 수현은 햇살처럼 밝았다. 서로 판이하게 달랐지만, 그리고 사람을 믿지 않아 데면데면한 태원이었지만 그를 붙잡고 친구 먹자는 녀석을 무시하기란 쉽지 않았다.

한참의 시간이 흐른 뒤 태원은 수현에게 왜 그렇게 친구를 해야 했냐고 물어보았다. 그러자 녀석이 한다는 말이,

"친구가 되는 것도 이유가 있냐?"

관계를 지속해야 하는 이유와 이익을 당연히 따져야 하는 그의 세상과는 너무 다른 수현의 대답은 한동안 태원의 가슴을 울렸다.

"어이, 박태원!"

과거의 상념에 빠져 얼마나 서성거렸을까, 수현의 우렁찬 목소리가 들렸다. 반가운 존재를 보기 위해 돌아선 그는 초록색 민소매 티에 베이지 색 반바지 차림의 녀석의 모습에 잠시 할 말을 잊었다.

"너?"

손가락으로 아래위를 찬찬히 가리키자 수현은 씩 웃었다. 쌍꺼풀이 없는 그와는 대조적으로 뚜렷하게 음영이 진 녀석의 눈에 유쾌한 웃음이 담기자 지나가던 사람들이 한 번씩 돌아보았다.

180㎝를 훌쩍 넘는 두 남자가, 아니, 한 남자는 경쾌한 캐주얼 차림으로 장난스럽게 미소 짓고, 또 다른 한 남자는 비즈니스 정장 차림이 놀랍도록 섹시한데 돌아보지 않을 사람이 어디

있겠는가.

하지만 그들은 사람들의 시선은 아랑곳없이 손바닥을 마주 쳤다.

"오랜만이다, 박태원?"

"그래. 그런데 의사 선생님 옷차림이 이래도 되는 거냐?"

수현은 태원의 말에 호탕하게 웃어 젖혔다.

"어떠냐? 수민이 놈이 애지중지하는 옷이다. 몰래 훔쳐 입고 나왔는데 괜찮지?"

자랑이라도 하듯 한 바퀴 쓰윽 돌아주는 수현의 모습에 태원은 혀를 찼다. 옷을 강탈당한 사실을 알게 된 수민의 펄펄 뛰는 모습이 눈에 선했다. 수현과 수민, 두 살 터울의 형제는 서로 못 잡아먹어서 혈안인, 아주 사이좋은 형제였다.

태원은 차의 잠금 장치를 해제하며 말했다.

"나이는 어디로 먹는 건지 항상 궁금하다."

"훗, 그건 우리 어머니도 궁금해하신다."

성격 좋은 놈, 욕인 줄도 모르고 넙죽 대꾸를 한다.

밥 사달라고 고래고래 소리치던 녀석이 먹겠다는 것이 겨우 설렁탕이었다. 태원은 이 더위에 무슨 심사인지, 병원 앞 설렁 탕집에서 땀을 뻘뻘 흘리면서두 호호 불어가며 먹는 수현을 바라보았다.

"어으, 뜨거워라."

고기를 담뿍 베어 물던 수현이 너무 뜨거워 도로 뱉어내곤 찬

물을 벌컥벌컥 들이켰다.

"그러게 다른 거 다 놔두고 왜 하필 설렁탕이야?"

"인마, 몸보신도 몰라? 여름엔 그저 설렁탕이 최고야. 나 얼른 먹고 들어가 봐야 하니까 말 시키지 마. 야간 당직하느라 기운 딸려 죽겠다. 아침도 못 먹었어."

수현의 말에 시간을 확인하니 벌써 오전 열한 시에 가까웠다. 호된 병원 생활을 하는 녀석이 안쓰러워진 그를 문득 수현이 빤히 바라보았다.

"그런데 너는 병원에 웬일이냐?"

멀쩡히 일하고 있어야 할 시간에 밥 사주러 올 만큼 한가한 녀석이 아니라는 것을 알기에 수현의 얼굴이 진지해졌다.

"어디가 아프냐?"

"아니, 네놈 보러 왔다."

태원은 쓴웃음을 머금으며 손도 대지 않은 뚝배기에 수저를 담갔다.

"얼른 먹자. 나도 회사 들어가야 한다."

그 뜨거운 걸 내색도 없이 훌훌 먹는 태원의 모습에 수현은 잠시 갈등했다. 그가 집요하게 물면 원하는 대답을 들을 수도 있을 테지만…….

"그래, 먹자."

수현은 그런 마음을 탈탈 털어버렸다. 워낙 비밀이 많은 놈이라 쉽게 건드려서는 안 된다는 것을 익히 알기에 단념했다.

테이블 위에 후룩거리는 소리가 몇 분이 지났을까, 갑자기 수현의 휴대전화가 요란하게 울리기 시작했다.

"아, 이런."

시도 때도 없는 병원 호출에 절로 이마가 찌푸려졌다. 그런데 수현이 전화를 받으려다 잠시 멈칫했다. 발신 번호는 병원이 아닌 바로 그의 막내였다.

"어, 수안이니?"

수안이란 이름에 수저를 막 입에 대려던 태원의 동작이 머뭇거렸다.

[오빠!]

수화기 너머의 막내는 우렁찼다. 수현은 잠시 수화기를 귀에서 떼어냈다. 사고뭉치 막내가 이렇게 그를 애절하게 부르면 무슨 문제가 있는 것이다. 그는 마음을 단단히 먹었다.

"왜? 무슨 일인데? 또 어디서 굴렀니?"

[오빠! 나 지금 경찰서야!]

"뭐? 경찰서? 거긴 왜 갔어? 또 누구 때렸어?"

수현은 경찰서란 말에 화들짝 놀라 바락 소리쳤다. 하루도 조용히 넘어가는 날이 없다. 어젯밤에도 호들갑스런 수민이 설수안 때문에 안구가 파열됐다며 난리를 피웠다.

"어제 수민이 때린 걸로도 모자라 오늘은 아침부터 누굴 때린 거야, 어? 너 정말 오빠한테 혼난다!"

[오빠! 내가 깡패니? 때리긴 누굴 때렸다고 그래? 내가 피해

자라고! 성추행 피해자!]

"......!"

수안의 외침에 수현의 동작이 얼어붙었다. 뭐, 뭐라고?

"너, 너 지금 뭐라고 그랬어? 뭐? 성추행?"

눈앞의 태원이 수저를 내려놓고 무슨 영문이냐고 묻지만 대답할 정신이 없었다. 막내가 성추행을 당했단다! 어떤 개자식이 감히 우리 막내를!

"너, 너 거기 어디야! 어느 경찰서야? 그 자식도 거기 있어?"

요절을 내고 말 테다!

"대답해, 얼른!"

당장이라도 뛰어갈 태세로 자리에서 일어난 수현은 수안의 대답을 듣자마자 전화를 뚝 끊어버렸다.

"성추행이라니? 무슨 말이야?"

정신없는 얼굴로 자리를 박차고 나가는 수현의 뒤를 따라나오다 얼른 계산을 한 태원이 물었다.

"야, 설수현."

"어떤 간 큰 놈이 우리 수안이를 성추행했대. 내 이놈을 아주 아작을 내고 말 거야."

살기 어린 얼굴로 수현이 대답했다.

"나 좀 데려다 줘. 내 차는 지하 주차장에 있어서 못 가져와."

"알았다. 타라."

띠리리. 띠리리.

두 주먹을 불끈 쥐며 차에 올라타려던 순간 수현의 휴대전화가 다시 요란하게 울렸다. 정신없는 설수현 전화 아니랄까 봐 정신없게 울리는 휴대전화를 받은 수현이 당황하기 시작했다. 응급 수술 스케줄이 잡혔으니 당장 병원으로 돌아오라는 연락이었다.

"아, 젠장!"

하필이면 지금 콜이라니. 막내를 그 사악한 곳에서 구출해 와야 하는데! 수현은 초조하게 입술을 깨물다 운전석에 앉은 태원을 보았다. 그래, 박태원!

수현은 얼른 안전벨트를 풀고 조수석 문을 열었다.

"왜 내려?"

시동을 걸고 출발하려던 태원이 어리둥절해하며 돌아보자 수현은 간절한 얼굴로 부탁했다.

"나 병원 들어가 봐야 해. 태원아! 넌 나의 가장 친한 친구야, 알지?"

"뭐라는 거야? 설수현……!"

"우리 막내 좀 데려와라. 수안이 알잖아? 알지?"

"야!"

"저기 사거리 경찰서에 있대! 너에게 내 소중한 막내 동생을 부탁한다!"

수현은 태원에게 잡히기 전에 차에서 뛰어내렸다.

"부탁한다!"

그리고 마지막 간곡한 부탁을 한 그는 태원이 따라 내리기 전 얼른 몸을 돌려 달려갔다.

"설수현!"

태원의 당황한 음성이 대로에 메아리쳤지만 수현은 뒤도 돌아보지 않고 뛰어갔다. 세상에 이런 낭패가 어디 있단 말인가.

그냥 돌아갔어야 했다. 의리니 뭐니 길길이 날뛸 때 날뛰더라도 회사로 바로 돌아갔다면 지금 이 상황에 처하지는 않았을 것이다. 친구 놈 밥 사 먹인 걸로도 모자라 이제 친구 놈 동생을 데리러 경찰서에 가야 한다니. 수안이 그 녀석.

태원은 수현이 사라진 쪽을 향해 인상을 썼다.

"막내를 부탁해? 저 녀석이……."

수현의 마지막 말을 되풀이하던 그는 나지막이 설수현을 저주했다.

"젠장!"

전혀 그답지 않은 욕설이었지만, 지금 이 상황은 분명 '젠장'이었다. 이상하게 오늘 하루가 꼬여가는 것 같았다. 그래도 어쩌겠는가, 절친한 벗의 소중한 막둥이를 구출하러 갈 수밖에. 그는 한숨을 푹 쉬며 시동을 걸었다.

태원은 경찰서의 입구로 들어서며 주위를 둘러보았다. 그가 기억하는 그녀는 열한 살, 양쪽 송곳니가 빠진 입으로 천연덕스럽게 웃으며 그의 속을 뒤집던 꼬마 설수안이었다. 시간이 흘러 그가 어른이 된 것처럼 수안도 제법 나이를 먹었을 것이다.

"빌어먹을."

태원은 조용히 욕설을 중얼거렸다. 아무리 주위를 둘러보아도 꼬마의 얼굴이 보이지 않는다. 정말 수현의 말을 듣는 것이 아니었다. 어쩌자고 여길 오긴 왔는지, 태원은 스스로가 믿기지 않았다.

"야, 이년아! 내가 누군지 알아? 경찰에 높은 사람이랑 내가 얼마나 잘 아는 사람인 줄 아냐고? 내가 아는 간부만 몇인데, 감히 네년이 날 모함해? 이년이 세상 무서운 줄 모르네?"

"하! 이 아저씨가? 당신이야말로 세상 무서운지 모르네? 웃기셔? 경찰? 이 아저씨 왜 이래, 이거? 난 법무장관이랑 너무너무 잘 안다! 어쩔 거야? 어쩔 거야?"

경찰서 한켠, 구석진 자리에서 카랑카랑한 목소리가 서로 높다고 자랑을 벌이는 저 남녀. 설마 허리춤에 손을 얹고 얼굴을 붉히고 있는 저 여자가…… 수안이?

사건의 정황으로 봤을 때 수안이가 맞는 것 같았다. 태원은 그들을 향해 걸어갔다.

"경찰 아저씨, 저렇게 뻔뻔한 사람을 그냥 놔둘 거예요?"

얼마나 분했던지 여자는 발을 콩콩 굴러가며 따졌다.

"자자, 진정하시고요."

삼십대 초반의 우직한 경찰 하나가 그런 여자를 달래며 땀을 흘렸다.

태원은 등을 보이고 선 여자의 뒤로 다가섰다. 184㎝의 키로 버티고 서니 여자는 그의 어깨 근처를 간신히 넘을까 말까 했다. 경찰이 태원을 보고 물었다.

"무슨 일이십니까?"

수안과 번태로도 충분히 힘드니까 별일 아니면 그냥 가라는 듯한 어투. 경찰의 말에 수안이 휙 뒤돌아섰다.

그러자 순식간에 들어오는 꼬마의 얼굴, 아니, 다 자란 수안의 얼굴.

동그랗고 커다란 눈, 오뚝한 콧날, 작은 입술. 그리고 설수현의 동생답게 움푹 패인 볼우물까지 세월은 꼬마에게만 관대했던지, 아이는 어릴 적 모습을 간직하고 있었다. 못 알아볼 거라 생각했던 시간이 아까울 만큼 수안은 그대로였다. 입만 다물고 있으면 영락없는 천사의 모습. 두 뺨이 뽀얀 장난꾸러기 아기 천사.

"이 녀석 오빠입니다."

태원은 동그란 두 눈이 더 커질 수도 없게 자신을 바라보는 수안의 머리를 톡톡 치며 말했다.

"어떻게 된 일입니까?"

누구?

불쑥 나타나 오빠라 지칭하는 남자를 수안은 알지 못했다. 집에 전화하면 극성맞다 혼날까 봐 제일 만만한 큰오빠에게 전화를 했건만, 오라는 큰오라비는 코빼기도 안 보이고 이 사람은 대체 누구야?

그 와중에도 수안은 그 남자를 바라보며 비싼 것이 분명한 비즈니스 정장 속에 감춰진 몸매는 무척 근사할 거라는 것을 직감했다.

근육이 울퉁불퉁한 남자들보다 저렇게 적당히 마른 근육을 가진 남자가 섹시하지. 거기다 얼굴은!

수안은 쌍꺼풀도 없이 저렇게 예쁜 눈은 처음 보았다. 희대의 얼짱으로 불리는 작은오라비는 비교도 안 될 만큼, 남자는 근사했다.

"성함이?"

경찰이 그녀가 궁금한 것을 대신 물어봐 주었다.

"박태원입니다. 녀석의 사촌 오빠죠."

박태원? 박태원……. 박태원이라, 뭐야, 박태원??

수안의 머릿속이 일시에 정지됐다.

"어? 박태……. 흡."

수안이 검지로 그를 가리키자, 그런 그녀의 혼란을 알고 있다는 듯 남자는 수안의 입을 꾹 틀어막았다.

"주위에 목격자도 있다면서 왜 이렇게 시간을 끄는 건지 모르겠군요. 성추행은 강력 범죄 아닙니까? 제 동생은 피해자인데 이렇게 피의자와 함께 앉혀두다니요. 원래 이럽니까?"

자연스런 권위가 밴 목소리로 언짢음을 표시하는 그에게 경찰이 진땀을 빼며 더듬거렸다.

“저기, 조사를 하려면……..”

“이봐, 얼른 서장 데려와.”

그러자 뻔뻔하게 버티고 앉은 변태가 경찰에서 고래고래 소리쳤다.

“무고한 나를 이렇게 모함하다니!”

참을 수가 없다. 수안은 태원의 손을 탈탈 털어냈다. 갑작스럽게 나타난 존재를 알게 되어 혼란한 것은 혼란한 것이고 억울한 것은 곧 죽어도 말을 해야 했다. 간단할 거라 생각했던 일이 아침 내내 진행되는 것이 화가 난 수안이 태원에게 다 일러 버렸다. 인간 박태원이 이 상황에서는 유일한 그녀 편이기에.

“저 변태 아저씨 아는 사람이 이 경찰서에 있대. 그래서 저럴 걸?”

수안의 말에 태원은 잠시 아무 말도 없었다. 그러다 재킷 주머니에서 휴대전화를 꺼내 어디로 전화를 걸며 경찰에게 일갈했다.

“공공장소에서의 성추행에 무슨 조사가 더 필요합니까? 동생은 제가 데려가죠. 아…….”

상대방이 전화를 받았던지 태원의 말이 잠시 끊어졌다.

“네, 우 검사님. 저 박태원입니다. 잘 지내셨습니까? 이번에 부장으로 승진하신 것 정말 축하드립니다.”

순간 수안과 경찰, 그리고 변태 자식은 입을 다물고 태원을 보았다.

"네, 조만간 뵙도록 하지요. 아, 다른 게 아니라 제 여동생이 오늘……."

얼굴이 점점 붉어지는 경찰과 변태 자식은 본 척도 하지 않고 수안이 당한 사실을 조목조목 말한 태원이 전화를 끊었다. 그리고 의기양양 두 사람을 노려보고 선 수안의 어깨를 감쌌다.

"저도 검찰에 아는 분이 있어서 물어보니, 제 여동생이 이렇게 있을 필요가 없다고 하는데 말입니다. 제 변호사를 보내죠. 법대로 해주십시오."

"네? 저기……."

말을 더듬거리며 자리에서 일어난 경찰은 상관없이 태원은 수안을 데리고 나왔다.

"아! 고소하다!"

애써 웃음을 참던 수안은 경찰서를 나오자마자 신이 나서 소리쳤다.

"아우, 정말 시원하네!"

하늘을 날듯 한참을 방방거리던 수안은 바지 주머니에 손을 넣고 그녀를 바라보는 태원을 답싹 안았다. 갑작스런 그녀의 행동에 놀란 태원이 뒤로 물러나자 수안은 태원을 더욱 꼭 끌어안았다.

"어어."

"박태원, 정말 처음으로 마음에 들었어!"

그녀는 기겁을 하고 뒤로 물러나는 태원을 부둥켜안고 등을 두드려 주었다.

"그런데 왜 이렇게 늙었어? 길 가다 마주치면 못 알아보겠네?"

버릇없는 꼬마.

열한 살 때도 버릇이라고는 약에 쓸려고 찾아도 없더니, 커서도 이 모양이다. 이런 애들은 키우면서 펑펑 두들겨 패야 하는데, 설 교수님이 마음이 약해서 딸을 이 지경으로 키우신 모양이다.

"나 배고파. 밥 사줘."

실컷 머리를 비비적거리던 녀석이 고개를 들더니 대뜸 이런다. 누가 남매 아니랄까 봐 그를 보고 하는 말도 똑같다.

"가자."

하지만 태원은 거절하지 않고 수안이 먼저 앞장서도록 한 발 물러섰다. 아무도 그를 수안의 남매처럼 편하게 대하지 않았다. 그가 그것을 허락할 리도 없었지만 사람들은 냉정한 그를 어려워하기만 하는데, 이들 남매는 아랑곳하지 않았다.

"맛있는 거 먹자."

"응."

그가 고개를 끄덕이자 기분이 좋은 듯 씩 웃는 녀석. 마치 십이 년 전 그때로 돌아간 것처럼 녀석은 그를 서먹해하지 않았다.

생각하고 싶지도 않은 여름.

태원이 그 여름에 살아남을 수 있었던 것은 수현과 수현의 가족 때문이었다.

도도한 가면을 쓴 여자가 처음 그 앞에서 발악을 했던 날.
"네가 이 집에 들어온 뒤로 재수가 없어!"
진원을 잃은 여자는 슬픔과 분노에 이성을 잃었다. 유정화가 등대처럼 의지하던 아들의 죽음을 받아들이는 것이 쉽지 않다는 것을 알았지만, 태원에게도 진원의 죽음은 혼란 그 자체였다.

사방이 가로막혀 어디로 걸어가야 할지……. 깊은 수렁에 떨어진 듯 몸과 마음이 가라앉았다.

그 여름에 수안을 만났다. 아니, 수현의 가족 전부를 알게 되었다.

수현은 수렁에 목까지 잠겨서도 헤어나오려 발버둥을 치지 않는 그를 그들에게 데려갔다. 정화 못지않은 자존심에 비명조차 지르지 않는 그를 잡아끌다시피 말이다.

그곳에서 만난 사람들, 그중에서 지금 그의 눈앞에 다 자란 녀석으로 나타난 설수안.

딸이 귀한 집에서 늦둥이로 태어난 여자 아이는 날 그대로 장중보옥이었다. 시커먼 사내 녀석들만 우글우글한 집에 속눈썹이 길게 드리운 앙증맞은 여자 아이의 탄생은 그야말로 축복이었다.

아이는 배냇짓을 하면서 앵두 같은 입술을 오물거리면 집안 대물림인 볼우물이 폭 패여 보는 사람을 홀리곤 했다. 아장아장 걸음마를 배우던 그때는 사람 애간장을 녹일 만큼 예쁘게 웃었다.

그러나…… 그러나 말이다. 축복은 거기서 멈췄다.

점점 나이가 먹고 키가 자라더니, 하루가 멀다 하고 떨어지고, 넘어지고, 치이고, 다치는…… 설씨네 애물. 설수안은 어느새 애물이 되어 있었다. 녀석은 해마다 온 정신을 쏟는 상대가 달랐지만, 열한 살 나던 그해에는 바퀴 달린 것에 미쳐 있었다.

물론 가만히 서 있거나 움직인다 하더라도 얌전히 타고 있다면 문제는 달라지지만, 녀석은 달려오는 바퀴에 뛰어드는 것을 몹시 즐겼다. 자동차, 자전거, 오토바이……. 수안은 종류를 가리지 않고 굴러가는 바퀴에 벼락같이 뛰어들어 급정거시키는 것을 지상 최대의 스릴로 즐겼다.

"아버님, 도저히 못 키우겠어요! 대체 쟬 왜 낳았는지 모르겠어요!"

한쪽 팔에 깁스를 한 갈래머리 꼬마를 데리고 온 수현의 어머니가 눈물바람을 지었다.

"전 수안이한테 바라는 것 아무것도 없어요. 공부든 뭐든 다 소용없어요. 얼른얼른 커서 시집만 가면 돼요, 아버님."

사랑채 마루에서 그 말을 들은 태원은 시커멓게 타 들어가는 마음에도 불구하고 웃고 말았다. 열한 살짜리 꼬마를, 그것도 두 볼이 심술로 퉁퉁 부어 대문간에 강아지와 쪼그리고 앉아 있는 아이를 시집보내는 것이 소원이라니. 비참한 기분과는 너무 다르게 웃음이 나왔다.

하지만 수현 어머니의 그 말은 태원에게만 웃겼다. 사랑채에 둘러앉은 사람들은 모두 진정으로 동감한다는 듯 고개를 끄덕거렸다.

"휴…… 어미야, 그건 우리 모두의 소원이다. 하지만 우리 좋자고 어느 집안 하나 망치는 건 아닌지, 원……."

너무나 절절한 소망이 담긴 수현 할아버지의 대답에 태원은 숨죽여 웃으며 저기 대문간에 앉은 꼬마를 바라보았다.

꼬마, 얼른 자라야겠다. 모든 사람의 소원이라잖아? 얼른 자라라.

그래도 아직 어린 녀석인데, 어른들이 저렇게 고개를 흔들며 얼른 시집을 보내야겠다는 말을 들은 태원은 아이가 안쓰러웠다. 이미 굳은 마음인 줄 알았건만 두 볼이 빨갛게 퉁퉁한 아이에게 웃음과 연민이 절로 들다니…….

하지만 그것은 그 순간의 감상이었다.

수안네 부모님이 모두 서울로 돌아간 그날 저녁.

저녁이라 해도 긴긴 여름 해가 남아 밖은 훤했다. 수현 형제와 수현을 따라 이곳으로 내려온 이웃집 재욱 모두 부모님을 배웅하러 동구 밖까지 따라나가고 남은 사람은 할아버지 내외 두 분과 수안뿐이었다.

툇마루에 앉아 혼자 그림처럼 아름다운 산자락에 해가 걸쳐 져 있는 것을 보던 태원은 인기척에 뒤를 돌아보았다. 그러자 툇마루 가까이 보이는 헛간에서 수현의 할아버지가 자전거를 끌고 나오셨다.

"할아버지, 어디 가세요?"

"그래, 차씨네 동동주 받으러 간다. 아비 있을 때 부탁할 것을, 이제야 생각이 나지 뭐냐? 어이구, 늙으니 기억력도 없다 그래."

차씨네 동동주를 수현의 할아버지가 매우 즐기는 것은 익히 아는 사실. 하지만 차씨네 양조장까지 가려면 자전거로 이십 분 이상 가야 했다.

태원은 자리에서 일어나 다가갔다.

"제가 다녀올게요."

"아이구, 그래? 주전자 여기 있다. 한 주전자 가득 받아오너라."

울퉁불퉁한 비포장길을 달릴 생각에 벌써부터 힘이 들던 할아버지는 태원의 말에 거절할 생각도 없이 주전자를 들려주고 쌩 하니 사라졌다.

조금은 교활하게, 그가 툇마루에 앉아 있는 것을 보고 자전거를 끌고 나오신 것이리라. 태원은 희미하게 웃었다.

하지만 그것이 싫지 않은 이유는 자신이 이곳에서 무척 환영 받고 챙김을 받는다는 것을 알기 때문이었다. 식구들 중 누구도 그를 타인으로 생각하지 않았다. 손자의 친구도 손자와 똑같이 애정을 주는 할아버지.

낮엔 숨도 쉬기 힘들 만큼 무덥지만, 오후가 깊어지면 제법 선선한 바람이 부는 것이 서울과 달랐다. 숨통이 트이는 바람 한자락을 맞으며 시골 길을 달렸다. 수현네 수박밭이 바로 보이는 비포장 길을 달리자 도시의 매캐한 공기와는 너무 다르게 바람 속에서 달콤한 향내가 묻어났다.

태원은 양조장에 도착해 동동주를 받고 조심스레 자전거를 탔다. 굵은 돌에 자전거 바퀴가 턱턱 부딪칠 때마다 동동주는 찰랑찰랑 맑은 소리를 내며 쏟아질 것 같아 마음이 조급해졌다. 조심조심 페달을 밟자 올 때는 이십 분 걸리던 길이 갈 때는 두 배로 길어졌다.

막 수박밭 길로 접어들 때,

"이얏!"

누군가 갑자기 비명을 지르며 달려들었다.

"어어!"

한 손으로 자전거를 운전하던 태원은 얼른 핸들을 꺾어버렸다. 너무 당황한 나머지 핸들을 꺾으면 수박밭 도랑으로 떨어진다는 것을 미처 생각지 못한 것이다.

쿵!

잠시의 정적. 태원은 동동주가 스며든 질퍽한 진흙 밭에 누워 자전거 바퀴가 허공에 치켜 올라가 뱅뱅 도는 것을 보았다. 엉덩이가 이렇게 아픈 이유는 수박이 깔려 있기 때문이리라.

온몸이 동동주와 진흙에 푹 절여진 그가 겨우겨우 몸을 일으키자 길 위에서 작은 얼굴이 삐죽 나왔다.

"뭐야? 재미없게 그냥 넘어지냐?"

바로 오후에 보았던 그 꼬마였다. 낭랑한 목소리를 듣노라니 절로 인상이 찌푸려졌다.

"너……."

그래, 아이의 부모가 고개를 절레절레 흔드는 이유가 바로 이것이었나 보다!

태원은 잠시나마 연민을 가진 자신이 한심하게 느껴졌다. 무시무시한 얼굴로 아이를 노려보며 자리에서 일어났지만 녀석은 전혀 겁먹은 기색 없이 혀를 날름거렸다.

"메롱! 그것도 못 피하는 바보 오빠!"

그리고 깁스한 팔을 허공에 휘저으며 석양 속을 내달리던 꼬마. 그렇게 기억 속에 영원한 열한 살로 머물러 있는 수안이었다.

그때는 괘씸하기 짝이 없던 녀석이지만…… 사는 동안 줄곧 웃을 수 있는 추억이 되어준 녀석.

열한 시 스케줄이던 계열사 사장단 회의는 취소되었다. 경찰서를 다녀오는 소란통에 시간이 늦어진 탓도 있었지만, 회의에 참석하기 위해 훌쩍 자리를 뜨고 싶지는 않았다. 체구는 저리

자그마한데 수안이 먹는 양은 상상을 초월할 지경이었다. 거기다 메뉴를 고르는 기준이란…….

"더울 땐 그저 뜨뜻한 게 최고야."

혈육이란 결코 무시할 수 없는 것이다. 태원은 설렁탕 집 앞에서 죽어도 움직이지 않고 버티던 수안을 보며 그것을 절실히 깨달았다. 먹어본 기억도 없는 설렁탕을 하루아침에 두 번이나 먹게 된 그는 그저 아무 말 없이 수안이 먹는 모습만을 지켜보았다.

빨간 깍두기를 맛있게 베어 물고 아삭아삭 씹는 수안은 무아지경이었다. 혓바닥이 녹아내릴 만큼 뜨거운 설렁탕을 한입 가득 퍼 넣고 부지런히 씹는데, 그 맛이 아주 일품이다.

아침 내내 극심한 감정 소모로 인해 쓰러질 지경이었지만, 지금 이 설렁탕이 그녀에게 원기를 북돋아주고 있었다. 설렁탕의 맛에 푹 반한 수안은 몇 술 뜨지도 않은 것 같은데 비어버린 밥그릇을 보며 씩씩거렸다.

"뭐야, 왜 밥이 이것밖에 안 돼? 한 숟가락도 아니고 반 그릇도 아닌 한 그릇이었는데. 젠장, 날 우롱하는 거야?"

"더 먹을래?"

그 모습을 지켜보던 태원이 낮은 한숨과 함께 물었다. 얼굴엔 어쩔 수 없는 체념마저 어리었다.

"응!"

"여기 밥 하나, 아니, 두 그릇 더 부탁드립니다."

그가 사람을 불러 밥을 주문하자 그제야 수안은 배시시 웃으며 숟가락을 쪽 빨았다. 그렇지 않아도 한 그릇으론 모자랄 것 같다는 말을 하려던 수안은 태원의 주문에 흡족했다. 그녀의 기억 속에 열여덟 살짜리 재수탱이가 저런 센스를 가진 남자로 성장했다니!

그날은 정말 너무 재수가 없는 날이었다. 무패의 신화를 자랑하던 옥수수 서리를 하다가 그만 준식이 할아버지한테 들켜 꿀밤을 열 대나 맞았다. 수안은 옥수수도 못 먹고 꿀밤만 잔뜩 맞아 몹시 기분이 나빴다. 그러다 옆집 순임의 꼬임에 홀랑 넘어가고 말았다. 그것이 화근이었다.

평소 할아버지가 흰 연기 몽글몽글 솟아오르는 담배를 피우시는 모습이 무척 신기했었다. 어린 그녀에게 흰 구름도 보여주고 도넛도 만들어주는 담배란 무척 놀라운 존재. 나름 숨는다고 숨어든 잡초가 우거진 뒤 터에서 순임이가 꽁쳐 나온 할머니 담배를 피워보려는 찰나, 하필이면 그 시각, 그 장소를 지나던 태원에게 들키고 만 것이다. 아무도 없을 거라 여긴 뒤 터에서 흰 연기가 솟자 무슨 일인가 싶어 잡초 더미에 들어온 태원의 등장에 얼마나 놀랐는지 모른다.

"이 녀석이!"

수안은 평소 말이 없던 그가 화를 내자 절로 무서웠다. 게다가 맛이라도 본 순임이는 야단을 들어도 덜 억울하지만, 그녀는 한 번 피워보지도 못했단 말이다!

"당장 안 나와?"

"싫어!"

내심 억울한 마음에 수안은 두 눈을 사납게 뜬 박태원을 마주 보며 허세를 부렸다.

"상관하지 말고 가셔."

그러자 화악 불길이 치솟은 태원이 그녀를 달랑 들어 어깨에 들쳐 맸다.

"이 녀석, 아주 혼이 나야 해!"

허리춤까지 오는 잡초를 헤치며 뒤 터에서 나온 태원은 그대로 집으로 행했다. 그 모양이 너무 살벌해 수안이 비명을 질렀다.

"만약에 나 때리면 우리 아빠한테 다 일러줄 거야! 당장 내려 줘!"

철썩!

그러자 태원은 보란 듯 수안의 엉덩이를 때렸다.

"아얏! 날 때렸어! 아악! 아빠, 할아버지!"

태원의 어깨에 거꾸로 매달려 발버둥을 치다 엉덩이를 모질게 두드려 맞은 수안은 분을 이기시 못했는지 얼굴이 발갛게 달아올랐다.

"야! 내려줘! 우아앙! 아빠!"

"조용히 안 하면 더 맞을 줄 알아."

오라비들에게선 한 번도 들어보지 못한 무시무시한 경고. 분하게도 나지막한 그 목소리가 정말 무서웠다.

"겨우 열한 살밖에 안 된 녀석이 담배를 피워? 할아버지께 다 말씀드릴 거니까 각오해, 설수안. 이번에는 그냥 넘어가지 않을 거다."

"아니야, 아니라니까! 순임이랑 그냥 한 번뿐이야! 정말이야!"

"조용히 해!"

철썩!

그녀의 변명에 태원은 다시 엉덩이를 아프게 때렸다.

"아파, 아프다고! 뭐야? 오빠들도 다 피잖아! 근데 왜 나한테만 그래! 나도 열한 살인데, 오빠나 나나 우린 다 청소년이야! 왜 이래, 이거?"

철썩철썩!

조금 전과는 비교도 안 되는 힘. 아악! 수안은 강경책이 아닌 회유책을 제시해야 했었다. 그녀의 마지막 말에 발끈한, 치사하고 비열한 박태원이 결국 할아버지께 꼰지르고 말아 수안은 그날 태어나 처음 종아리를 맞았다.

엉덩이부터 종아리까지, 욱신거리고 화끈거려 죽을 뻔했다.

"뭐 하고 살았어?"

국물을 후루룩 떠먹으며 수안은 태원을 보았다. 멋들어진 양복 차림에 반질반질한 얼굴. 하긴 어렸을 때도 잘생기긴 했었지.

수안은 입술을 삐죽거리며 물었다.

"연락도 없고, 죽은 줄 알았다 뭐."

"그랬니?"

하지만 태원은 별다른 표정의 변화 없이 앉아 심심한 대답을 했다. 그리고 침묵. 젠장, 나이가 먹어도 저 모양이다. 수안은 태원의 침묵에 발끈하고 말았다.

저 침묵에는 어렸을 때도 그랬지만 커서도 적응이 안 된다. 어린 시절 이상하게 태원만 보면 골려주고 싶어하던 그녀가 태원에게 제일 불만인 것이 바로 저 침묵이었다.

"뭐야? 아직도 그래? 사람이 뭘 물으면 아무 대답도 없고! 어휴! 오빠는 정말 하나도 안 변했어. 너무하는 거 아니니? 사람이 힘들게 물어보면 성의를 보여야……."

속사포처럼 쏘아대는 꼬마는 그 와중에도 놀라운 열정으로 설렁탕을 먹어댔다. 그런데도 밥 한 톨 떨어뜨리지 않았다. 정말 경탄할 일이었다.

녀석은 전혀 거리낌없이 많은 말들을 했다. 시시각각으로 얼굴의 표정이 변하는 녀석을 보노라니 그들에겐 마치 십이 년이란 세월의 틈이 없었던 것 같은 착각도 들었다.

시간은 그를 이렇게 냉소적인 놈으로 만들어놓았건만, 어떻게 저 녀석에겐 그저 넉넉하기만 했는지 알 수가 없었다.

"오빠! 내 말 듣고 있어?"

"그래."

"정말? 정말 나 학교까지 데려다 준다고 말한 거다?"

"뭐? 내가 언제……."

"뭐야? 내가 학교까지 데려다 달라니까 그런다며! 내 말 안 듣고 있었니?"

어느새 자리를 털고 일어난 수안이 허리춤에 손을 얹고 그를 노려보았다. 작은 턱을 건방지게 살짝 들고서 노려보는 녀석.

오전 스케줄이 취소되었다고는 하나 오후에 선한과의 미팅이 약속되어 있는데, 그들을 만나기 전에 미리 보아두어야 할 것이 서류 파일 세 권 분량이었다. 회의장을 벗어난 간단한 모임조차 우진과 선한의 디지털 산업에 관련한 기술 제휴에서 서로 우위를 차지하려는 숨 막히는 전쟁이었다. 한 치라도 발을 삐끗하면 그대로 추락하는 먹고 먹히는 전쟁.

"오빠!"

"알았다."

하지만 저 녀석에게 어디 말이 통할까. 수안은 어릴 때도 그랬고, 다시 만난 지 몇 시간이 지나지 않은 지금도 그렇듯 논리적인 말이 소용없었다.

얼른 데려다 주는 것이 시간을 절약하는 일이었다. 태원은 그렇게 스스로를 이해시켰지만 오랜만에 들으니 반가운 억지에 씩 웃는 수밖에 없었다.

언제나 그랬던 것처럼 거리낌없이 조수석에 올라탄 수안은 그의 차 안을 이리저리 둘러보았다.

"우와~ 정말 좋다. 큰오빠 말이 오빠가 사장님이라더니 정말이었네? 난 수현 오빠가 거짓말하는 줄 알았는데."

"왜 그렇게 생각했어?"

태원은 혼잡한 도로에서 더 빨리 가기 위해 안간힘을 쓰며 건성으로 물어보았다.

"음, 수현 오빠가 하는 말 중에 믿을 만한 말은 별로 없거든."

그는 너무나 당연한 듯 대답하는 녀석이 황당했다. 운전 중이라 대놓고 볼 수가 없어 힐끗거리자 녀석은 더할 나위 없이 진지하게 말을 이어갔다.

"재욱 언니가 수현 오빠는 진실성이 부족한 남자래."

"재욱이? 아직도 재욱이가 옆집에 사니?"

너무도 익숙한 이름에 태원이 고개를 갸웃거렸다. 재욱이, 하재욱. 설수현이 못 잡아먹어 안달인 앙숙.

"응, 아직도 여전히 이웃이야."

"흠. 아직도 여전히 수현이랑은 으르렁거려?"

"당근. 며칠 전에도 서로 머리 붙잡고 싸웠어. 수현 오빠가 재욱 언니 차 긁었거든. 수민 오빠가 말리다가 한 대 맞았어."

그 모습이 절로 상상이 가 태원은 웃음이 나왔다. 마치 그 시절로 돌아간 듯, 생생한 모습들이 떠올랐다. 일 년 365일, 일 년 사계절. 서른 번의 일 년, 사계절이 지나도록 그가 추억하는 것은 그해 여름 단 하나였다. 너무나 아팠기에 잊어버리고 싶었지만, 그럼에도 결코 잊을 수 없는 이유는 녀석들이 있기 때문이다. 수안이 다닌다는 대학 근처 도로로 천천히 진입하는 태원의 얼굴에 알싸한 미소가 어리었다.

"수현 오빠가 또 그전에는 재욱 언니 사건 서류에 커피를 쏟아서는! 재욱 언니가 아주 거품을 물고 쓰러졌어. 법정에 증거물로 제출해…… 참, 재욱 언니 변호사인 거 알지?"

"그럼, 수현이한테 들었다."

태원이 고개를 끄덕이자 수안은 다시 재잘거리기 시작했다.

"아주 난리도 아니었어. 수현 오빠도 그건 진짜 엄청난 실수니까 할 말 못하고 당했지 뭐. 엇! 오빠, 스톱! 스톱!"

갑자기 수안이 그의 팔을 붙잡고 호들갑을 떨었다. 우렁찬 목소리에 놀란 태원이 얼른 인도 근처로 정차하자 수안은 잔뜩 허리를 굽히고 앞 유리창을 힐끗거렸다.

"뭐야? 수안아, 무슨……."

"쉿! 쉿! 조용히 해."

수안은 연신 입술 위로 손가락을 올리며 눈을 부라렸다.

"오빠, 절대, 저얼대! 내 이름 부르면 안 돼. 알았어?"

"무……."

"나 간다. 안녕."

태원은 도둑고양이처럼 슬금 차에서 내리는 수안의 뒷모습을 바라보았다. 가만히 지켜보니 소리 죽여 내린 녀석은 후다닥 인도 위로 올라가, 짐짓 원래부터 인도를 걸었던 사람처럼 능청스럽게 몇 발자국 걸었다. 그러다 머리를 팔랑이며 뛰기 시작했다.

무슨 영문인지, 미팅 약속이 얼마 안 남았지만 그는 움직이지 않고 지켜보았다. 수안이 다가가 어깨를 툭 치는 남자의 얼굴을⋯⋯.

힐끗 돌아본 남자는 아직 덜 자란 소년의 얼굴로 환하게 웃었다. 수안 역시 남자를 마주 보며 귀여운 웃음을 지었다.

"녀석⋯⋯."

풍선에 바람이 빠지듯, 스르륵 웃음이 사라진 태원은 후진을 해 대로로 접어들었다. 조용히 운전을 하는 차 안은 조용했다. 언제나 그랬지만, 너무⋯⋯ 너무 조용했다.

그는 자신도 모르게 룸미러로 뒤를 응시했다. 그곳엔 항상 그랬듯 아무도 없었다.

그의 눈동자는 잘 손질해 넘긴 검은 머리만큼 검었다. 적당히 그을린 얼굴에 우뚝 선 콧날을 기다란 손가락으로 무심히 만지며 서류를 넘기는 남자.

우진의 젊은 사장은 차가운 눈으로 그를 노려보는 것도 아니었고, 험상궂은 말로 그를 위협하는 것도 아니었지만 선한 측 실무자로 나온 주 이사는 진땀이 났다.

"심장 약한 놈은 마주 앉아 있지도 못한다니까요!"

그보다 앞서 박 사장을 상대했던 기획 관리팀의 말이 과연 헛것이 아니었다.

'젊은 놈이 사자(死者)처럼 섬뜩하다더니…….'

생각 같아선 목을 꽉 조이고 있는 넥타이를 풀어버리고 싶었지만, 그럴 수도 없었다. 반질반질한 대머리에 땀이 맺히는 기분에 주 이사는 앞에 놓였던 냉수를 들이켰다.

"실질적인 경영권을 원하십니까?"

냉수가 갈증을 삭히며 목구멍으로 넘어가는 순간, 박 사장이 말을 걸었다. 가뜩이나 불안한 자리에서 바로 본론을 듣게 된 주 이사는 분수처럼 물을 뿜어낼 뻔했다. 쿨럭거리며 냅킨으로 입을 닦은 그는 박태원을 바라보았다.

"그럼 저희는 무엇으로 이익을 남깁니까? 기술도 우진이 월등하고 해외 유통망도 탄탄합니다. 그런데도 선한이 경영권을 가져야 하는 이유가 궁금하군요. 말씀해 주시겠습니까?"

"그건 아시지 않습니까? 선한의 브랜드 네임은 국내 어떤 기업도 넘보질 못합니다. 우진 역시 선한의 브랜드 네임에 큰 덕을 볼 겁니다."

"이유라는 게 너무 막연하군요."

주 이사의 말에 태원은 서류를 테이블 위로 놓았다.

선한은 규모가 작았지만 탄탄하기가 이루 말할 수 없는 곳이었다. 가전제품에 관한 한 선한의 인지도를 따라올 곳이 없다는 것은 태원 역시 잘 알고 있었다.

하지만 생존하기 위해 치열하게 투쟁해야 하는 바닥에서 그 이유만으로 선한이 경영권을 달라는 것은 너무 안이했다. 기술력과 유통망을 모두 다 갖춘 우진이 전략적인 마케팅을 펼친다면 선한의 인지도 없이도 충분히 시장을 장악할 수 있다. 태원도, 주 이사도 모두 알고 있는 사실이었다.

거래의 내막을 파악하고 있는 태원에게 사업적 미팅을 가장한 이 만남은 가증스러울 뿐이었다.

북에서 혈혈단신 내려온 박 회장의 핸디캡이 정재계와 법조계를 아우르는 박강한 인맥을 가진 선한과의 만남으로 극복이 될 것이다.

놀라울 따름이다.

비천한 술집 작부의 피를 받아들일 결정을 내린 선한도, 눈엣가시 같은 그를 팔아서라도 선한의 인맥을 공유하고픈 박 회장의 심보도 모두.

"기술과 유통망을 가진 우진이 브랜드 네임의 한계에 부딪칠 거란 생각은 하지 마십시오. 극복되지 않는 한계란 아무것도 없습니다. 정말로 경영권을 원하신다면 우진을 설득시키기 위해 많은 고민을 하셔야 될 겁니다. 그럼 다음에 뵙도록 하시죠."

쉽게 얻은 것은 쉽게 잃는 법.

태원은 자리에서 일어나며 가벼운 목례를 했다. 얼굴을 붉힌 주 이사가 주섬주섬 따라 일어나 허리를 숙였다.

박 회장과 유 여사의 놀음에 끼어 춤을 추는 것은 사절이다. 그것은 어린 시절만으로도 충분했다. 결국 태원이 우진의 모든 것을 차지할 거라 눈에 쌍심지를 켜는 유 여사를 참아내는 유일한 이유는 진원이었고, 그를 꼭두각시처럼 조종하려고 드는 박 회장을 참아내는 이유도 진원 때문이었다.

저녁을 굶은 날이면 더욱 그리워지는 사람.

위풍당당한 대문 앞에 쪼그리고 앉아 푸르게 변하는 어둠 속에서 오지 않는 엄마를 기다리는 그에게 다가온 유일한 사람.

"형이랑 우리 태원이 좋아하는 햄버거 먹으러 갈까?"

무덤 같은 집에서 단 하나 그의 편이 되어준 사람.

호텔 로비를 가로지르는 태원의 어깨가 딱딱하게 굳어졌다.

진원만 아니었더라면 회사 따윈 거들떠보지도 않았을 것이다. 아무 미련도 없는 회사에 몸과 마음을 모두 저당 잡힐 생각은 추호도 없었다.

대기하고 있던 차에 올라탄 태원은 안전벨트를 하며 무심코 조수석 자리를 보았다. 그러자 검은 가죽 시트 사이에서 붉은 무엇이 시선을 사로잡았다. 의아함에 써내보니 그것은 빨간 망토를 두른 곰인형이었다. 아마 휴대전화에 다는 것인 듯 앙증맞게 작은 인형의 머리 위에 있는 고리가 끊어져 있었다. 하지만 그의 차에 인형이 있을 일은 없었다.

'아마 수안의 것이겠지?

급하게 내리다 떨어진 것을 몰랐을 것이다.

검은 실로 만들어진 인형의 입이 둥글게 휘어 있었다. 끊어진

고리 때문에 주인을 잃은 녀석이 뭐가 그리 즐거울까? 갈 곳이 없는데…….

태원은 인형을 눈높이에 맞춰 들어올린 후 한참 동안 바라보았다.

철썩!

민소매 차림의 그녀에게 엄마의 강력한 손바닥이 날아들었다.

"엄마!"

장독대 앞에 쪼그리고 앉아 담배를 피우다 들킨 수안은 엄마의 매운 손에 붉게 달아오르는 어깨를 마구 문지르며 달아났다.

"설수안! 이놈의 기지배! 담배 피우지 말랬지! 너 잡히기만 해봐!"

밤하늘에 몽글몽글 솟아오르는 담배 연기를 발견한 순간 이성을 잃은 엄마가 대나무 빗자루를 들고 그녀의 뒤를 쫓아왔다.

"설수안!"

하지만 그녀가 누구던가! 사대 체육학과의 촉망받는 생활 체육인이지 않은가! 수안은 대문을 박차고 나와 골목을 미친 듯이 뛰며 소리쳤다.

"엄마, 나에게도 흡연할 권리가 있다고!"

"이놈의 기지배! 터진 입이라고 말이면 다인 줄 알아? 집안에서 아무도 안 피우는 담배를 머리에 피도 안 마른 게 피워?!"

이 얼마나 획일화된 집안인지!

아무도 안 피운다는 것이 금연의 이유가 될 수 없었다. 세상에 얼마나 많은 가치관이 사람들을 지배하는데, 그런 편협한 사고를 깨고 흡연의 자유를 보장받을 필요가 있었다.

"엄마에겐 다양성이 부족해! 폐쇄적이고 모순적이야."

"야! 설수안!"

그녀의 말에 더욱 흥분해 빗자루를 휘두르며 달려오는 엄마, 일단은 사정거리에서 벗어나야 했다. 수안은 필사의 힘을 다해 골목을 벗어났다.

이럴 땐 운동을 하고 있는 것이 정말 도움이 된다. 골목을 벗어나 엄마를 따돌리고 큰길로 나온 수안은 숨을 고르기 위해 편의점 앞 파라솔 벤치에 털썩 주저앉았다.

"아구, 발바닥이야."

운동화 차림이 아닌 슬리퍼 차림으로 달렸더니 힘들어 죽을 것만 같다. 그녀는 플라스틱 테이블 위에 엎드려 버렸다.

"아니, 니이가 스물세 살인데 왜 그러는 거야, 정말? 세상 살기가 나라고 수월하겠어? 내가 얼마나 많은 속세의 번뇌에 괴로워하는데 그래? 흰 담배 연기에 내 안의 많은 시름을 날려 보낸다 이거야."

새삼 억울한 마음에 수안이 마구 중얼거렸다.

그때 요란한 소리와 함께 편의점 앞 도로를 지나던 붉은 스포츠카가 멈춰 서더니 익숙한 얼굴이 그녀를 불렀다.

“수안아.”

“언니!”

재욱이었다. 언젠지 기억도 나지 않을 만큼 오래전부터 그녀의 집과 나란히 위치한 하얀 전원주택의 이웃으로 사는 사람. 차에서 내리는 재욱은 딱 달라붙는 청바지에 붉은색 배꼽티를 입고 있었는데 그 모습은 무척 섹시하게 보였다. 성격도 서글서글해 수안이 무척 좋아하는 사람 중의 하나였고, 그녀의 집에서도 재욱을 가족처럼 여겼다.

그러나 단 한 사람, 재욱과 수현은 앙숙이었다.

“야, 하재욱.”

“뭐야? 하재욱? 누나라고 불러라, 응? 설수현아, 내가 네 선배거든?”

“웃기지 마셔라. 누나? 동갑끼리도 누나냐?”

“너야말로 웃기지 마시지? 너 10월생이잖아. 난 2월생이다. 학번도 내가 빠르다는 것을 인정하시지? 야야, 그리고 내가 눈, 코, 입 다 생기고 태어날 준비할 때 넌 그저 세포 덩어리였어, 왜 이래?”

“야! 하재욱!”

서른이란 나이가 무색하게 만나면 눈을 부라리는 사이, 설수현과 하재욱. 그들은 언제나 같은 주제로 한결같이 싸워댔다.

“여기서 뭐 하니? 시간도 늦었는데?”

“아, 담배 피우다 걸려서 쫓겨나왔지 뭐.”

맞은편 의자에 앉은 재욱의 물음에 수안이 기운없는 대답을 했다.

"집에 들어가면 죽었다, 이제."

"쯧, 몸에 좋지도 않은 거 왜 자꾸 피우니? 나도 그건 마음에 안 들어."

"언니!"

수안은 재욱을 살짝 노려보았다. 하지만 요즘 수안의 가슴을 설레게 하는 남자가 있다는 것을 알고 있는 재욱이 놀리듯 말했다.

"아가야, 나중에 멋진 남자랑 키스할 때 네 입에서 담배 맛이 난다고 생각해 봐. 그거 좋아해 줄 남자는 없거든. 수안이 시집 못 간다?"

"흥! 왜 이러셔? 우리 자기는 다 이해해 줄걸?"

두 주먹을 꼭 쥐고 얼굴을 붉힌 수안이 마냥 귀엽기만 한 재욱은 뒷머리를 긁적이며 짐짓 먼 산을 바라보았다.

"아, 우리 수안이한테 담배 때문에 썩은 폐 사진 한 장 구해다 줘야겠네."

"언니!"

"호호호, 그러니까 어지간하면 자제해."

오늘은 얻어먹는 복이 있는 날인가? 아이스크림 하나씩을 사이좋게 나눠 먹고 차에 올라타 벨트를 하려던 수안은 불현듯 태원이 떠올랐다. 아까는 미처 물어보지 못했지만 대체 귀국을 언제 한 것인지 궁금함에 고개를 갸우뚱거렸다. 어렸을 적에 그렇게 가지 말라고 붙잡았는데도 뿌리치고 가더니. 수안은 재욱을 보며 말했다.

"나 오늘 태원 오빠 봤다?"

"태원이?"

시동을 걸던 재욱이 태원의 이름을 듣는 순간 놀라서 수안을 바라보았다.

"어, 태원 오빠. 근사하게 잘 컸대?"

"그래?"

재욱은 종알종알 태원을 만난 이야기를 하는 수안의 이야기가 귀에 들리지 않았다. 수현과 함께 나타났던 어두운 눈동자. 태원이 떠난 뒤에야 수현에게 전해 들었던 이야기가 얼마나 가슴 아팠던지 재욱은 결코 잊지 못했다.

결국 다시 불러들인 건가? 죽어라, 말할 만큼…… 미운 존재를 받아들이기로 했단 말이야?

또 얼마나 상처를 주려고 불러들인 거지?

짧은 거리를 운전해 집 앞에 도착한 재욱의 얼굴이 흐려졌다.

"태원 오빠가 나 밥도 사주고 학교까지 태워줬다?"

"음, 뭐라고?"

혼자만의 생각에 잠겨 있던 재욱은 수안의 마지막 말에 정신을 차렸다.

"그 녀석이 밥도 사주고 차도 태워줘?"

“응.”

돌보다 차갑고 무심한 놈이? 하긴 그놈은 그때도 수안이에게
는……

재욱은 기억 속에 묻어둔 시절 한자락을 떠올렸다.

그날은 여름 더위가 오전에 내린 소낙비에 한풀 기세가 꺾인
날의 오후였다. 세찬 장대비에 오전 밭일을 나가지 못했던 어른
들이 줄줄이 나가고 집에 남은 사람은 수안 남매와 태원, 그리
고 재욱뿐.

할머니도 부엌에서 먹거리를 만드시느라 바쁘신 가운데, 젊
디젊은 그들은 서로의 얼굴만 보며 멍하게 앉아 있었다.

전날, 돕는답시고 수박밭에 따라갔다가 망친 수박이 더 많아
밭엔 얼씬도 하지 말라는 엄명을 받은 터라 할 일이 없었다.

번잡하고 볼 것 많은 도시와는 달리 보노라니 논밭이요, 듣노
라니 경운기 소리와 매미 소리가 전부였다.

무료함에 진저리치던 그들은 읍내 상에 구경을 가자고 합의
를 보았다. 그런데 희희낙락 즐거움에 저마다 모자를 챙겨 들고
나올 찰나, 수현이 읍내 장 구경에 수안을 데려갈 수 없다고 했
다.

이 녀석, 그때나 지금이나 얼마나 원기 왕성한지 한여름 땡볕
이 무색하게 밭도랑을 뛰어다니다 더럭 열사병에 걸린 것이다.
모기장 친 서늘한 그늘 방에 누워 조리를 해야 되는지라 수안을

데려갈 수가 없었다.

"안 되겠다. 수안아, 오빠 금방 갔다가 올게. 갔다가 우리 수안이 좋아하는 과자 사 올게."

"싫어! 나도 갈 거야! 나도!"

수안은 저를 떼어놓고 간다고 울고불고 난리도 아니었다. 어린 녀석을 홀로 두고 가기가 모두 마음에 걸렸지만, 그렇다고 모두 안 가기에 그들의 무료함은 도를 넘고 있었다.

'그냥 가, 그냥.'

그들은 서로 눈짓으로 사인을 주고받은 뒤 후다닥 집을 뛰쳐나왔다.

"어어엉! 오빠! 언니!"

아이의 애절한 울음소리에 잠시 마음이 흔들렸지만, 소낙비로 먼지조차 일지 않는 신작로 길은 너무도 아름다웠다.

모두 잠시 수안에 대한 마음은 접기로 암묵적으로 다짐하며 읍내로 가는 버스를 탔다.

읍내는 때마침 오일장이 한창이었다.

일주일 전 태어났다는 눈도 못 뜬 강아지에 마음을 빼앗긴 수민이, 난전에 놓인 할머니 몸빼 바지를 집어 들고 요란한 색감에 배꼽을 쥐며 웃는 수현과 그녀는 모두 신이 났다.

대형마트에서 깔끔하게 포장된 물건만 사다 오백 원, 천 원을 외치며 흥정을 하는 사람들 틈바구니에 끼자 절로 흥이 난 것이다.

그들은 기웃기웃 돌아다니다 시원한 감주 장수 앞에서 약속이나 한 듯 발걸음을 멈췄다. 밥알이 얼음에 섞여 사각거리는 황홀함에 취해 감주를 마시던 수현이 뒤를 돌아보았다. 제 몫을 빼앗길까 부지런히 마시던 재욱이 물었다.

"왜?"

"태원이 어디 갔나? 왜 아까부터 보이질 않아?"

"응?"

수현의 말에 재욱과 수민도 주위를 돌아보았다. 사람들 사이에 묻혔나 싶어 고개를 빼고 봐도 녀석이 보이지 않았다.

"태원아!"

"태원 형!"

세 사람은 더럭 걱정이 되어 먹던 감주 그릇도 팽개치고 태원을 찾으러 뛰어갔다. 보통 사람들과는 너무 다른 태원의 집안이 또 무슨 일을 벌인 것은 아닐까, 걱정이 되어 견딜 수가 없었다. 더욱이 태원을 이곳으로 오게 한 장본인인 수현은 사색이 되어 태원을 애타게 찾았다.

"이놈이 어딜 간 거야?"

한참을 찾아도 찾을 수가 없어지자 다시 한 곳으로 모인 세 사람은 숨을 헐떡거리면서도 주위를 둘러보는 것을 멈출 수가 없었다.

그때 수민이 손가락질을 하며 소리쳤다.

"저기 있다!"

"어디? 어디?"

과연 저만큼 멀리 태원이 서 있었다.

"야! 이 자식아!"

반가움에 수현이 달려가 태원의 가슴을 탁 쳤다.

"대체 어딜 갔었던 거야? 얼마나 걱정했는지 알아?"

"형! 괜찮아요?"

수현 형제의 호들갑에도 태원은 그저 담담히 고개만 끄덕거
릴 뿐, 별다른 말을 하지 않았다.

"뭐 했던 거야? 어딜 갔었어?"

"그냥."

수현의 다그침에도 태원은 그저 얼버무리고 말을 하지 않았
다. 결국 수현 형제를 애타게 만든 태원이 왜 무리를 벗어났는
지, 무엇을 하기 위한 것이었는지 알 수 없었지만 재욱은 알고
있었다.

그것이 무엇을 위한 이탈이었는지……

수안과 한방을 쓰던 재욱은 밤이 깊도록 들어오지 않는 수안
을 찾으러 나갔었다. 한참 동안 집 안을 기웃거리던 재욱은 외
출에서 돌아온 그들을 용서하지 않은 수안이 저 홀로 뒷마루에
앉아 있는 모습을 발견하고 막 부를 찰나였다. 수박처럼 커다란
보름달 아래, 새침하게 삐친 수안 앞에 나타난 태원이 아무 말
없이 별사탕을 내밀었다. 달빛에 보석처럼 영롱이는 별사탕 한
아름.

태원은 별사탕에 심한 애착을 보이는 수안을 위해 읍내 귀퉁이에 있는 구멍가게의 줄줄이 별사탕을 사 온 것이다.

삐친 것도 잊고 깜짝 선물을 받은 수안의 환한 웃음이란…….

그때.

"야! 하재욱! 설수안! 다 큰 처자들이 밤늦게 뭐 하는 거야? 얼른 집에 안 들어가냐?"

재욱의 상념을 뚫고 수현의 거만한 목소리가 들렸다.

어린 시절 기억에 잠시 아련해졌지만 초록색 민소매에 반바지, 의사라고 하기엔 너무 껄렁한 차림의 수현을 확인한 순간 재욱의 눈썹이 꿈틀거렸다.

망할 자식, 내 애마를 긁어놨겠다!

"수안이 가라. 다음에 보자."

그의 존재를 깡그리 무시하고 재욱은 자신의 집 대문을 열었다.

"이이, 하새욱. 너 내 말 무시하냐?"

"흥!"

재욱은 콧방귀를 끼며 얼른 집으로 들어갔다. 그 모습에 발끈한 수현이 대문을 쿵쿵 두드렸다.

"어우! 야, 하재욱!"

"미쳤냐? 우리 집 대문 두드리지 말고 얼른 너네 집 가라!"

"너 왜 내 말 무시해!"

“웃겨! 얼른 가버려!”

“하재욱, 너!”

하얀 철제 대문을 사이에 두고 으르렁거리는 두 사람을 보던 수안은 고개를 저었다. 대체 언제들 철이 날 건지, 어휴.

“잘들 해보셔.”

가는지 마는지 관심도 없는 두 사람을 버려두고 수안은 조심스레 집안의 동정을 살펴 후다닥 자신의 방으로 들어가 문을 잠갔다.

단단히 잠긴 문을 한번 흔들어보고서야 안심이 된 수안은 침대에 털썩 누웠다. 잠깐 숨을 고르는데 두고 나갔던 휴대전화가 요란한 메시지 수신음을 냈다. 협탁 위의 휴대전화를 들어 확인을 하자 과 친구 놈들의 술 취한 넋두리가 가득이었다.

“늦었거든? 좀 자라.”

일일이 문자를 확인한 수안이 구시렁거리며 휴대전화를 베개 옆으로 던져 놓았다.

“응?”

그러다 문득 이상한 기분에 다시 휴대전화를 잡았다.

“어? 차차, 얘가 어디로 갔지?”

붉은 망토를 두른 곰인형 차차가 사라졌다. 학교 앞 리어카에서 민규가 사준 차차가 없어졌다!

민규가 누구던가! 세상에 태어나 처음으로 사랑을 느낀 남자였다. 그 남자가 뽀얀 얼굴에 수줍은 미소를 지으며 그녀에게 준 차차!

"아악!"

수안은 미친 듯이 방을 뒤지기 시작했다.

처음부터 좋아한 것은 맹세코 절대, 네버 아니다.

성민규. 그 녀석의 얼굴이 얼마나 하얀지 보지 않은 사람은 알지 못한다. 사범대 체육학과 학생이라는 것이 무색하게 흰 얼굴엔 잡티 하나 없었다. 그저 보고만 있어도 순백의 우유가 쏟아지는 듯한 착각이 들었다.

하지만 수안은 입학하던 날, 여자보다 고운 피부를 가진 민규를 처음 보고 굉장히 재수없어 했었다. 아몬드형 눈매에 또렷한 쌍꺼풀, 흐트러짐 하나 없이 곧게 솟은 콧날, 그리고 붉은 입술과 갸름한 뺨.

술을 살짝 걸친 날 본다면 자칫 여자라고 착각할 만큼 예쁘장한 민규 녀석은 종종 일본 소년 아니냐는 오해를 받곤 했다. 게다가 이 녀석, 얼굴도 잘생긴 게 성격은 또 얼마나 자상한지, 온 사범대 여학생들의 사랑과 관심을 독차지하는 민규를 수안은 도저히 고운 눈으로 봐줄 수가 없었다.

하지만 준 거 없이 미운 놈을 수안이 아무리 질색을 하고 싫어라 해도 같은 학번, 같은 과에서 마주치지 않기란 쉬운 일이 아니었다.

거기다 설 가, 성 가. 성 또한 'ㅅ'으로 시작하는지라, 툭하면 같은 실습조가 되다 보니 아주 죽을 맛이었다.

“수안아, 너 우리 조다.”

그녀가 떫은 표정으로 앉아 있을라치면 민규 녀석이 슬그머니 다가와 어깨를 툭 치며 씨익 웃는데, 아우!

“수안이랑 해서 실습 점수 못 받은 게 어디 있었냐?”

많고 많은 여학생들의 사랑을 받아도 그저 웃기만 하는 녀석이 그녀 앞에선 의외로 말이 많았다.

“너랑 같은 조라는 게 나에겐 행운이지.”

무슨 생각에서인지 몰라도 저런 말을 쏟아놓는 통에 곤란한 것은 항상 그녀.

“어디 널 같은 과 예쁜 여자로 보겠니? 넌 민규에게 씩씩한 남자 친구지.”

“그럼 달리 뭐겠어? 수안이가 씩씩하기만 하냐, 용감하기도 하지?”

그것을 샘하는 친구 년들이 저마다 한 마디씩, 나름대로 내린 결론에 그날 피바람이 불었던 것은 자명한 일.

그런데 정말 이상하기도 하지…….

어느 날, 학교 복도에서 창을 등지고 걸어오는 민규 놈을 보는 순간 수안은 숨이 턱 막혀 버렸다.

항상 좁게 느껴지던 어깨가 편평하게 넓어 보였고, 늘 탐탁지 않던 흰 얼굴이 햇빛을 등져서인지 구릿빛으로 빛났다. 익숙한 녀석이건만 너무나 낯선 모습에 두 눈만 동그래져 쳐다보던 수안은 그만 입술을 깨물었다.

왜 저렇게 키가 큰 거야?

같은 또래라고 여겨서인지 한 번도 민규의 존재감에 대해 생각해 본 적이 없었다. 하지만 성큼성큼 다가오는 민규는 다른 남학생들보다 머리 하나가 더 컸다. 수안이 할 말을 잊고 그저 민규가 다가오는 모습만 쳐다보고 있으려니 옆에 섰던 친구들은 아주 숨을 헐떡이며 난리를 쳐댔다.

"아아! 민규다!"

"어쩜, 잘생긴 애는 뭘 해도 멋지니? 그저 걸어오는 것만 봐도 황홀하다."

"그래, 민규 옆에 태동이 봐라. 저저, 걸어오는 모습조차 짜증난다."

까만 뿔테 안경을 쓴 희선의 마지막 말에 친구들은 모두 무릎을 치며 웃었다.

하필이면 민규와 나란히 걷다 쓴 소리를 들은 부과대 태동이 눈을 부라리며 지나갔고, 그 뒤를 따라가던 민규가 갑자기 멈춰 섰다.

"헛!"

그러자 자지러질 듯 웃던 여자애들이 일시에 민규를 쳐다보았다. 그러자 녀석은 사람을 홀리는 미소를 지으며 수안의 곁으로 다가왔다.

"수안, 너 커피 마시면 오후에 발차기 할 때 발 안 올라간다. 마시지 마라."

녀석은 그 말과 함께 그녀의 손에 들려 있던 커피 잔을 빼앗았다. 그리고 한술 더 떠 그녀가 마시던 커피를 넙죽 마시는 것이 아닌가? 너무나 뜻밖의 행동에 놀라 바라만 보자 녀석은 손을 흔들며 걸어갔다.

민규가 사라지자 친구 년들이 모두 눈이 벌게져서 수안을 노려보았다. 순간 수안은 잘못한 거 하나 없는데 얼굴이 확 달아올라 버벅거렸다.

"저…… 저게 미쳤나!"

떨리는 손가락으로 민규가 사라진 방향을 가리키는 수안을 부모 죽인 원수처럼 노려보던 친구들이 주절거리기 시작했다.

"그래, 민규가 잠시 제정신이 아니었던 거야. 어떻게 설수안이 마시던 커피를 마실 수가 있어? 비위도 좋아."

"그래그래. 아까 점심 먹고 이도 안 닦았는데!"

"아유, 저렇게 곱게 생겨 가지고 비위도 좋고, 민규한테 시집가는 여자는 정말 편할 거야, 그치?"

"그럼그럼. 당연한 거 아니니?"

"야! 니들 내 발차기 한번 당해볼래?"

그날 또 한 번의 피바람이 아주 장하게 불었다.

녀석……

자꾸만 신경 거슬리게 눈에 띈다. 체육학과 전 학년 M.T 때 사진을 보며 수안은 시름에 잠겼다. 사진을 찍을 때 계속 녀석이 서 있는 자리에 시선이 가던 것.

'내가 녀석을 왜 의식하는 거야?'

오리엔테이션 시간, 조별로 손을 잡고 원을 그릴 때 녀석의 손을 잡을 수가 없어 희선이와 자리를 바꾸었던 것.

'내가 녀석을 좋…… 아하나?'

숙소에서 떡진 머리를 하고 방에서 나오다 저만큼 걸어오는 녀석을 보고 얼른 숨어버린 것.

'내가 녀석을……'

아, 젠장! 남들 다 가는 군대도 민규 놈은 부모 잘 만나 면제를 받은 터라 사 년을 줄기차게 보았더니 이성이 잠시 흐려졌나 보다. 그 틈을 잘도 노린 마음이 제멋대로 꿈틀거렸다.

차차를 찾지 못한 수안은 그만 기운이 빠져 침대 위로 털썩 누워버렸다. 한동안 천장만 바라보며 휴대전화를 만지작거렸다.

민규 놈에게 문사 메시지를 보내고 싶지만 도대체 어떤 말을 써야 절대 감정을 들키지 않을지 머리를 쥐어뜯으며 고민하다 결국 두 마디를 썼다.

〈뭐 해?〉

깜박거리는 검은 글자 두 마디를 써놓고 한참 들여다보던 수안은 혀를 찼다.

"쯧쯧. 참…… 설수안 너무한다. 너 대학교육을 사 년씩이나 받은 애 맞니? 국어 교육만 몇 시간을 받았는데 생각나는 말이 이것밖에 없어?"

수안은 자신의 머리를 콩콩 쥐어박았다. 저따위 언어 선택밖에 안 되는 자신이 너무 한심해 메시지를 지우려는데 미친 손이 덜컥 확인을 눌러 버렸다.

"어어? 이게 아닌데!"

'전송 중'을 나타내는 빨간 불이 깜빡거리는 것을 본 순간 수안은 화들짝 놀라 자리에서 일어났다. 하지만 뭘 어찌해 볼 틈도 없이 메시지가 전송 완료되자 그저 허무한 눈으로 액정만 바라보았다.

"굉장히 궁금해하는 건 줄 알 거 아니야! 아악!'

수안은 자신의 머리를 쥐어뜯으며 감정을 들킨 스스로의 어리석음을 자학했다.

Rrrrrrr.

난데없는 벨소리. 발신자를 확인하자 이미 외워 버린 번호와 함께 '민규 놈!'이라 입력한 글자가 깜빡거렸다.

"헉!"

수안은 후다닥 자세를 곧추세워 앉았다. 가슴이 콩닥거려 자칫 심장이 입 밖으로 툭 튀어나올 것만 같았다.

"허험! 훔!"

목소리를 가다듬고 조심스레 전화를 받았다.

"어."

그녀는 무심한 척, 도도한 척 목소리를 잔뜩 깔았다.

[수안, 하이. 아직 안 잤어?]

수화기 너머, 남자의 목소리는 경쾌했다. 담배 피우다 걸려서 온 동네를 돌았더니, 잠도 안 온다.

"음, 아직. 너무 더워서 잠이 안 와."

거짓을 말해도 그것을 알 길 없는 민규는 안됐다는 듯 혀를 찼다.

[그러게. 날이 너무 덥긴 하다. 그런데 내가 문자 보내도 답장도 없던 녀석이 문자를 다 보내고 웬일이야?]

"그래서 싫다고? 앞으로 보내지 말라고?"

이놈아! 나도 땅을 치고 후회하고 있다.

수안은 무안함에 얼굴을 붉히며 이를 갈았다. 그렇게 내색하지 않고 들키지 않으려고 기를 썼는데, 미친 손가락이 왜 확인을 눌러서는!

[어어, 왜 또 이렇게 까칠하신 거야? 음, 밥은 먹었어? 덥다고 밥까지 안 먹은 건 아니야?]

젠장. 그럴 일은 없단다.

그녀는 여전히 수화기를 귀에 댄 채로 털썩 누워버렸다. 이녀석……. 아아……. 정말 아닌데, 어떻게 된 게 목소리조차 이렇게 그윽하냔 말이다!

[아참, 수안. 나 다음 주에 호주 간다.]

"누가 물어봤냐?"

마음과는 다르게 목소리는 불퉁하기만 했다. 하지만 솔깃한 것은 어쩔 수가 없어 결국 물어보았다.

"왜 가는데."

[배낭여행.]

"칫."

팔자도 얼마나 좋은지 해외로 배낭여행을 떠나다니, 그럼 한동안은 녀석을 못 보는 거구나.

"잘 갔다 와라."

[그게 다야?]

민규의 목소리가 어쩐 일인지 멀게 느껴졌다.

"그럼 뭐? 뭘 원해?"

[야, 넌 사랑하는 동기가 해외로 여행을 가는데 잘 갔다 오란 말만으로 되냐? 이별주를 해야지.]

"웃기셔. 너랑 나랑 둘이서 웬 이별주? 테러나 당하지 말고 잘 갔다 오셔. 됐냐?"

수안은 마구 퉁퉁거렸다. 사랑하는 동기……. 아무 뜻 없는 말에 두 볼이 홍당무처럼 붉어졌다.

[어어? 너 그럼 안 된다. 너 이번 기말에 내 족보 봤던 거 잊었어? 그 족보 아무에게도 안 보여주고 너만 보여준 거 알지?]

"남자가 치사하게, 야!"

정말 기말시험에서 민규가 준 족보가 그녀를 살렸었다.

[둘이서 하기 싫으면 혜미도 부를게. 알았지? 끊는다!]

"야야! 야, 성민……."

다급히 녀석을 불렀지만 민규는 이미 전화를 끊은 뒤였다.

혜미, 선혜미. 그들의 동기이자 체육학과의 꽃. 항상 어울려 다니는 친구는 아니지만, 예쁘장한 얼굴에 성격도 나쁘지 않아 그냥 친하게 지내는 혜미를 왜 불러낸다는 것인지 뭔가 석연치가 않았다. 하지만 분명 도움도 받았고, 또 방학 동안 녀석을 못볼 거란 생각이 자꾸 마음에 걸렸다.

"혜미도 나온다잖아. 어색하지 않고 잘됐네 뭐."

민규에게 술을 사줘야 하는 이유를 애써 자신에게 납득시키는 수안의 마음이 설레기 시작했다. 천천히, 조금씩.

방학이 시작된 토요일. 민규 녀석의 이별주를 사주기로 한 시간이 다가왔다. 종강을 한 까닭에 요 며칠, 늦게까지 뒹굴거리던 수안이 아침 일찍 일어나 거실로 나오자 식사 중이던 가족들 모두 그녀에게 한 마디씩 던졌다.

"밥 먹어."

엄마.

"우리 공주님 깼어?"

아빠.

"오오, 수안이가 이렇게 일찍 일어나다니 오늘 해 안 뜬 거 아니야?”

“수안이 머리 봐라. 까치가 날아오겠다.”

오라비들. 흥!

수안은 부스스한 머리를 동여매고 곧바로 욕실로 갔다. 목욕 가방에 샴푸와 린스, 바디 클렌져 등 이것저것을 챙겨 넣고 거실로 나왔다.

“엄마, 나 돈 좀.”

“왜? 어디 가, 목욕?”

밥그릇을 싹싹 긁어먹으며 수민이 물었다. 수안은 수민에게 고개를 끄덕이며 엄마의 팔을 잡았다.

“응? 엄마, 나 돈 줘.”

“맡겨놨어? 너 이번 달 용돈 줬잖아. 그리고 오뉴월에 무슨 목욕을 간다고, 그냥 집에서 해.”

“안 돼! 나 오늘 약속있단 말이야. 목욕 가야 돼!”

“없다고 했지, 설수안!”

그녀의 칭얼거림에 엄마의 눈꼬리가 싸악 올라갔다.

“돈 줘!”

“우리 수안이 아침부터 한번 맞아볼까?”

마지막 요청까지 모두 묵살한 엄마가 자리에서 발딱 일어났다.

“쳇! 됐어, 됐어!”

수안은 목욕 가방을 거실에 내팽개치고 방으로 들어왔다. 주워와서 키운 애가 분명하다. 쥐꼬리만한 용돈으로는 며칠밖에 못 사는데 엄마는 너무 세상물정을 모른다. 게다가 오늘은 이별주도 쏘기로 했는데.

쿵쿵거리며 방을 왔다 갔다 가로지르는 수안의 얼굴이 마구 찌그러졌다.

어떡해야 하나? 이 뜨거운 마음이 단지 열악한 경제적 상황으로 인해 좌절하면 그보다 슬픈 일이 어디 있단 말인가.

그녀는 방문을 삐죽이 열어 동정을 살폈다. 아침 식사가 끝나고 엄마가 아버지 출근 준비를 하러 안방으로 들어가는 장면이 목격되자 수안은 후다닥 방을 나가 이층으로 올라갔다.

그리고 노크도 없이 수민의 방문을 벌컥 열었다.

"헉!"

마침 옷을 갈아입기 위해 바지를 벗던 수민은 갑자기 들이닥친 수안을 보고 기겁을 해 바지를 치켜 올렸다.

"이놈의 지지배! 예의도 없이 노크도 안 하고 들어와? 당장 안 나가?"

"오빠!"

하지만 수안은 수민의 벗은 가슴을 꼭 끌어안았다. 수안의 행동에 더욱 질색을 한 수민이 그녀를 떼어내려 안간힘을 썼다.

"야야! 너 왜 이래? 이거 안 놔? 야, 설수안!"

"오빠, 나 돈 좀 줘!"

"얼른 놔!"

남매 사이에 실랑이가 벌어지고 결국 힘 좋은 수민이 수안을 떨쳐 냈다.

"휴, 얼른 안 가? 너 엄마한테 나 등친다고 이른다!"

"짠돌이. 돈도 잘 벌면서."

"이게!"

수안의 말에 발끈한 수민이 방문을 열고 아래층으로 내려갈 태세를 하자, 그녀는 수민의 다리를 덥석 껴안았다.

"돈 줘! 오빠, 나 돈 좀 달라고! 오늘 약속있는데 돈 좀 줘!"

"어유, 이 거머리야."

"뭐 해? 꼭 연인이 헤어지는 것 같다? 둘이 사귀니?"

그때 이층 욕실에서 나오던 수현이 그들을 보며 말했다. 그 말에 질색을 한 수민이 두 손을 마구 저었다.

"미쳤수? 내가 이런 폭탄이랑?"

"오빠—아."

수민의 다리에 매달린 수안은 아주 절망적이었다.

망할 민규 놈. 괜히 그놈을 좋아해선 아침부터 이 수모를 겪고 있다. 생각 같아선 돈이고 뭐고 확 집어치우고 싶지만, 그래도…… 이별주를 쏘기로 했던 약속이 자꾸만 떠올랐다.

"내가 정말정말 중요한 약속이 있단 말이야. 응?"

자존심 따윈 다 버린 수안의 애원에 수현이 방으로 들어가 지갑을 들고 나왔다. 수현은 목에 수건을 두르고 수안의 옆에 쪼그리고 앉았다.

"자, 이거면 돼?"

뜻밖에도 빳빳한 수표 두 장이 눈앞에 어른거리자 수안은 수민의 다리를 놓고 덥석 돈을 잡았다.

"응! 역시 큰오빠야! 오빠, 사랑해!"

수안은 수현의 목을 꼭 안아준 뒤 일어나 수민을 노려보았다.

"이봐요, 설수민 씨. 인생 그렇게 살지 마셔! 흥!"

"야!"

잔뜩 흥분한 수민에게 혀를 날름거린 수안이 이층을 내려갔다. 깨끗이 샤워를 하고 나갈 준비를 하던 수민은 한바탕 실랑이에 땀범벅이 되고 말았다. 그는 밴이 픽업할 시간이 다가와 서둘러야 한다는 생각에 발끈했다.

"젠장. 폭탄 때문에 샤워를 또 해야 되잖아! 어유, 저걸 그냥."

"그러게 주고 말지, 왜 그렇게 약을 올려?"

수현이 느긋하게 머리를 닦으며 말했다. 그러자 통통거리던 수민의 얼굴에 순간 장난기가 어렸다.

"재미있잖아. 고게 성질대로 못해서 화르륵거리는 게 얼마나 귀여운데."

"쯧, 변태 놈."

수현이 고개를 흔들며 제 방으로 쏙 들어갔다.

톡톡 치면 통통 튀어 오르는 수안의 성격이 항상 화근이다. 수민도 다시 샤워를 하기 위해 욕실로 들어가다, 멈춰 섰다. 그리고 자신의 방으로 들어가 테이블 위에 신용카드를 올려놓았다. 한도가 초과되면 절대 용서치 않으리란 메시지를 남겨야 했지만 메모지를 찾을 시간이 없어 주머니에서 휴대전화를 꺼내 들었다. 문자 메시지를 보내고 방을 나오자, 어느새 확인을 했던지 아래층에서 환호성이 들렸다.

"이야!"

씩씩한 막내의 목소리를 듣는 수민의 얼굴에 미소가 어렸다.

약속 장소인 대학가 서점 앞.

'왜 이렇게 긴장이 되는 거지?'

찢어진 청바지에 나비가 그려진 노란 니트 티를 입고 민규를 기다리는 수안의 심장이 마구 쿵쿵거렸다. 나름의 이유도 충분하고 지갑도 빵빵하고……. 이렇게 긴장될 이유가 하나도 없는데 말이다.

수안은 지갑에서 누렇게 반짝거리는 카드를 슬쩍 꺼내 보았다.

〈한도 초과되면 다리 밑에 갖다 버릴 거다, 설수안.〉

으름장을 놓던 문자 메시지는 지운 지 이미 오래였다.

"훗, 누가 갖다 버리면 무섭대냐? 택시 타고 집에 오면 되지."

술값은 작은오빠 카드로 계산하고 큰오빠가 준 돈으로 용돈을 하면 되겠다는 생각은 수안을 몹시 흐뭇하게 했다. 이 긴장 된 만남만 아니라면 더 좋을 텐데.

아아, 사람을 좋아한다는 건 참 어려운 일이다. 더군다나 그 사람에게 들키지 않으려 이렇게 발버둥 치는 자신을 이해하기 어려웠다. 원래 성격대로라면 저돌적으로 밀고 가 고백을 하고도 남았는데…….

그때 상념에 사로잡힌 그녀의 귀에다 누군가 훅 바람을 불어 넣었다.

"설수안."

"엄맛!"

깜짝 놀라 뒤를 돌아보자 언제나처럼 하늘빛 남방을 입은 민규와 예쁘장한 혜미가 웃고 있었다.

"아, 놀랐잖아!"

갑작스런 마주침에 당황한 수안이 소리쳤다.

"호호, 민규가 너 놀래켜 준다고 그래서. 많이 놀랐니?"

방싯거리는 미소와 핑크빛 플레어스커트가 허벅지 위에서 춤추는 혜미는 오늘따라 더 예뻐 보였다.

"어, 너도 잘 지냈지?"

수안과 혜미가 가벼운 인사를 주고받는 것을 본 민규가 제안했다.

"술 마시긴 아직 이르다. 영화나 볼까?"

"그러지 뭐."

혜미는 방싯거리며 좋다고 말했다.

시계를 보니 네 시가 조금 지난 시간이었다. 확실히 술을 마시기에는 이른 시간이었다. 어두컴컴한 곳에 가만히 앉아 있는 것을 그다지 좋아하지 않았지만 혜미까지 고개를 끄덕이며 찬성을 했기에 수안은 마지못해 그들의 뒤를 따라갔다.

극장 앞에서 서로 봤던 영화가 달라 결국 시시한 액션 영화를 보기로 했다. 표를 사고 막 시작 전이라는 안내원의 말에 급하게 상영관 안으로 들어오자, 혜미가 주저하며 말했다.

"저기 미안. 나 중간에 못 앉아. 스커트가 너무 짧잖아."

"응?"

"수안이 네가 여기 앉아."

당치도 않게 사이에 앉으란 말인가. 하지만 평소에 가녀리다 생각한 혜미의 팔 힘은 상당히 좋았다.

"어어."

"얼른 앉아."

혜미에 의해 어정쩡하게 앉혀지자 미처 반박할 여지도 없이 상영관 안에 불이 꺼졌다. 졸지에 중간에 앉혀진 수안은 한숨이 들키지 않기를 바랐다.

어색한 상황으로 인해 시선을 스크린에 고정시킨 그녀와는 달리, 느긋하게 앉은 두 사람은 수안이 들고 있는 팝콘으로 손이 번갈아 오갔다.

한 번은 오른쪽에서 한번은 왼쪽에서 바쁘게 오가는 손길을 보노라니 슬그머니 부아가 치밀었다.

'이것들! 사람을 중간에 앉혀두고 아주 난리가 났네, 난리가 났어!'

생각 같아선 조금 더 자주 팔을 뻗쳐 오는 혜미의 품으로 팝콘을 확 넘기고 싶었지만 팔걸이에 살짝살짝 와 닿는 민규의 맨살 감촉을 느끼는 재미도 쏠쏠해 넓은 마음으로 참기로 했다.

시간이 좀 흐르자 좌우에 앉은 두 사람은 영화에 푹 빠져들며 팝콘에 대한 미련을 버렸다.

"어머! 멋지다."

중간중간, 수안을 그다지 감동시키지 못한 장면에서 혜미의 감탄사가 연발했고 민규의 웃음소리가 들렸다.

'어휴……. 심장 떨려.'

밀폐된 공간, 나란히 앉아 있는 녀석은 너무 유혹적이다. 수안은 도저히 영화에 집중을 할 수가 없어 애꿎은 팝콘만 집어먹었다. 꾸역꾸역 팝콘을 집어먹다 무심결에 손을 뻗은 민규와 손가락이 얽혀들었다. 깜짝 놀라 민규를 바라보자 녀석은 씨익 웃으며 콜라를 건네주었다. 그리고 그녀에게 고개를 숙여 소곤거렸다.

"목 안 막히냐? 마셔."

"응? 어, 고마워."

영화관이 어두워서 정말 다행이다. 얼굴이 붉게 달아오른 수안은 콜라를 마시며 안도했다.

영화가 끝나고 나오자 거리는 어둠이 반쯤 내려앉아 있었다. 그들은 다음 행선지를 민규 녀석이 몇 번 가봤다는 호텔 재즈바로 결정하고 택시를 탔다.

"미안. 누나 차가 공장 들어가는 바람에 내 차 빌려갔거든."

당연한 듯 앞자리에 수안이 앉고 뒷자리에 혜미와 나란히 앉은 민규가 머리를 긁적이며 사과했다.

"왜 하필 오늘따라 차가 그 모양이냐?"

마음과는 다르게 그녀가 퉁퉁거림과 동시에 혜미의 목소리가 들렸다.

"괜찮아. 뭐 어때? 이렇게 택시 타면 되지."

상냥하기 이를 데 없는 혜미의 말에 수안은 머쓱해졌다.

은은한 조명이 아름다운 재즈바에 들어와 자리를 잡은 뒤 본격적인 여행 이야기가 시작됐다.

"아. 한 달간 갈 거라고 생각하니 조금 무섭기는 하다."

"그래, 요즘 좀 불안하잖아."

어떻게 그녀가 끼어들 틈도 없는 자연스럽고 열정적인 두 사람의 대화, 수안은 소파에 깊숙이 몸을 기대서 주문한 것들을 기다리며 물 컵을 만지작거렸다.

"어디 어디랬지?"

"어, 일단 시드니부터 가볼 생각이야. 거기 외삼촌이 살고 계시기도 하고, 나 오페라 하우스도 못 봤거든."

오페라 하우스? 흥!

"그래? 그런데 너 나 보고 싶어할 거야?"

심술맞게 두 사람의 대화를 듣던 수안은 혜미의 말에 숨이 턱 멎을 만큼 놀랐다.

"훗, 당연하지. 너랑 같이 가면 좋겠는데, 너희 아버지가 허락을 안 하신다며."

잘못 들었나 귀를 의심하는 사이, 민규가 입술을 조물거리며 대답했다. 수안의 심장이 덜컹 내려앉았다.

"아버지께 다시 한 번 부탁드려 봐."

"어유, 우리 아빠 한 번 안 된다고 말하신 건 절대 안 돼."

"음, 나 그렇게 나쁜 놈 아닌데."

두 사람의 대화는 상상을 초월했다. 물 컵을 잡았던 손이 덜덜 떨리자 수안은 얼른 컵을 테이블 위로 내려놓았다.

"저기, 저기 나 잠깐만, 화장실 좀."

"그래."

그들의 대화에 충격을 받았을 거라 상상도 못하는 민규가 손을 흔들었고, 수안은 정신없이 화장실로 걸어갔다.

나 보고 싶어할 거야?

당연하지……. 당연하지…….

민규의 대답이 환청처럼 들려왔다.

둘이 사귀는 거야?

그런데…… 왜 나한테 이별주를 사달라고 한 거야.

화장실 벽에 기대선 수안의 얼굴은 복잡했다.

혜미를 데리고 나온다던 그 말……. 왜 의심하지 않았지?

둘이 다정하게 함께 나온 것을 보고 왜 의심하지 않은 거니!

하……. 그런데 설수안 너…… 저 둘 사이에 앉아 영화를 봤
어. 사귀는 애들 틈에 멍청하게 앉아서…….

기억을 더듬던 수안은 그만 스르륵 주저앉고 말았다. 콩닥콩
닥 그녀의 가슴을 졸이게 만든 사람이 너무 잔인하다. 의미없는
행동에 혼란해할 자신은 아랑곳없이 다정한 두 사람, 정말 너무
한다.

지난 시간과 두 사람이 나누던 대화를 되새김질할수록 눈가
가 화끈거리며 붉게 달아올랐다. 하지만 수안은 힘을 내 자리에
서 일어났다. 상처받고 혼란한 마음은 일단 접어두어야 했다.
혼자서 아파할 때 아파하더라도 더 이상 자신이 추해지는 기분
은 용납할 수 없었다.

수안은 차가운 물로 얼굴을 연거푸 씻어냈다.

“수안아.”

그때 언제 들어왔던지 혜미가 뒤에 서 있었다. 커다란 벽거울
을 통해 혜미가 보이자 수안은 애써 태연한 척 티슈를 뽑아 얼
굴을 닦아냈다.

“어.”

“저기 미안한데 어쩌지? 나 집에서 호출이야. 우리 아버지 지

방으로 출장 가셨다가 지금 오신다고 엄마가 들어오래. 미안해서 어쩌지?"

혜미의 커다란 눈은 순진했고 정말 미안한 기색이 역력했다.

"미안하긴, 당근 가야지. 그래, 가자."

착한 얼굴을 보며 미워하지 않아도 되니 다행이다. 선뜻 아무렇지도 않게 말하는 그녀가 고마웠던지 혜미의 얼굴에 방긋한 웃음이 어렸다.

"그런데 수안아, 나 부탁할 거 있어."

"뭔데?"

손을 마주잡고 몸을 꼬는 혜미를 거울을 통해 바라보자 혜미가 수줍게 말문을 열었다.

"저기, 나 민규랑 사귀기로 했는데…… 아직 애들은 그거 모르거든. 민규가 워낙…… 인기가 많아서……. 그래서 민규가 걱정해. 내가 애들한테 미움받을까 봐. 사실 오늘이 첫 데이트인데 수안이 네가 곁에 있어줘서 정말 좋았거든? 그러니까…… 나중에 애들이 알게 되더라도…… 잘 부탁해. 부탁이야."

"……알았어."

무지로 휘두르는 칼이 더 날카롭다. 혜미가 깊숙이 들이민 고백에 수안은 화가 났지만 감정을 들키면 안 되기에 내색할 수가 없었다.

"우리 설수안이 처음으로 나한테 쏘는 영광을 누리지 못해서 정말 미안해. 내가 귀국할 때 선물 사 올게."

화장실 입구에서 그들을 기다리던 민규의 모습까지, 수안은 얼른 집으로 돌아가 혼자 있고 싶었다.

주문한 음식과 술을 모두 취소하고 호텔 로비로 나오자 혜미는 얼른 택시를 향해 뛰어갔고, 민규가 그녀를 향해 뒤돌아섰다.

"미안. 혼자 갈 수 있지? 나는 혜미 바래다줘야 하거든?"

여기서 무너지면 안 된다. 조금은 미안한 듯 머뭇거리는 민규를 보며 수안은 마지막 힘을 짜냈다.

"물론 바래다줘야지. 혜미가 나처럼 용감하게 생긴 애도 아닌데, 얼른 가. 여행 잘 다녀오고."

"그래……? 알았다. 그럼 간다."

그녀는 천진하게 손을 흔드는 혜미에게 마지막까지 웃으며 손을 흔들어주었다.

"너 뭐야…… 설수안? 헛다리를 짚어도 정도가 있어야지……. 너 정말 너무한다. 후훗, 어쩌니, 응?"

수안은 그들이 차에 올라타는 모습을 물끄러미 보며 중얼거렸다.

그리고 그녀 앞으로 스쳐 지나가는 택시 안에서 민규가 혜미의 어깨를 감싸는 모습을 보고 말았다. 별처럼 반짝이며 환하게 웃는 혜미의 얼굴이 그녀를 지나쳐 가자 울컥 애써 참았던 감정이 북받쳐 올랐다.

"흑. 진짜 어쩌냐, 설수안?"

오늘 하루 어리석었던 자신의 모습이 떠올랐다. 마음이 너무 들떠 있던 며칠과 고대하던 하루가 더할 수 없이 그녀를 무안하게 했다.

민규와 혜미가 나란히 가는 것보다 더 부끄러운 자신의 모습.

"흐흐윽."

흐느끼는 소리가 입 밖으로 새어나오자 수안은 얼른 입을 틀어막았다. 어떤 말로도 설명할 수 없을 만큼 마음이 아팠다.

그때 불쑥 어깨를 잡는 손길이 느껴졌다.

"꼬마."

수안은 흐릿한 눈으로 뒤를 돌아보았다.

여름의 향기가 물씬 풍기는 블루 컬러의 타이를 느슨하게 매고 그녀를 바라보는 남자. 커다란 손의 주인공은 놀랍게도 박태원이었다. 수안은 태원의 얼굴을 본 순간, 반갑다는 인사보다, 놀랐다는 인사보다 먼저 퉁명스럽게 눈물을 훔쳐 냈다.

뜻하지 않은 곳에서 마주친 수안이 마치 길 잃은 아이처럼 안쓰러운 얼굴로 돌아보자 태원은 저도 모르게 한 발짝 다가섰다.

"울어?"

녀석이 왜 이곳에 서서 우는 것일까? 태원은 주위를 둘러보았지만 일행인 듯한 사람은 보이지 않았다.

"무슨 일이야? 대체 여기서 울 일이 뭐야?"

"우, 울긴 누가 울었다고 그래?"

그러자 태원의 길고 따뜻한 손가락이 아직 눈가에 매달려 있던 눈물을 어루만졌다.

"그럼 이건 뭐냐? 빗물이야?"

"소금물이다."

"그러게 소금물이 왜 눈에서 나와?"

"흐흐흑! 나도 몰라!"

집요한 태원의 질문에 애써 참았던 눈물이 터져 나왔다.

"으어어엉!"

벌써부터 주저앉고 싶었지만 도도한 자존심에 참았던 수안은 풀썩 주저앉으며 큰 소리로 울었다. 당황한 태원이 그녀의 어깨를 잡으며 더듬거렸다.

"야…… 꼬마."

"어어엉, 내가 안 운다고 했지? 어어엉, 안 운다고……."

수안은 두 팔에 얼굴을 묻으며 서럽게 울었다. 그 소리에 로비로 들어서던 사람들이 모두 그들을 보았다. 당황한 태원은 수안의 등을 감싸 안고 일어났다.

"알았어, 미안해. 미안해, 설수안. 너 안 울었어."

"어어엉. 그렇다니까."

수안은 그의 품에 눈물콧물 범벅인 얼굴을 묻었다. 어지간한 일에는 좀처럼 눈물을 보이지 않는 녀석이 대체 무슨 일인지 궁금함에 심장이 터질 것 같았지만 태원은 굳게 입을 다물었다. 대신 녀석의 작은 어깨를 토닥거려 주었다.

그때 뒤에서 잔뜩 화가 난 목소리가 들려 왔다.

"태원 씨, 뭐예요?"

소라였다.

허리까지 내려오는 웨이브진 머리가 성질대로 뻗쳐 그에게로 다가왔다.

기업인들의 친목 모임이란 미명하에 요란한 파티가 있을 예정인 호텔로 들어서던 중 그를 본 모양이다. 마땅찮았지만 무시할 수 없는 자리라 참석하던 그가 수안을 본 것처럼.

태원의 얼굴이 절로 굳어졌다.

품속에서는 꼬마가 여전히 훌쩍거리며 그의 옷깃을 잡고 있는데, 소라와 말을 섞고 싶지가 않았다.

그는 마지못해 수안을 품에서 떼어냈다. 동그란 눈이 붉게 충혈된 모습이 안쓰러웠다. 태원은 수안의 손을 잡아 옆으로 세우며 소라를 마주 보았다.

"오랜만이군."

또각또각, 하이힐 소리를 내며 다가온 소라는 그의 말에 대답할 생각도 없이 수안을 쳐다보았다. 어깨를 간질이는 고수머리에 캐주얼한 옷차림인 수안을 경멸 어린 눈으로 훑어본 소라가 뾰족한 날을 들어냈다.

"누구예요?"

마치 불륜 현장을 목격한 아내처럼 소라의 앙칼진 눈에 분노가 가득했다.

태산 같은 선한이 그녀에게 있는데, 감히 그녀를 냉랭하게 거부하는 태원을 참아내는 이유는 그가 모든 사람에게 그렇기 때문이다.

남자든 여자든 아이든 어른이든 그것은 그에게 중요하지 않았다. 의미없는 시선 속에 그들은 모두 같았다. 그런데 저 여자, 아직 머리에 피도 마르지 않은 것 같은 저 어린것을 태원이 안아준다. 그것도 사람들이 오가는 호텔 입구에서.

태원과 그녀는 지금 혼담이 오가는 사이였다. 예정된 결론을 향해. 그것을 모르는 정재계의 인사는 아무도 없었다. 하지만 그것을 전혀 염두에 두지 않는 듯한 태원의 모습에 소라는 오물을 뒤집어쓴 것 같은 기분이 들어 몹시 불쾌해졌다.

"나한테 소개시켜 줘야 할 거 같은데요?"

누구래?

비참한 마음에 수안은 코를 훌쩍이며 눈앞의 여자를 꼼꼼히 쳐다보았다. 이 더운 날 노란 머리를 여우처럼 풀어헤치고, 그녀라면 때 탈까 봐 걱정되어 입지도 못할 하얀 실크 원피스 차림을 한 여자는 언뜻 보기에도 화가 난 것 같았다.

웃겨, 웬 성질이야? 귀엽지도 않은 게?

감정 상태가 고르지 못해 여자를 예쁘게 봐줄 수 없는 수안은 손을 잡고 선 태원의 얼굴을 물끄러미 보았다.

둘이 사귀니?

수안은 태원에게서 자유로운 한 손을 마저 그의 팔에 대었다.

"누구야?"

애인?

그럴 가능성이 아주 농후했지만, 박태원이 여자를 만난다는 사실이 썩 마음에 들지 않았다.

수현이 소개팅한 여자와 하하거리는 것을 절대 못 보는 것처럼, 수민이 여자 팬들의 러브레터에 푹 빠져 헤어나오지 못하는 게 꼴불견인 것처럼.

수안은 태원이 저 여자와 그렇고 그런 관계란 상상에 기분이 나빴다. 그녀는 상처를 받아 피를 철철 흘리고 있는데 태원과 꼴불견까지 다정한 모습을 보이면 아주 혀 깨물고 죽어버릴 테다.

"응, 오빠?"

일부러 더욱 친밀한 척 수안은 태원의 얼굴을 바라보았다. 그러자 여자가 앙칼지게 태원의 대답을 요구했다.

"태원 씨!"

히히히, 약발을 제대로 받았나 보다. 청승맞던 기분이 조금 좋아지는 것 같다.

하지만 여자들의 기분과는 아랑곳없이 태원은 담담했다.

"모임에 참석할 모양이지?"

"당신도 참석할 거잖아요. 중요한 자리인 것 모르지는 않죠?"

소라는 날카롭게 받아쳤다.

"그래, 그럼 가라."

태원은 소라를 보며 얼른 들어가란 듯 몸을 살짝 틀어주었다.
그리고 그를 뚫어져라 쳐다보고 선 수안의 손을 당겼다.

"가자, 데려다 줄게."

"응."

수안은 고소한 마음에 얼른 대답했다.

"태원 씨!"

꼴불견이 앙칼지게 소리쳤지만 태원은 대답하지 않았다. 여
전히 수안의 손을 잡고 자신의 차로 걸어갔다.

"하……. 당신 이러면 안 되는 거, 모르니? 우진에서 살아남
으려면 내가 필요하단 사실, 당신은 그 정도 계산도 안 나오
니?"

태원이 여자를 차에 태우는 모습을 보며 소라는 아프게 입술
을 깨물었다.

출신 성분으로 인한 공공연한 따돌림을 실력으로 잠재우고
있긴 하지만, 그것도 한계가 있기 마련이다. 소라의 배경은 사
람들을 충분히 잠재울 수 있었다.

하지만 장작 본인은 초연했다. 무심한 듯 도도하기만 한 남
자.

그럼에도 난 왜 이렇게 저 남자가 탐이 나는 건지…….

"태원 씨, 즐길 수 있는 동안만 즐겨. 부디 즐거운 마음으로
즐기길 바라. 하지만 계속 날 무시할 수는 없을 거야."

이미 멀어져 가는 태원의 차를 보며 소라는 이를 악물었다.

“누구야? 응, 누구야?”

“다 울었어?”

“응, 다 울었어. 그 여자는 누구야?”

수안의 호기심은 집요했다. 두 눈을 동그랗게 뜨고 그의 얼굴에 관심을 집중시킨 채 물러서지 않았다. 태원은 신호를 받아 잠시 멈춰 서 녀석의 얼굴을 힐긋 바라보다 두 손을 들었다.

“그냥 아는 여자.”

“아니야, 그건 아니야.”

그의 대답에 수안은 새우처럼 눈이 가늘어져선 입가를 매만졌다.

“그거 말고 뭐가 있단 말이지.”

“있긴 뭐가 있어.”

태원은 그저 씨익 웃으며 녀석의 머리를 툭 쳤다.

“누구야아!”

결국 수안이 태원의 옷자락을 잡고 늘어졌다.

“그럼 넌 왜 울었어? 호텔 입구에 서서 왜 울고 있었던 거야?”

“흥! 내가 먼저 물었잖아!”

“그래? 그럼 수현이한테 물어보면 되겠네.”

“어우!”

항상 이런 식이다. 사람을 있는 대로 궁금하게 해놓고 저 혼자만 쏙 빠져나가는 것, 이것이 박태원은 특기이자 취미였다.

"됐어, 됐어! 그 여자가 누군지 절대 안 궁금하니까, 오늘 나 만난 거 큰오빠한테 말하지 마!"

"왜?"

태원의 목소리에 어린 웃음기를 느꼈다면 그녀의 착각일까? 수안은 앞만 보며 운전 중인 태원을 쏘아보며 두 주먹을 불끈 쥐었다.

"경고하는 거다! 나 만난 거 얘기하면 확 물어버릴 거야."

돈 얻으려고 난리친 걸 모두 본 오라비들이, 과년한 동생이 호텔 입구에서 혼자 울고 있었단 이야기를 들으면 미친 황소처럼 날뛸 것이다. 그녀를 있는 대로 볶아 반드시 진실을 듣고 말아야 직성이 풀리는 요상한 인간들.

"정말이야."

수안은 자신의 협박에 숨죽여 웃기 시작한 태원의 팔을 주먹으로 내리치며 다짐했다.

"아, 알았어."

옹골진 주먹 힘에 운전대를 잡은 팔이 휘청거리자 태원은 웃음을 참으며 맹세했다.

거리는 이미 어둠으로 물들어 있었다. 차가 속력을 내어 동네 근처로 접어들자 수안이 소리쳤다.

"스톱!"

끼익!

기분 좋은 침묵 속에서 운전하던 태원은 녀석의 갑작스런 외침에 놀라 인도 근처의 도로에 급히 차를 세웠다.

"왜? 무슨 일이야?"

태원의 큰 눈이 의문에 가득 찼다. 그러자 수안이 손가락으로 옆을 가리켰다.

"뭔데……."

그는 수안이 가리키는 곳을 보며 잘못 봤나 싶어 주위를 둘러보았다. 하지만 그곳 말고는 별다른 시선을 끄는 곳은 없었다. 그는 수안을 보며 확인했다.

"롯데리아?"

"응, 오빠. 우리 햄버거 하나만 먹고 가면 안 돼?"

아침은 목욕탕 가느라 못 먹었고, 점심은 심장이 하도 뛰어 못 먹었으며, 저녁은 혜미가 갑자기 일어서는 바람에 못 먹었다. 수안은 주린 배를 안타깝게 부여잡고 말했다.

"나 오늘 하루종일 아무것도 못 먹었어. 말라비틀어진 팝콘이랑 김빠진 콜라 한 모금밖에. 아아, 두툼한 고기랑 투마토 들어간 햄버거 하나만 먹으면 정말 좋겠다."

"그래, 먹자."

태원은 거의 탄식에 가까운 애원을 거절할 만큼 강심장이 아니었다. 그가 안전벨트를 풀자 수안의 얼굴에 대빈 웃음이 영글었다.

롯데리아에 들어간 그가 지갑을 통째로 손에 쥐어주자 수안
은 한걸음에 주문을 하러 갔고, 홀로 자리에 남은 태원은 시끄
럽고 요란한 주위를 둘러보았다. 강한 비트의 음악도 귀를 아프
게 하는데 옆 자리 여중생들은 그가 알아듣지 못할 말들로 외치
며 대화 중이었다.

"휴."

태원은 저도 모르게 한숨이 나왔다.

원래 주위가 요란한 것을 좋아하는 편이 아니었고, 오랜 외국
생활로 인해 이런 패스트푸드 음식은 더 더욱 질색이었다.

그렇지만…… 태원은 뭘 샀는지 수북한 쟁반을 들고 오는 수
안을 보며 표정을 고쳤다.

"오빠 건 내 맘대로 샀어. 먹어."

수안이 직접 포장까지 벗겨주는 햄버거를 받아 들고, 얼른 먹
으라는 재촉을 받으며 마른 입속에 햄버거를 베어 물었다. 그
모습에 흐뭇한 얼굴로 먹기 시작하는 수안.

그래…… 녀석이 좋다질 않은가.

태원은 묵묵히 햄버거를 먹기 시작했다.

햄버거가 한 입씩 사라지는 것과 반대로 수안은 점점 기운을
찾아갔다.

'그래, 살다 보면 별일이 다 있는 거지. 재수없는 하루였다 생
각하고 마는 거다.'

수안은 두툼한 한우 고기가 씹히는 느낌을 즐기며 그렇게 생

각하기로 했다. 서로의 마음이 통하지 않아 일어난 일인 것을, 그녀가 어쩔 수 없는 일에 마음 아파할 필요는 없었다. 하지만…… 하지만 말이다. 좋게좋게 생각해서 잊어주자 해도, 혜미를 데리고 나온 것만은 너무 괘씸했다.

둘이서 사귄다는 이야기도 하지 않은 주제에, 제 여자 친구를 데리고 나와? 거기다 날 중간에 앉혀 영화도 봤단 말이지?

민규가 곁에 있다면 발을 아프도록 밟아주겠지만, 이곳엔 햄버거의 물주이신 태원뿐이었다. 수안은 할 수 없이 기다란 포테이토 하나를 집어 들었다. 그리고 빨간 케첩을 쿡 찍은 뒤 그것을 의미심장하게 바라보았다. 그 모습은 마치 포테이토가 붉은 피를 철철 흘리는 것 같은 착각을 들게 하기 충분했다.

'성민규, 개놈아. 잘 먹고 잘살아라! 얼마나 잘사는지 꼭 지켜볼 테니까, 각오하고 살아라. 엉! 흥!'

"뭐 해, 안 먹고?"

"조용!"

태원이 참견을 하자 그녀는 얼른 손을 들어 막았다.

"저주를 내리고 있어 말하면 신성함이 없어지니까 가만있어."

두 눈을 질끈 감고 뭔가를 중얼거리는 수안을 보며 태원은 혼잣말을 중얼거렸다.

"녀석, 엉뚱하긴."

무슨 영문인지 케첩을 찍은 포테이토를 들고 부르르 떨던 녀

석은 또 그것을 와작와작, 있는 힘껏 씹어 먹었다. 녀석은 여전
이 엉뚱하고 축복받은 생기로 반짝거린다. 윤이 나던 열한 살
꼬마의 웃음과 진지함을 그대로 간직한 녀석.

빨리 크라고 그렇게 빌었는데……. 훗, 꼬마. 넌 아직 어리
구나.

태원은 고개를 절레절레 흔들었다.

언제였을까, 이 녀석이 그의 가슴을 비집고 들어온 때가? 그
시점을 알았다면 수안이 들어오지 못하도록 가슴에 철망을 치
고 버텼을 텐데.

하지만 기억을 더듬어도 딱히 어느 한자락에서부터인지 기억
이 나지 않았다. 자신과는 너무 달라 온통 찬란하기만 한 녀석
에게 언제 마음을 빼앗겼는지 말이다.

그때일까?

밭두렁을 따라 온통 피범벅이 된 다리를 끌고 걷던 수안을 보
았을 때, 태원은 심장이 덜컹 내려앉는 듯했다.

"너 왜 그래?"

"어어엉. 넘어졌어!"

그가 다가가자 수안은 곧잘 그의 속을 뒤집던 모습은 온데간
데없이 그의 품에 안겨 서럽게 울어댔다.

"아파서 죽을 거 같아! 어어엉. 피도 나고, 나 빈혈 걸릴 거 같
아."

"그러게 좀 조심해서 놀지. 이리 와."

태원은 절뚝거리는 아이를 업었다. 원기 왕성해서 굉장히 큰 아이 같지만 이렇게 업으니 작기만 한 녀석. 다쳐서 울고 있는 녀석이 못내 마음 아팠다.

"울지 마라."

그러자 녀석은 그의 등에 얼굴을 비벼댔다.

"나 되게 아팠어."

"다음부턴 조심해. 알았어?"

녀석은 그의 말에 선뜻 대답을 하지 않았다. 피를 보고 저 혼자 많이 울었던 듯 꽤나 기운이 없었다. 어지간한 일에는 의기 소침하지 않는데, 많이 아픈가 보다. 걱정에 그의 발걸음이 빨라졌다. 막 집 어귀로 들어설 무렵, 녀석이 중얼거렸다.

"오빠는 좋은 사람인 거 같아. 가끔씩 날 짜증나게 하지만 참 좋아."

태원은 졸린 듯 속삭이며 가녀린 두 팔이 그의 목을 감아오는 느낌을 아직도 잊지 못했다.

"조금만 더 자주 웃으면 좋을 테데"

그래서 한국으로 돌아오란 그 말을 무시할 수가 없었다. 그의 삶에 기다란 빛 그림자를 남긴 사람들이 보고 싶었고, 깊이 각 인된 수안을 보고 싶었다. 환상이 만들어낸 그리움인지 꼭 알아 내야 했다. 하지만 그것은 거짓이 아니었다. 시간의 경계가 없 었던 듯, 어린 시절과 똑같은 모습으로 마주한 녀석을 보고서야

알았다. 자신이 지난 십이 년 동안 줄기차게 아이를 그리워했음
을.

　커다란 쟁반에 담긴 햄버거와 포테이토 스틱, 치즈 스틱, 샐
러드 등등 시킬 수 있는 건 죄다 시켜 먹어 만족한 녀석을 집으
로 데려다 준 뒤, 차를 돌려 가는 그의 얼굴에 씁쓸함이 가득했
다.

어두운 길, 남자라고 하기엔 아직 어린, 그러나 어린아이라고 하기엔 너무 성숙해 버린 소년이 쓰러질 듯 비틀거리며 짚는 담벼락은 붉은 피로 물들었다. 소년이 걸어온 길을 말해주듯 붉은 손자국의 띠.

의식을 잃고 까무룩 쓰러지는 것이 차라리 나을 만큼의 통증 속에서노 태원은 굴복하지 않았다. 마지막 남은 자존심 하나로 도착한 저택의 차가운 철제 대문 앞에서 태원의 눈이 매서워졌다.

자신의 안전을 생각한다면 절대 들어가서는 안 된다. 달빛을 받아 은은히 침묵하는 저택의 평화는 겉모습일 뿐, 저택은 서서히 미쳐 가고 있었다. 덩달아 그도 미쳐 갔다.

기다란 정원을 지나 현관문을 열자 어두운 거실 소파에 앉아 있던 유 여사가 태원을 쏘아보았다. 날카로운 잭나이프에 눈가를 다쳐 붉은 피가 뚝뚝 떨어지고, 몽둥이 세례에 똑바로 허리를 펴지 못하면서도 눈 하나 깜짝하지 않는 의붓아들의 모습에 들고 있던 위스키 잔을 내려놓았다. 그리고 조용히 소파에 몸을 기대며 비아냥거렸다.

"죽지도 않고 기어들어 왔구나. 역시…… 천한 것들은 다르군. 어지간히 밟아서는 죽지도 않는 것. 독하고 더러운 것들은 달라."

구부정한 자신의 모습이 싫어 허리를 펴자 부러진 갈비뼈가 폐를 찔러댔다. 그러나 태원은 이를 악물며 고통을 내색하지 않았다. 그는 천천히 조롱하듯 유 여사를 도발했다.

"몰랐습니까? 어디 한 번 더 해보세요. 얼마나 더해야 제가 죽을지 저도 궁금합니다."

"그건 나도 궁금하구나. 우리 그때가 언제인지 기다려 보자고."

유정화는 태원의 도발에 지독한 살기를 품으며 말했다.

유정화의 천금 같은 아들이 죽었다.

그녀가 우진그룹 후계자인 박정우와의 결혼 생활 중, 단 하나 만족했던 아들. 남편이란 작자가 하루가 멀다 하고 임신시킨 여자들을 일일이 처리하는 것에 넌더리를 내면서도, 남편의 더러운 행실에 대해 사람들이 비웃는 것에 애써 동요하지 않은 것도 오로지 진원 때문이었다.

정화는 눈앞에 서 있는 태원을 노려보았다.

결국 저 더러운 종자를 집안으로 들인 것도 진원을 위해서였다. 아들의 앞길을 막는 어떤 씨도 용납하지 않으려 기를 쓰고 박정우의 씨를 받은 술집 년들 뱃속에서 아이를 떼어냈건만, 저 놈은 어느 뒷구멍에 숨어 있다 기어나왔는지 그 존재를 미처 알지 못했다.

그 존재를 알고 박 회장과 박정우는 그저 돈만 대주자고 했었다. 하지만 주시하지 않는 곳에서 진원의 발목을 잡는 인간으로 자랄지도 모른다는 생각에 유정화는 아이를 데려왔다.

차마 더러운 존재라고 해도 눈앞에서 지켜보는 쪽을 택했다. 그랬는데…… 자신을 수치스럽게 만든 증거를 십 년이나 눈앞에서 참아냈건만 아무 보람도 없이 아들이 죽었다.

이제 유일한 박씨 종자인 저놈이 우진의 모든 것을 가질 테지.

상실이 슬픔보디 소유욕에 내한 분노가 성화를 지배했다.

"내가 떼어낸 뱃속의 어린것들이 얼마나 많은 줄 아니? 너도 그중 하나야. 그러니 내 아들이 갖지 못한 것을 네가 가지게 될 거라 생각하지 마라. 너도 다른 종자들처럼 그렇게 사라질 테니."

정화는 여전히 피를 흘리고 선 태원을 향해 일갈했다. 그리고 천천히 소파에서 일어나 자신의 방으로 들어갔다.

"훗."

태원은 그제야 천천히 벽을 의지해 기대섰다.

피를 너무 많이 흘려 정신이 차츰 흐려졌다. 여기서 정신을 놓아버리면 안 되는데…….

그는 거의 기듯 저택을 빠져나왔다. 갈 곳이 없지만…… 그 한 몸 의지할 곳이 없지만 적어도 이곳에서 나가야 했다.

"아직도…… 아직도…… 살고 싶…… 어? 그렇게…… 살고 싶니, 넌……."

숨을 쉴 기운도 없었지만 탄식이 흘러나왔다. 온갖 수모를 당하고도 살고 싶어 저택을 기어나가다니…….

유정화는 솔직했다. 거금을 들여 사람을 사고, 그들에 의해 상처를 입은 그를 보고도 눈 하나 깜짝하지 않는 배포가 대단하기도 했다. 진원의 부재는 이렇게 곳곳에서 발톱을 드러냈다. 형을 생각하자 갑자기 뜨거운 것이 목을 치받고 올라왔다.

"쿨럭."

입을 막던 태원이 자신도 모르게 그것을 뱉자, 핏덩이가 응어리진 채 튀어나왔다. 검게 말라붙어 가던 손바닥이 다시 붉어졌다. 점점 식어가는 몸과는 다르게 점점 뜨거워지는 가슴과 손바닥.

아무 표정 없이 그것을 지켜보던 태원은 스르륵 의식을 놓아 버렸다.

"야! 박태원!"

저만큼 이름을 부르며 콘크리트 바닥으로 쓰러진 그를 일으켜 안는 손길이 느껴졌지만, 아무것도 말할 수가 없었다.

"태원아!"

"이건 범죄입니다. 아직 열여덟 살 어린아이인데, 아이를 이렇게 무참히 때릴 수가 있다니. 절대 묵과하지 않겠습니다."

"어허, 아직 살아 있는데 뭐가 걱정이오. 크는 아이들이니 곧 회복될 것이외다."

"어르신, 지금 하신 말씀 진심이십니까?"

설한석은 박 회장의 말에 어이가 없었다. 의식이 없는 아이 앞에서 할아버지란 작자가 하는 말을 믿을 수가 없었다.

한밤중에 큰아들 수현이 집이 떠나갈 듯 울먹이며 업고 온 아이를 본 순간, 아이와는 피 한 방울 안 섞인 그들 부부도 혼이 나가 버렸다. 온통 피범벅이 된 아이를 차에 싣고 병원으로 가며 사람이 얼마나 독해질 수 있는지 치를 떨었다. 설한석이 자신이 근무하는 대학의 부속 의료원에 급히 아이를 데려가자 당직 의사 역시 혀를 내둘렀다.

"어유, 교수님, 이게 뭡니까? 대체 누가 아이에게 이렇게나 잔인하답니까? 부모 죽인 원수라도 된답니까?"

모두가 치를 떨며 아이를 이렇게 만든 작자를 원망했는데 할아버지란 작자는 너무 태연했다. 무심한 듯 차가운 눈으로 붕대에 감싸인 손자를 보더니 따라온 비서들에게 손짓을 했다.

"저놈 데려가라."

"아니, 그게 무슨 말씀이십니까? 의식도 없는 아일 어디로 데려간단 말입니까! 절대 안 됩니다!"

한석은 만약 수현이 이 지경이 되도록 누군가에게 맞고 왔다면 절대 저 영감처럼 태연하지 못할 것이다. 수단과 방법을 가리지 않고 귀한 아이에게 손을 댄 놈을 찾아 받은 대로 갚아줄 것이라 확신했다.

더욱이 수현에게서 들은 복잡한 집안사가 너무 마음에 걸렸다. 그런데 그런 것은 아랑곳없이 아픈 아이를 대하는 저 냉랭함을 보자 뭔가 이상했다. 한석은 노인네가 태원을 데려가게 내버려 둘 수 없었다.

"신고하겠습니다. 제 형제가 검찰청에 있으니 힘이 될 겁니다."

자식과 제자에게는 인자하기만 하던 한석의 목소리에 힘이 실렸다.

"어허, 괜찮으니 냅두라 하지 않소! 내 집안 아이 일에 신경 쓸 것 없소."

"아직 어린아이입니다. 분명 누군가에게 심하게 맞았고, 진단서도 있습니다. 이건 누구 자식인가가 중요한 게 아닙니다. 아이들은 모든 어른의 자식이고, 제가 태원이를 병원으로 데리고 왔습니다. 절대 그냥 넘어가지 않습니다.”

“쯧.”

박 회장은 아무 내색도 하지 않았지만 내심 당황했다.

눈앞의 남자는 그가 부리는 사람들처럼 녹록하지 않았다. 급히 사람을 보내 알아본 바, 만만찮은 집안의 일원으로 설한석이 가진 명예는 사회로부터 존경을 받았다.

그런 사람을 함부로 건드려서 좋을 것이 하나 없었다.

‘애야, 정도껏 했어야 했다. 이번엔 지나쳤구나.’

며느리의 상실감은 익히 알고 있었다. 진원이 저 세상으로 가고 없는 빈자리를 보며 그 역시 며느리와 비슷한 정도의 상실감을 느끼는 바, 그 공허함에 고통과 분노를 애꿎은 태원이 받는다 해도 상관없었다. 그런데 이번엔 사람들의 눈에 띄어버렸다. 사람들의 눈에 띈다는 것은 무모한 일이었다.

며느리의 통제하지 못하는 분노에 제재를 가할 필요가 있었다.

“알겠소. 그럼 뜻대로 하시오. 그러나 단 하나, 명심해 주시오.”

박 회장은 자신을 바라보는 남자에게 말했다.

“내 집안은 여느 집안처럼 평범하지 않소. 내 집에서 누군가가 가벼운 기침을 해도 죽을병이라 와전이 될 만큼 내 집안을 주시하는 사람들이 많소. 그 입에 오르내려 좋을 것이 하나 없으니 자중해 주시리라 믿고, 아이를 맡기겠소. 입원비며 태원이에게 드는 돈은 모두 우리가 부담할 테니 시끄럽게 하지 마시오."

박 회장은 설한석이 무어라 말도 하기 전에 병실을 나가 버렸다.

집에서 키우던 개가 아파도 온 가슴이 오그라드는데, 하물며 의식 잃은 손자를 두고 매정하게 나가 버리는 박 회장의 뒷모습에 복잡한 사연 전부를 알 수 없지만, 한석은 어렴풋이 짐작할 수 있었다.

"애야…… 정신 차려야겠구나. 아주 똑똑히 정신을 차려야겠구나. 내가 보기에 네 가족은 네게 아무 힘이 되어주지 못할 거 같다, 태원아."

그리고 설 교수의 말은 진실이 되었다.

여름의 끝자락에서 박 회장은 그에게 미국행 티켓을 내밀었다. 그를 보내는 의도가 무엇인지 알고 있는 태원은 조금도 망설임 없이 티켓을 받았다. 그리고 자신을 걱정한 진원이 살아생전에 취한 조치라는 것을 너무 잘 알기에 다짐했다.

살아남아 자신의 존재를 보여주리라.

하지만 그의 삶에 몽환처럼 아름답던 여름 한때를 접고 떠나던 날.

"오빠! 가지 마! 가지 마, 어어엉."

전날, 담배 피우던 것을 들켜 그에게 엉덩이를 모질게 맞은 녀석이 동구 밖까지 나와 서럽게 흐느꼈다. 슬픔을 참지 못하고 흐느끼는 오동통한 작은 얼굴이 온통 젖어 그의 마음을 아프게 했다.

"어어엉!"

며칠 전만 해도 밉다고 소리치며 그의 발등에 불침을 놓고 좋아라 넘어가던 녀석이 그의 바지자락을 붙잡아 놓아주지 않았다.

"오빠! 내 별사탕 먹어도 돼. 다 줄게, 가지 마! 엉엉."

건빵 봉지에 든 별사탕을 전리품처럼 모아놓고 아껴 먹는 녀석이 그것을 준다고 했을 때, 하마터면 그 역시 소리 내어 울 뻔했다.

수현조차 그가 한국에 남을 이유가 되지 못한다 생각했는데……

"오빠! 오빠!"

뒤에서 아이가 부르는 소리는 어떻게 설명할 수 없을 만큼 그를 아프게 했다. 서럽게…… 서럽게 그의 발길을 붙잡았다.

"어어엉!!"

한국에서 살 수 없는 비참한 그를 슬프게 했다.

Rrrrrrr.

차 안의 음울한 정적을 뚫고 휴대전화가 요란하게 울렸다. 그

소리에 과거의 상념에서 빠져나온 태원은 정신을 차려 전화를
받았다.

"네."

[나다.]

"……."

[할아버님께서 찾으신다. 본가로 오너라.]

그에게 전화를 건 유 여사는 일방적으로 전화가 끊었다. 목소
리에서 묻어나던 파란 독기, 태원은 아무 말 없이 앞을 주시했
다.

복잡하다. 그가 사는 세상은 너무 복잡하고 어지러워 그조차
숨을 쉴 수가 없다.

'그런데 감히 누굴…… 어림없지.'

본가로 차를 돌리는 그의 어깨가 차츰차츰 가라앉았다.

저택으로 들어가자 거실에 유 여사와 박 회장이 그를 기다리
고 있었다. 그들 사이에서 형식은 아무 의미가 없기에 태원은
가볍게 고개만 숙였다.

"앉아라."

태원은 유 여사의 맞은편에 자리를 잡았다. 박정우. 우진가의
직계가족이라고는 단 세 명. 박 회장을 제외하고 단명(短命)이
우진가의 내력인지 오입질에 청춘을 받친 박정우가 지난해 비
명횡사했다. 남은 가족은 단 셋뿐, 그들이 서로 다른 마음으로

마주한 자리는 서늘하기 그지없었다.

"오늘 어딜 갔던 게냐? 함부로 빠져선 안 되는 모임이란 것을 모른 거냐?"

박 회장이 그를 신랄하게 노려보았다.

"사장이란 놈이 회사의 안위에 대해 대체 무엇을 생각하는 게냐!"

관자놀이의 흰 머리가 바르르 떨릴 만큼 박 회장의 분노는 대단했다.

"네놈도 보고란 것을 받을 것 아니냐! 요즘 주식이 어떻게 되고 있는지 매일 아침 보고받을 텐데 네놈은 아무 생각이 없는 거냐!"

태원이 귀국하기 전, 대대적인 국세청 감사를 받은 후 우진의 대외적 이미지는 크게 실추되었다. 또한 감사를 받은 후, 추징된 세금은 그 금액이 엄청났다. 따라서 지금 원칙보다 융통성을 앞세운 박 회장의 경영방침은 주주들에게 논란의 대상이 되고 있었다.

막대한 이익을 내며 굴러갈 땐 그저 허허 웃고 넘어갈 일에도, 기업과 기업 제품의 이미지가 실추될 때에는 이렇듯 이야기가 달라졌다.

"일요일 날, 선한 정 회장과 소라 양을 초대했다. 아무 소리 말고 나와라."

도움이 필요했다. 정재계를 아우르는 힘을 가진 선한의 힘이 간절하게 필요했다. 박 회장은 칠십 평생 그 매서운 눈으로 상대를 제압했듯, 태원도 제압하길 바랐다. 하지만 태원이 뭐라 반박하기도 전에 유 여사가 목소리를 높였다.

"무슨 말씀이세요? 정 회장님과 소라 양을 왜 초대하신단 말씀입니까?"

배부른 고양이처럼 앉아 사태를 관망하던 유 여사는 선한이란 말에 자세를 고쳐 앉았다. 그러자 호랑이처럼 날카로운 박 회장이 며느리를 향해 목소리를 낮추었다.

"태원이도 짝을 맺어주어야 하지 않느냐. 선한에서 태원이를 마음에 들어하는구나. 나도 소라 양이면 태원의 짝으로 괜찮을 것 같고. 애야, 그렇지 않니?"

"아버님!"

순간 유 여사의 분노가 너무 생생해 손에 잡힐 것만 같았다.

"이럴 생각으로 저 애를 불러들이신 겁니까? 선한에 저 애가 가당키나 한 말씀이세요! 그것은 집안의 수치입니다. 평범한 집안의 보잘것없는 계집에게도 모자란 애를 어딜 보내신다구요?"

저놈을 미국으로 보낼 때와 약속이 달랐다. 아무것도 주지 않겠다고, 절대 저놈이 진원이 가지지 못했던 삶을 훔치게 하지 않겠노라 다짐받았건만!

"일단 우진이 살아야 한다. 우진의 주식이 시장에서 흔들리고 있다. 선한과 사돈을 맺는다면 그것은 어느 정도 잠재워질 것이고, 태원이 놈도 이 집안의 피를 받았으니 그 정도는 해야지."

박 회장이 며느리를 달래듯 설명했다. 하지만 유 여사는 냉정히 고개를 돌렸다.

"그럴 수 없습니다."

박 회장과 유 여사의 시선이 허공에서 마주쳤다. 그들의 날카로운 신경전을 지켜보던 태원은 자리에서 일어났다.

"가보겠습니다."

"일요일이다!"

등을 돌린 그에게로 박 회장의 다짐이 날아들었다. 그러나 잠시 걸음을 멈출 뿐, 태원은 돌아보지 않았다. 현관문을 열고 정원으로 나오자 둥근 보름달이 정원수를 환히 비추고 있었다.

달빛이라고 하기엔 너무 밝은 그 빛을 잠시 보던 태원은 이내 뒤에서 들리는 문소리에 고개를 돌렸다. 그러자 유 여사가 사납게 다가왔다.

"선한이라고? 하! 꿈도 꾸지 마라. 그 어떤 것도 네놈 것이 될 수 없어."

"원하지도 않습니다."

태원은 무심하게 대답했다. 잘생긴 얼굴에 어떤 표정도 담지 않고 유정화를 바라보았나. 그것이 그녀를 더욱 화나게 했다.

철썩!

살과 살이 부딪치는 소리가 정원의 정적을 깼다. 태원은 살짝 입가를 어루만지며 정화를 바라보았다.

"널 이 집에 들인 것이 잘못이야! 네놈, 네놈의 더러운 피가

무얼 가져? 어림없어! 돌아온 것을 후회하게 만들어줄 거야. 반
드시!"

독기 어린 목소리엔 한기까지 느껴졌다. 서로를 노려보던 정
화가 찬바람을 일으키며 집으로 들어가자, 그제야 태원의 얼굴
이 굳어졌다.

"후회라……."

블루 타이를 느슨하게 풀며 현관을 한참 동안 바라보았다.

'당신은 날 아직 여덟 살 난 아이라 생각하나? 당신이 굶기면
굶고, 때리면 우는 그런 아이 아직도 그렇게 생각한다면…… 어
쩌나, 미안하군…….'

태원은 저택을 빠져나와 밖에 주차해 놓았던 자신의 차에 올
라탔다. 가슴이 차갑게 식어가는 가운데 한동안 정면을 주시하
던 그는 주머니에 손을 넣어 키홀더를 꺼냈다. 그러자 키홀더에
서 달랑거리는 붉은 망토를 입은 곰인형. 둥글게 웃고 있는 녀
석.

이것이 그가 이 모든 족쇄를 끊고 자유롭게 날기 위해 찾아온
이유가 될지도…….

"어쩔 수가 없다, 태원아. 그건 어쩔 수가 없는 거야."

불쑥 형의 말이 귓전에서 맴돌았다. 마지막 밤, 형이 하던 그
말의 의미를 이제야 알게 되었다.

'그래, 어쩔 수가 없어. 이러면 안 되지만 어쩔 수가 없어. 내 뜻이 이루어진다 해도 녀석은 내 것이 될 수 없지. 그래도 말이야. 나도 어쩔 수가 없어, 형. 미안해.'

태원은 옆 자리에 던져 두었던 휴대전화를 잡았다.

"나다."

신호가 가고 상대방이 전화를 받자 태원은 지시했다.

"우진의 주식을 더 살 수 있다면 계속 사 들여. 보안은 철저하게 유지해야 한다."

이 전쟁에서 살아남아 그가 원하는 삶을 꿈꿀 수 있다면……. 전화를 끊고 시동을 거는 그의 얼굴에 한없는 서글픔이 내려앉았다.

[어머, 어머 미쳤다, 미쳤어! 뭐야, 정말 둘이 사귄대? 정말?]

마른 짚더미가 순식간에 활활 타오르듯 희선의 반응은 불같았다. 수안은 휴대전화를 귀밑으로 쑤셔 넣으며 냉장고 문을 열었다.

[야! 설수안, 너 미친 거 아니야? 이 바보야! 아니, 왜 혜미를 네리고 나오라 그래? 그냥 민규만 사주고 말지! 그런데 설상가상, 고것들 사이에서 영화도 봤단 말이야? 미쳤어, 미쳤어!]

기나긴 여름 하루, 무얼 하고 지냈냐는 희선의 말에 순간 거짓말을 할까 고민을 했었다. 하지만 굳이 감추었다 나중에 들키기라도 한다면 그 망신을 어떻게 감당할까 싶어 곧이곧대로 말을 했건만, 희선은 그녀를 천하에 바보 멍청이로 만들고 있었다.

안 그래도 속이 숯검정이 되었는데, 수안은 냉수를 벌컥벌컥 들이켰다.

"야야, 그만 해라. 나도 기분 상당히 안 좋단 말이야!"

[당연히 안 좋아야지! 그게 어디 춤추고 돌아다닐 상황이야! 어유, 하여튼 설수안 넌 눈치라곤 약에 쓸려고 찾아도 없다니까! 혜미 고거 눈웃음 살살 치며 돌아다닐 때부터 알아봤어야 하는데! 감히 우리 민규를 낚아챘단 말이지.]

성민규가 더 이상 그녀들의 연인일 수 없다는 사실은 희선을 활활 타오르게 만들었다.

[아, 정말 설수안, 너 정말 스커트 입은 혜미 대신 민규 바로 옆에 앉았다 이 말이지? 진짜 그런 거야?]

희선이 친구이긴 한가 보다. 그녀가 분노하는 사실에 친구조차 이렇게 분노하는 것을 보면 그 상황이 정말 뭐 같긴 했다.

"그거 화내야 하는 거 맞지? 둘이 사귄다는 거 말도 안 하고 음흉하게 나와서 날 지들 사이에 앉혀놓은 거, 나 열받아야 하는 거 맞지?"

[그걸 말이라고 해? 당연히 열받지. 어디 열만 받냐? 네가 민규 좋아하기라도 했어봐! 그 비참한 기분, 어유. 그걸 어떻게 감당해.]

순간, 수안은 희선의 말에 얼굴이 굳어졌다.

[짝사랑에 실연당하고, 연인 사이에 앉아 영화 본 자신이 얼마나 비참했겠냐? 혀를 깨물고 죽어도 시원찮아.]

젠장.

[당연히 수안이 넌 안 좋아했으니 비참한 건 아니지만 말이야.]

그녀의 감정을 전혀 몰랐지만 희선은 정확했다. 겨우겨우 다독였던 감정이 희선의 세 치 혀에 와르르 무너지고 있었다.

비참함. 정말 너무 적절한 말이다.

“야야, 나 배 아파. 화장실 갈 거다. 전화 끊어.”

수안은 얼른 전화를 끊어버렸다. 귀를 따갑게 쏘아대던 통화가 갑자기 멈추자 주방엔 썰렁한 정적이 내려앉았다.

칫……. 개놈이라고 잊어주자 했건만…….

식탁 의자에 앉은 수안의 눈이 뿌옇게 흐려졌다.

“수안, 나 커피 한 잔만.”

막 감정이 센치해질 찰나, 수민이 주방 안으로 고개를 삐죽 들이밀었다.

“얼음 띄워서 타라. 형도 마신다니까 두 잔 타라.”

망힐 오라비들.

어찌 이 집에선 아픈 감정에 빠져들지도 못한다. 울컥울컥, 서러움이 목을 치받고 올라오는데 대답을 하지 않는 그녀를 휙 노려보며 수민이 주방 안으로 들어왔다. 그리고 돌처럼 굳어 앉은 수안의 어깨를 툭툭 쳤다.

“어이, 하늘 같은 오라버니 말이 들리지 않냐? 아이스커피 타라고. 두 잔, 야……!”

“네가 타 먹어!”

가슴속은 알싸하게 메말라 가는데, 그래서 눈물이 나는데, 아이스커피라니!

수안은 눈동자가 튀어나올 만큼 수민을 노려보았다.

“내가 다방 레지냐? 먹고 싶음 먹고 싶은 사람이 타 먹어!”

“너 오늘 뭘 주워 먹었길래 간이 이렇게 커졌니? 오라버니한테 누가 바락바락 소리 지르래? 한번 맞아볼까?”

수민이 눈을 부라리며 위협적으로 다가왔다.

집에서 이런 식으로 날 부려먹으니, 쓸데없는 짝사랑을 하고 다니지!

“네가 뭔데! 네가 뭔데! 우어어어엉.”

수안은 주방 바닥에 털썩 주저앉아 서럽게 울기 시작했다.

“어어어엉, 나쁜 놈! 네가 어떻게 나한테……. 으어어엉!”

“야야. 이게 말끝마다 나쁜 놈이래네?”

울릴 생각은 전혀 없었는데 웬걸, 너무나 서럽게 우는 막내를 보자 수민은 당황하기 시작했다.

한번 울면 얼마나 끈질긴지 아주 지쳐 쓰러질 때까지 우는 것은 기본이고, 먼 옛날 케케묵은 시절의 억울했던 일까지 모두 끄집어내 시시콜콜 다 써먹는다.

“아…… 젠장. 잘못 건드렸네.”

정말 잘못 건드렸다. 수민은 바닥에 주저앉아 있는 대로 성질을 부리며 우는 수안과 시선을 마주했다.

"야야, 알았어, 내가 네 것까지 타줄게. 타기 싫음 안 타면 되지 왜 울고 그래? 어? 야, 그만 그쳐! 아버지 나오면 죽어!"

애물단지 막내라면 자다가도 벌떡 일어나시는 아버지가 안방문을 열고 나올까 수민은 노심초사였다.

"어어어엉!"

어유. 보란 듯 더 큰소리로 울어제끼는 막내를 확 때리고 싶었지만, 그랬다간 정말 오늘밤 잠은 다 잔다.

"왜? 무슨 일인데?"

마침 일층으로 내려오던 수현이 수안의 울음소리에 주방으로 들어왔다. 난감한 얼굴로 수안을 노려보고 있는 수민과 눈물범벅이 되어 서럽게 통곡하는 수안을 번갈아 보던 수현은 일단 수안의 입을 틀어막았다.

"흡! 흡……."

부지불식간에 입이 틀어 막힌 수안이 캑캑거리자 수현이 수민을 발로 차며 말했다.

"왜 애를 울리고 그래?"

"내가 뭘! 날더러 나쁜 놈이네 어쩌네, 그러더니 우는구만."

"수안, 불닭발 먹으러 가자. 너 그거 먹고 싶다고 그랬잖아. 얼른 가자."

잘잘못을 막론하고 수안을 울린 것은 아버지의 분노를 한 몸에 받는 일이다. 이 말썽꾼에 온갖 사고란 사고는 다 치고 다니는 애물단지를 애지중지 귀애하시는 양반이라, 인자하기 그지없는 성품에도 수안에 관련된 일이라면 호랑이처럼 돌변했다.

그것을 익히 아는 수현은 수안의 입을 틀어막고 얼른 밖으로 나왔다. 투덜투덜 입이 댓자나 나온 수민이 얼른 따라나와 대문을 잠갔다. 입을 막았던 손을 치우자마자 수안은 바닥에 쪼그리고 앉아 흐느꼈다.

"흐흐흑."

그렇게 우는 폼새가 너무 서러워 보였다. 수현은 수민을 노려보았다.

"너 애 때렸지!"

"미쳤어? 내가 얠 왜 때려! 안 때렸어!"

형의 다그침에 수민이 펄쩍 뛰었다.

"그런데 애가 왜 이래. 애가 괜히 울어? 솔직히 말해라. 너 뭐라고 했어? 이놈의 자식을 그냥!"

수현은 수민의 등짝을 마구 내려쳤다. 수민은 매섭기 짝이 없는 수현의 손을 피해 팔짝거리며 항변했다.

"아악! 아니야! 아니라니까!"

"이놈이 아직 입이 살아 있네! 이놈의 자식."

철썩철썩.

"아악!"

골목 입구에 새로 생긴 불닭발집.

"자, 우리 수안이 먹어봐라."

수현은 지글지글 잘 익은 닭발 하나를 집어 수안의 접시 위에 놓아주었다. 원대로 실컷 울었는지 훌쩍이며 앉아 닭발을 보던 수안은 고개를 휙 돌려 버렸다.

"왜? 안 먹어?"

"이상하게 생겼어. 안 먹어."

닭발을 먹어본 적이 없는 수안은 그 모양이 이상해 고개를 가로저었다. 동생의 투정에 수민이 비아냥거렸다.

"배가 불렀군, 배가 불렀어."

탁!

"아, 정말! 자꾸 때릴래?"

동동주 국자로 머리를 맞은 수민이 눈꼬리를 치켜뜨자 수현이 이를 악물었다.

"그냥 죽을래?"

"치……."

수민을 평정한 수현이 씩 웃으며 닭발을 집었다.

"수안, 모든 걸 다 내어주고, 심지어 제 새끼까지 주고도 모자라 다리를 내놓고 죽은 닭을 생각해야지."

순간 수안의 눈이 동그래졌다.

"똥집이면 똥집, 염통이면 염통, 거기다 알까지……. 그래도 모자라 자신의 발까지 우리에게 주셨다. 그 숭고한 정신을 기려

먹자.”

“풉.”

큰오빠의 넉살에 그제야 수안은 웃기 시작했다. 살짝 집어 입에 넣어보니 꽤나 쫀득한 것이 먹을 만했다.

특별히 오늘은 한 잔 해도 된다는 허락을 받아—원래는 하늘같은 오라비들과 자신을 동격화시키는 맞잔은 엄격히 금했다—동동주까지 얻어먹으며 수안은 조금씩 원기를 회복하고 있었다.

“오빠, 근데 태원 오빠는 언제 온 거야?”

너무 매워 혓바닥이 아픈데도 한번 맛 들인 닭발은 멈출 수가 없었다. 수안은 닭발을 날름날름 집어먹으며 물어보았다.

“응? 태원이? 그놈 온 걸 네가 어떻게 알아?”

“오빠, 벌써 노환이야? 기억력이 왜 그 모양이야? 그날 경찰서에 태원 오빠 보낸 사람이 바로 오빠잖아.”

“아······.”

기억을 더듬던 수현은 그제야 고개를 끄덕였다. 그러고 보니 수술실로 들어간 뒤 그 사실을 바로 잊어버려 고맙단 인사도 제대로 안 했다. 이런!

“태원 형이 왔어?”

역시 동동주와 닭발에 마음이 스르륵 풀린 수민도 물었다.

“한국에 오지 않을 거라더니······.”

“몇 달 안 됐어. 잠시 들어온 건지, 아니면 아주 눌러앉을지 몰라.”

독하기 짝이 없는 놈이라 그곳에서도 잘 살아남았다. 굳이 한국에 들어와 기업을 물려받지 않아도 될 만큼 성공했다. 녀석은 원래 돈에 대한 감각이 탁월했다.

"언제 집으로 오라고 해. 아버지랑 어머니도 보고 싶어하실 거야."

"그래, 그래야지."

수현은 동동주 잔을 들며 건성으로 대답했다.

"오빠, 나 태원 오빠 전화번호 가르쳐 줘."

수안이 자신의 휴대전화를 수현에게 들이밀었다. 그러자 수현이 얼결에 받아 든 휴대전화에 번호를 꾹꾹 눌러 입력하며 물었다.

"응? 왜?"

"히히. 그냥."

여러모로 고마운 원수를 갚을 생각이었다. 태원의 번호가 찍힌 액정을 흐뭇하게 보며 닭발 하나를 집어 들자 수민이 냉큼 그것을 가로챘다.

"엇!"

"마지막 남은 거다. 내가 먹을 거야!"

"내가 먼저 집었어!"

"메롱!"

정말 얄밉게도 그것을 날름 먹어버리는 수민.

"오빠!"

"어이구, 이놈아!"

천하의 설수민, 천의 얼굴 영화배우 설수민, 참 음울하다.

아침, 강렬한 태양이 창가를 통해 들어왔다.

거울 앞에서 언제나 그러하듯 단정히 타이를 매는 태원의 얼굴은 진지했다. Weston의 경영을 부사장에게 일임하고 한국으로 들어온 날부터 정시에 일어나 다른 누구보다 일찍 출근을 했다.

[우진에서 널 원하고 있다. 영광으로 생각하고 돌아와라.]

석 달 전, 평생 연을 끊을 듯 소식 한 통 없이 살던 박 회장의 전화가 그를 찾기 전까진 태원도 한국으로 올 생각 따윈 하지 않았다. 모진 마음으로 떠난 한국 아니던가.

처음에는 단호히 거절할 생각이었다. 한국 땅에 남은 애정 따윈 손톱만큼도 없었다. 그딴 영광 따윈 당신이나 하라지. 박 회장의 말에 비틀린 웃음을 지을 뿐 미동조차 없었다.

하지만…… 거절하면 될 거라 여겼던 한국행에 자꾸만 미련이 갔다.

그 이유는 다름 아닌 진원 때문이었다. 그가 Weston을 설립하고 경영할 수 있는 밑바탕이 될 자금을 마련해 준 사람이 다름 아닌 진원이었다. 태원 앞으로 신탁을 들어주었고, 자신의 재산을 정리해 물려준 형. 그런 형을 한 번도 찾지 않은 것이 항상 미안했었다.

또한 성공한 모습으로 돌아가고도 싶었다. 그들이 그토록 천대하던 사생아가 성공해서, 자신의 도움을 바라며 구걸하는 것도 재미있을 것 같았다.

그리고 보고 싶고, 그리운 얼굴도 만날 수 있었다. 보드라운 팔로 그의 목을 꼭 껴안던 어린 녀석. 미련을 가지기 시작하니 의외로 가야 할 이유가 많아졌다.

그렇게 다소 충동적인 결정으로 돌아온 한국이었다. 그 선택이 잘된 것인지, 안 된 것인지 판단이 서지 않았지만 그는 이미 한국에 있었다.

출근을 해 현재 추진 중인 사업 계획서 더미에 묻혀 있던 그가 고개를 들었다. 출근을 한 지 얼마 되지 않은 것 같은데 얼마나 무섭게 집중을 했던지, 해가 이미 중천에 떠올라 있었다. 아침도 먹지 않았건만 배고픔을 느끼지 못한 태원은 주요 부서 임원들을 모두 호출했다.

[사장님, 말씀하신 대로 모두 오셨습니다.]

비서실에서 인터폰을 통해 알려오자, 태원은 들어올 것을 지시했다. 그리고 사장실 한켠 작은 원탁 테이블로 자리를 이동했다.

사장실의 문이 열리고 다섯 임원들이 줄지어 들어왔다.

"부르셨습니까, 사장님."

"네, 여기들 앉으시죠."

그를 포함한 여섯 사람 모두 자리에 앉자 잠시 어색한 침묵이 흘렀다. 무슨 영문인지 젊은 사장에게 호출 받은 임원들의 얼굴은 내심 불안으로 얼룩져 있었다.

"그동안 각 부서에서 제출한 보고서 검토가 모두 끝났습니다."

태원은 테이블 위로 기획안을 내려놓았다. 그의 어조는 임원들 모두 느낄 수 있을 정도로 못마땅한 기색이 역력했다.

이런 식으로 일을 했으니 회사가 국세청 감사를 받고, 대외 이미지가 실추되는 것이다. 이들에게 비싼 임금이 지불되었다 욕할 수도 없었다. 진원 형이 살아 있다면 결코 용납되지 않을 일들이 공공연하게 자행된 것은 탐욕에 찌든 박 회장 때문이다. 그는 팔걸이를 두드리며 기획이사에게 물었다.

"이번 신도시 아파트 건설 사업에 여분으로 책정된 돈은 정확히 어디에 쓰는 겁니까?"

그 돈이 무엇을 의미하는지 모르는 사람은 아무도 없었다. 태원 역시 잘 알고 있을 터, 기획이사는 튀어나온 배를 어루만지며 헛기침했다.

"사장님, 그건 사례비 명목으로 의례히 준비하는 겁니다."

좀 더 좋은 조건을 바라는 정치권의 떡값. 기획이사는 마주 앉은 사람들의 동조를 구하듯 시선을 마주치며 더듬거렸다.

"그건 우진의 관례대로 해왔던 일이라……."

"무슨 사례비를 관례대로 준비한단 말입니까? 관례라니요."

태원이 남자의 말을 끊으며 쳐다보자 순간 오너의 매서운 눈에 놀란 남자는 말문을 흐렸다.

"예전 사장님들께서……."

"그럼 나는 예전 사장들과는 다르게 우진의 관례를 따르지 않는단 말입니까?"

"저…… 그게 아니라."

남자는 더듬거리며 해명할 말을 찾기 위해 버둥거렸다.

"사장님, 그들에게 깍듯이 해서 우진에 해가 될 일은 없습니다. 한번 믿어봐 주시고……."

하지만 태원은 냉정했고 단호했다.

"내가 예전 사장이 아니듯, 우진도 예전의 우진이 아닙니다. 그런데 이사님이 계속 예전대로 하고 싶다면 다른 회사를 알아봐야 할 겁니다."

썩은 뿌리까지 잘라내듯 단칼에 기획이사의 안이한 말을 자른 태원은 모여 앉은 사람들을 하나하나 바라보았다. 의자 깊숙이 몸을 기댄 태원은 분명히 못을 박았다.

"분명 당신들과 난 뜻이 다른데, 그럼 누구 하나는 포기해야 합니다. 당신들이 아니면 내가 나가야 하는데 난 우진의 사장이고, 자리를 옮기는 게 당신들처럼 쉽지가 않으니 내 뜻에 따르지 않겠다면 당신들이 나가는 수밖에."

무책임한 오너가 만든 전례를 따라가지 않을 거란 그의 선언
에 사람들의 동요가 느껴졌다.

Rrrrrr.

그 순간 태원의 휴대전화가 울렸다. 책상 위에 올려둔 휴대전
화에서 요란한 벨소리가 나자 태원은 자리에서 일어나 그것을
집었다. 번호를 확인하니 낯선 번호였다. 의아한 듯 눈썹이 살
짝 올라간 태원은 전화를 받았다.

"네."

[……오빠?]

찰나의 망설임이 느껴지는 목소리. 마치 햇살이 소곤거리는
것 같다.

[태원 오빠 휴대전화 맞아요?]

그의 대답이 없자 당황한 듯 상대방의 목소리가 급해졌다.

[어, 맞는데? 아닌가?]

녀석이다. 갑작스런 전화에 당황한 태원은 이름을 불렀다.

"수안아."

꽉 잠긴 목소리로 녀석을 부르자 앉아 있던 사람들의 눈이 호
기심으로 빛났다.

[오빠 맞네. 왜 대답을 빨리 안 해? 아닌 줄 알았잖아! 오빠,
내가 전화해서 굉장히 반갑지, 그치? 응? 바빠? 바빠서 전화 못
받아?]

그가 맞다는 안도감 때문인지 수안은 잠시의 틈도 없이 조잘

거렸다. 태원은 수안이 당황하면 말이 많아진다는 것을 잘 알고
있었다.

"아니, 안 바빠. 괜찮아."

태원은 유심히 바라보고 있는 사람들에게 손짓을 해 사무실
에서 나가도록 했다. 마지막 사람이 나가며 사무실 문이 닫히자
태원은 머리를 긁적이며 바보처럼 보이지 않을 질문을 찾았다.

"음, 무슨 일이야?"

아무 말도 생각이 나지 않았다.

더워서 쓰러질 것 같았다.

수안은 강렬한 태양을 피해 작은 그늘을 찾으며 손부채질에
여념이 없었다.

"무슨 일이냐고?"

엄마한테 파리 쫓기듯 쫓겨 나와야 하는 이 슬픈 인생이 무슨
일이냐고?

울컥 서러움이 치미는데, 수화기에서 들려오는 태원의 목소
리는 시원했다. 남자들 특유의 탁한 음성도 아니었고, 듣는 귀
가 짜증나는 새된 음성노 아닌 그저 그윽하기만 목소리.

수안은 얼굴을 타고 흐르는 땀방울을 짜증스럽게 닦아냈다.
자신은 이렇게 땡볕에서 태원의 빌딩을 올려다보고 있지만, 태
원은 찬바람 풀풀 나오는 빌딩 안에서 전화를 받을 것이다. 정
말 속상하고 억울한 일이다.

“그냥.”

[설수안.]

구렁이 담 넘어가듯 스리슬쩍 넘어가려고 해도 눈치 하나는 끝내주게 좋은 박태원. 수안은 입술을 삐죽이며 말했다.

“어? 어, 별일은 아니고, 그냥 있잖아…… 오빠, 나 심심하다.”

태원은 매끈한 책상을 검지로 두드리며 수안의 목소리를 들었다.

녀석은 언제나 그렇듯 말끝이 투정을 부리듯 흐려졌다. 살금살금 눈치를 살피는 듯……. 그러면서 애처로운 눈망울을 보이는 것을 잊지 않아 두 손 들게 만드는 수법.

순진한 유혹을 거절할 마음이 없는 태원은 벗어두었던 재킷을 집어 들며 물었다.

“그래? 뭘 하면 심심하지 않을 거 같아?”

[음…… 그냥 뭐…… 지금으로썬 길거리만 다녀도 좋을 거 같애. 방학이라 친구들도 잘 못 만나거든.]

수안은 잔뜩 풀 죽은 목소리였다.

[엄마가 나 때렸다? 아르바이트도 안 하고 집에서 논다고. 오빠! 우리 집에 돈 벌어오는 사람이 몇인데 돈 안 번다고 날 때려? 나 너무 억울해!]

억울한 일이 생각이 났던지 수안이 씩씩거리기 시작했다.

[우리 집이 밥 굶는 집도 아닌데 말이야. 게다가 점심도 안 준다.]

그 말에 손목시계를 확인하자 두 시가 훌쩍 넘어 있었다. 아무리 애가 미워도 밥은 주시지…….

"서럽겠네, 꼬마."

배고프면 유독 사나워지는 녀석의 성미를 아는 태원은 때마침 도착한 엘리베이터에 올라탔다.

"라면이라도 먹지?"

발끈할 테다.

[싫어!]

역시나…… 훗. 태원은 발끈한 수안이 귀여워 웃었다. 녀석은 이상하게 라면을 싫어했다.

같이 여름을 나던 그해. 도시에서는 흔한 라면이 시골에서는 반대로 밥보다 귀한 음식이었다. 어느 점심 무렵. 금쪽같은 손자들과 하나뿐인 손녀를 위해 가마솥에 푹 라면을 고은 할머니는 스스로도 매우 흡족해하셨건만, 라면을 본 수안은 고 작은 고개를 새침하게 돌려 짜증을 냈었다.

"싫어, 밥 줘! 김치하고 밥 먹을 거야."

[오빠, 나 라면 정말정말 싫어하거든?]

"훗. 그럼 어쩌려고? 어머님이 밥도 안 주신다며?"

[음…… 그래서 말이야, 오빠.]

말끝을 흐리는 폼이 어째 수상하다. 그는 일층에 도착해 로비를 걸어가며 키홀더를 꺼냈다. 허공에서 대롱거리는 키홀더의 곰인형이 그를 향해 웃고 있다.

"어, 말해봐."

[나 지금 오빠네 회사 앞이다?]

"뭐?"

태원은 뜻밖의 말에 고개를 들어 두리번거렸다. 조금씩 심장 고동이 빨라지는데, 검게 코팅된 유리로 둘러싸인 로비에선 수안을 찾을 수가 없었다.

"너 정확히 어디야?"

[여기 정문 앞.]

사원증이 없으면 출입을 금하는 탓에 들어오지 못한 수안이 배시시 웃으며 중얼거렸다.

[오빠, 나올 수 있지? 오빠 안 나오면…… 나 배고파 죽을지도 몰라.]

성큼성큼 녀석에게 향하는 발걸음이 빨라졌다. 모든 햇빛이 차단된 로비를 벗어나 수안이 기다리고 있다는 정문으로 갔다. 그러자 그가 미처 수안을 찾기도 전에 수안은 그의 품으로 나비처럼 날아들었다.

"오빠!"

마치 구세주를 만난 얼굴이다. 어깨를 간질이는 밤빛 고수머리. 그의 키홀더에 매달린 곰처럼 빨간 볼레로를 입은 수안이 함박웃음을 머금었다.

아낌없이 사랑받고 자란 녀석은 스킨십이 자연스러웠지만 태원은 아니었다. 보드라운 팔로 꼭 끌어안은 녀석을 견디기란 무척 어려운 일이었다.

"잘 지냈어?"

겨우 한다는 말이 고작……. 세련된 어떤 말도 찾을 수가 없었던 태원은 수안의 어깨를 살짝 밀었다.

"오빠, 우리 어제 봤거든? 그새 뭔 일이 있었겠어? 오빠, 그런데 나가던 중이었어?"

전화를 끊기도 전에 모습을 드러낸 이유가 궁금했던지 수안의 눈이 동그래졌다. 혹시나 그가 가버리면 이 더위에 찾아온 아무 보람도 없을 거란 실망까지 담긴 눈동자.

수안 앞에서 냉정이니 뭐니…… 가면을 쓸 필요는 없었다. 태원은 시원하게 웃으며 녀석의 머리를 어루만져 주었다.

"수안이 밥 사주러 나가던 중이었지."

"정말?"

어릴 적 그때처럼 수안은 그의 팔을 꼭 잡고 흔들었다. 저 좋다는 일을 해주면 곧잘 하던 버릇이 아직도 남아 있다.

그런데 녀석이 밤을 비 오듯 흘리며 한다는 말이,

"오빠오빠, 우리 삼계탕 먹자. 응?"

"덥다. 다른 거 먹자."

"싫어. 인삼 넣고 푹 고은 삼계탕 먹을래! 찹쌀이랑 대추 듬뿍 든 삼계탕 먹고 싶어."

“너……."

햇빛이 쨍쨍 내리쬐는 길을 걷던 태원의 눈이 가늘어졌다.

“집에서 삼계탕 해달라고 했다가 쫓겨났지?”

“아니!”

부정의 대답이 너무 빨리 나왔다. 그가 거짓말은 용납하지 않겠다는 듯 빤히 쳐다보자 커다란 눈동자가 이리저리 구르더니 깜빡거렸다.

“정말이야!”

그저 뜨뜻한 국물이 먹고 싶다고 했을 뿐이다. 정말! 그게 닭이었으면 더 좋겠다고 말했을 뿐.

“오빠, 나 배고파서 죽어!”

수안은 그의 손을 붙잡고 쓰러지는 시늉을 취했다.

“훗, 그래, 가자, 가. 우리 수안이가 죽으면 안 되지.”

태원은 수안의 등에 팔을 두르며 기분 좋게 웃었다.

그는 수안의 손에 이끌려 회사 근처에 있는지도 몰랐던 삼계탕 집에 도착했다. 꽤나 배가 고팠던지 자리에 앉자마자 주문을 한 수안은 수저를 양손에 들고 동동거렸다. 너무 초조하게 음식이 나오는지 기웃거리는 녀석을 보다 못한 태원이 충고했다.

“아무리 그래도 닭이 익어야 나오지. 좀 느긋하게 기다려 봐라.”

그러자 발끈한 수안이 쏘아붙였다.

“치, 오빠도 두 끼 굶어봐라. 느긋해지나.”

“왜 두 끼야? 너 점심만 못 먹은 거 아니었니?”

“점심은 당근 못 먹고, 아침은 늦잠 자서 못 먹었어.”

“그럼 지금까지 계속 굶은 거야?”

“응.”

애처롭기까지 한 얼굴, 태원은 고개를 휙 돌려 종업원을 불렀다. 아르바이트생인지 꽤나 앳된 여학생이 감색 앞치마를 입고 다가왔다.

“네, 손님.”

“여기 음식 좀 빨리 부탁합니다. 우리 아가씨가 배가 고파서요.”

태원은 아르바이트생에게 부탁하며 눈을 찡긋했다. 그러자 가뜩이나 태원의 잘생긴 얼굴에서 시선을 떼지 못하던 아르바이트생의 얼굴이 확 붉어지며 몸을 배배 꼬자 수안은 문뜩 짜증이 났다.

저저, 유혹의 화신 같으니라고.

수안이 보기에 태원은 분명 자신이 저렇게 웃으면 무슨 부탁이든 사람들이 그것을 들어준다는 것을 너무 잘 아는 듯했다. 정녕 위험한 생각이었다.

잘생긴 손님의 요구에 부응하기 위해 옆 테이블의 부름도 무시한 종업원이 후다닥 사라지자 수안이 태원의 손을 냉큼 잡았다. 그리고 이마에 주름까지 만들며 경고했다.

“아무한테나 웃지 마. 헤퍼 보여.”

“뭐라고?”

태원은 수안의 말에 기가 막혀 헛웃음이 나왔다. 아무도 박태원더러 헤퍼 보인다고 말한 배짱있는 사람은 없었다.

“설수안, 너 나더러 헤퍼 보인다고?”

“응, 헤퍼. 자고로 남자는 항상 근엄하고 단정한 얼굴로 있어야 해. 우리 오빠들도 그렇지만 오빠는 특히나 더 그래야 해. 오빠는 돈 많은 남자라서 마귀 할멈 같은 여우가 노릴지도 모른단 말이야.”

너무나 진지하게 충고하는 녀석. 태원은 어이가 없어 고개를 저었다.

“꼬마, 대체 누가 너한테 그런 말을 하냐?”

“재욱 언니가. 언니 말이 수현 오빠는 여자들한테 항상 웃음을 흘리고 다녀서 아마 큰 화를 불러올 거래.”

수안은 엄숙했다.

훗, 재욱이가 그랬다? 설수현, 넌 아직도 하재욱 손바닥 안에 있구나.

태원은 고개를 절레절레 흔들었지만, 가만히 소리 죽여 불러 보는 익숙하고 친근한 이름들 속에 유쾌함이 묻어났다.

그의 부탁 때문인지 먼저 도착한 옆 테이블보다 삼계탕이 먼저 나왔다. 반색을 한 수안이 곧 온 관심을 뚝배기에 집중했고, 그 모습을 웃으며 보던 태원도 수저를 집어 들었다. 적당히 소금 간을 하고 국물을 한 숟갈 뜨던 태원이 문득 수안을 보며 물었다.

"그런데 설수안, 너 호텔은 왜 간 거야?"

"앗, 뜨거!"

국물이 자작하게 배어 먹음직스런 인삼 뿌리를 베어 물던 수안은 그만 혓바닥을 데고 말았다. 너무 뜨거워 체면이고 뭐고 다 잊은 채, 뚝배기의 온도를 온몸으로 간직한 인삼을 탁 뱉어냈다.

"아, 입천장 다 벗겨졌어."

"쯧. 안 아프면 안 되는데."

태원은 짐짓 능청스런 위로와 함께 물 컵을 건네주었다.

"오빠!"

누구 때문에 데인 건데! 막 맛있게 먹을 찰나 난데없이 호텔 이야기를 물어 이 모양을 만들어놓고선!

수안은 물을 마시며 태원을 노려보았다.

"왜 울었어? 말해봐라, 꼬마."

"싫어."

완강하게 버티는 수안을 보며 태원은 한숨을 쉬었다. 그리고 벗어두었던 재킷에서 휴대전화를 꺼냈다. 그리고 전화를 수안에게 보였다.

"수현이한테 전화한다?"

"오빠!"

수안은 테이블을 넘어갈 듯 벌떡 일어나 휴대전화를 낚아채
려 했다. 그러자 태원은 이미 예상했다는 듯 전화를 등 뒤로 숨
겨 버렸다.

"그러니까 얼른 말해."

어유! 저 끈질김은 정말 쇠심줄이 따로 없다. 수안은 입술을
잘근잘근 깨물며 태원과 휴대전화를 번갈아 노려보았다,

아니, 삼계탕이 싸늘하게 식어가는 이 마당에 그게 뭐 그리
중요하다고 꼭 말을 하래, 하길? 내가 말이야, 말해줄 수도 있다
이거야! 눈치없게 커플 틈에 끼어 영화 본 거, 까짓것 말해줄 수
있단 말이지!

하지만 수안은 눈을 동그랗게 뜨고 태원의 뒤를 가리켰다.

"어! 오빠, 저기 정말 예쁜 여자다!"

"설수안."

"정말정말 이쁘다! 오빠 한번 봐봐!"

구구절절 설명하기가 싫을 뿐이다, 정말.

얼렁뚱땅 넘어가려는 녀석의 속임수가 눈에 훤했다. 그리고
정말 녀석이 호텔 입구에서 왜 울고 있었는지 알고 싶어졌다.

"오빠, 정말 너무하네? 내가 한번 보라잖아."

시끄럽고 더운 삼계탕 집에 녀석의 말대로 '정말정말 예쁜 여
자'가 어디 있겠냐마는, 억지 심술로 상황을 모면하고 싶어하는
마음을 알기에 힐끗 뒤를 돌아봐 주었다. 역시 그의 예상대로
삼계탕 집 입구에 예쁜 여자는커녕 심술 사나운 아낙 하나 보이

지 않았다.

"오빠, 어디 봐?"

"응?"

태원은 다시 수안을 보았다.

"어딜 보고서 그래? 정말정말 예쁜 여자, 의자에 앉아 있잖아."

태원의 뒤를 가리키던 손가락으로 자신을 가리키며 수안은 혀를 날름거렸다. 그리고 배시시 웃자 볼우물이 귀엽게 패였다. 도저히 저 얼렁뚱땅은 당해낼 수가 없다. 태원은 저도 모르게 고개를 들어 시원한 웃음을 터뜨렸다.

"하하하."

"뭐야, 그 웃음은? 내 미모를 부정하는 거야?"

짐짓 심술에 눈을 부라리는 녀석이 너무 귀여웠다. 그가 눈물까지 흘리며 웃자 수안이 퉁퉁거리며 젓가락을 들었다.

"후후, 수안이 삐쳤어?"

"흥."

수안은 뚝배기에 온 관심을 보이며 그에게 툴툴거렸다. 태원은 토라진 수안을 달래려 테이블 앞으로 몸을 기울였다.

"우리 수안이 미모를 내가 부정하다니? 절대 아니야. 오해하지 마라."

"그렇게 내 미모를 인정한다면 닭다리 하나 내놔."

"그래, 여기 있다."

녀석의 흥정에 태원은 선뜻 닭다리 하나를 수안의 뚝배기에 담아주었다. 그러자 입천장이 다 벗겨졌다던 수안은 이내 원기를 회복해 삼계탕으로 돌진했다.

태원은 내숭없이 신나게 먹는 수안의 모습을 기분 좋게 바라보았다. 후루룩 국물을 떠먹고 뽀얀 살을 찢어 소금에 쿡 찍어 먹는 녀석은 보는 사람의 식욕까지 돋게 했다.

그는 원래도 식탐은 없었지만, 여덟 살 나던 해 들어간 저택에서 먹는 것에 대한 집착을 완전히 버려야 했다.

더럽고 천한 태생의 버릇을 들인다는 명목하에, 저택에서 나던 첫해 그는 저녁을 먹지 못했다. 서늘하기만 한 저택의 분위기에 기죽어 눈물만 흘리던 시기가 지나자 점점 오기가 생겼다. 절대 구걸하지 않겠다고, 절대 지지 않겠다고…….

그 마음이 지금까지 이어져 온 탓에 태원에게 음식이란 죽지 않을 만큼만 섭취하면 되는 것으로 전락했다. 맛있는 음식에 대한 기쁨은 그에게 허락되지 않았다.

맛있게 잘 먹고 있는 수안과는 너무 달랐다.

'모든 것이 다르지.'

마음조차도. 태원의 얼굴에 씁쓸함이 내려앉았다.

"어허! 지금 먹을 것 앞에 두고 뭐 해? 제사 지내?"

상념이 너무 길었던지, 가만히 앉은 그에게 수안이 종알거렸다. 얼마나 열중을 하고 먹었으면 통통한 두 볼이 빨갛게 달아올라 있었다.

“얼른 먹어. 기름 뜨잖아.”

“알았어.”

안달을 내며 재촉을 하는 통에 태원은 수저를 들고 마지못해 국물을 떠먹었다.

아무리 먹을 것이 좋아도 지켜야 할 것은 지켜야 했다. 수안은 흐물거리는 닭껍질을 확 벗겨내며 태원을 보았다. 그는 영 까칠하니 먹는 것이 시원찮았다.

‘팍팍 좀 먹지!’

하긴 쇠도 씹어 먹는다는 십대 시절, 수현과 수민이 가마솥밥을 아작낼 동안 태원은 점잖게 앉아 밥 한 공기면 끝이었다. 가끔 장에 나가셨던 할아버지가 꼬깃꼬깃한 용돈을 아껴 과자를 사 와도 그건 설씨네 삼 남매와 재욱 언니의 차지였지, 태원은 먹지 않았다.

‘그래서 저렇게 매끈하게 몸이 좋은 거야? 군것질을 안 해서?’

신은 태원에게 눈 돌아가게 잘생긴 얼굴을 주신 것도 모자라 저렇게 탄탄하고 매끈한 몸까지 주셨다. 이 얼마나 불공평한 일인가!

수안은 입술을 삐죽거렸다.

사실 말이야 바른말이지, 수안은 지금껏 태원만큼 잘생긴 남자는 보지 못했다. 짝사랑에 마지않던 민규 개놈조차도 상대가 되지 않았다.

"나더런 먹으라더니 넌 왜 안 먹어? 닭다리 하나 더 줘?"

태원이 다리 하나를 마저 건져 그녀의 뚝배기에 덜어주었다. 태원의 뚝배기에는 다리를 잃은 닭이 슬프게 떠 있었다.

그래, 먹으라고 주는 정성을 생각해서 먹긴 하는데 말이야.

수안은 이미 먹기 좋을 만큼 식은 닭다리를 북 뜯으며 퉁퉁거렸다.

"오빠, 나 먹고 살찌라고 자꾸 주는 거지? 저주받은 다이어트에 온 여름 발버둥 치라고?"

"훗, 저주받은 다이어트? 그걸 왜 해, 네가 어디 살 뺄 데가 있다고?"

"흠, 그거 칭찬이지? 그렇다면 칭찬으로 들어주지."

"그럼, 물론 칭찬이야."

입발림이란 것을 알면서도 입이 저절로 벌어진다.

"그러면 이것도 먹는다?"

내가 인복(人福)은 있는 모양이야.

수안은 내친김에 태원의 뚝배기에서 다리 잃은 닭 몸통까지 뺏어다 먹으며 흐뭇함을 감추지 못했다.

십장생의 수가 곱게 놓인 병풍이 둘러쳐진 방.

한눈에 보기에도 값비싼 자기 그릇에 놓인 한정식이 보는 사람의 눈을 먹음직스럽게 했지만, 정작 상을 마주하고 앉은 두 사람은 누구도 식사를 하지 않았다.

그나마 형식적으로 오가던 젓가락질이 곧 멈추자 우아하게 머리를 틀어 올린 초로의 여인이 테이블의 벨을 눌렀다. 그러자 곧 종업원이 들어와 처음 차려질 때와 별반 줄어든 것이 없는 상을 물리고 차를 준비해 왔다.

또르륵.

정적이 내려앉은 방 안에 맑은 물소리가 유난히 청아했다.

"내가 이 집을 좋아하는 이유 중의 하나가 바로 이 차야."

유 여사는 향기로운 세작을 한 모금 마시며 입가에 미소를 지었다.

"마음까지 개운해지지. 가끔 차만 마시고 가는 경우도 있단다."

"네."

다소곳이 마주 앉은 소라도 두 손으로 찻잔을 들어 한 모금 마신 뒤 고개를 가볍게 끄덕였다.

"네, 정말 향기롭네요."

서로를 마주 보는 여인들의 입가엔 목적을 숨긴 마음과는 다른 우아한 미소가 어려 있었다.

이린저린 가벼운 이야기를 나누던 유 여사는 곧 본론에 늘어갔다. 나이가 들었다는 사실이 믿어지지 않을 만큼 주름 없는 얼굴은 완벽한 화장으로 감정을 숨기고 미소만을 드러냈다.

"소라 양, 내가 소라 양을 불러내서 당황했지?"

"사실 좀 당황했어요."

소라는 유 여사에게 미소를 지었다.

"어머님께 말씀은 많이 들었지만 제가 직접 뵙기는 처음이라서요."

"그래, 그랬을 거야."

"무슨 일이신지 여쭤봐도 될까요?"

"물론이야. 소라 양이 우리 태원이를 만난다는 이야기를 들었어. 그래서 확인을 하고 싶었단다."

유 여사는 짐짓 자애로운 미소까지 띠었다.

"네, 사랑하고 있어요."

소라는 자신의 감정에 당당했다. 하지만 사랑이란 말에 유 여사의 얼굴이 일순 굳어졌다.

"그 아이……. 태원이의 출생에 대해 알고 있나?"

"알고 있어요. 하지만 출생이란 것, 저는 신경 쓰지 않습니다. 제 배경이 그런 것은 무마해 줄 수 있어요. 그리고 회장님께서도 인정하셨다고……."

"그래?"

"네."

가슴속에서 분노가 솟구쳤지만 참았다. 새파랗게 어린것 앞에서 체면을 구길 수 없었다. 아무리 생각을 해봐도 영감이 망령이 난 것이 분명했다. 더러운 종자를 미국으로 보낼 때 다시는 한국으로 들이지 않겠단 조건이 붙었는데 그것을 어긴 것도 모자라 진원의 자리까지 넘보다니. 피를 토하고 쓰러질 일이었다.

내 새끼……. 불쌍한 내 아들이 최선을 다해 키운 회사를 감히 그놈에게 줄 생각을 하다니.

"회장님께서 소라 양을 일요일 날 초대하셨다던데, 올 거지?"

유 여사는 분노에 미칠 듯 화염에 쌓인 마음과는 다르게 미소 지었다. 감정이란 타인에게 들켜 좋을 것이 하나 없었다.

"네, 초대 감사하게 여기고 있어요."

그래야지. 아무나 들이는 집이 아니니까.

"그래, 내 각별히 신경을 써 준비할 테니 부담없이 와."

즐길 수 있을 때 즐기도록 해. 더러운 종자 놈의 인생도 곧 끝을 볼 테고, 넌…….

일요일의 초대에 들뜬 소라를 보며 상상을 하는 유 여사의 입이 즐겁게 휘어졌다.

결혼도 하기 전에 신랑을 잃겠지. 불쌍한 것. 너 정도면 다른 남자도 많았을 텐데……. 얘야, 날 원망하지 마라. 선택은 네가 했단다.

"일요일 날 봐."

마시박 파티를 슬기렴. 내가 그날 하루 네 연놈들의 행복은 눈감아줄 테니. 후훗.

유 여사의 머릿속에 앞으로의 계획이 점차 모습을 드러내고 있었다.

“오빠, 조심해서 들어가.”

꼬마가 팔랑팔랑 손을 흔들었다.

꼬마…… 하지만 하얀 원피스에 빨간 볼레로 차림의 수안은 더 이상 꼬마의 모습이 아니었다.

너무나 사랑스럽게 자란 여자의 모습으로 손을 흔들어주었다.

녀석을 내려주고 회사로 방향을 돌리는 태원의 얼굴에 갈망이 어리었다.

사랑은 모든 사람들에게 공평한 모습으로 찾아오지 않는다. 그는 지금껏 저 녀석을 마음에 품었지만, 녀석에게 그는 그저 어쩌다 마주치는 사람일 뿐일지도 몰랐다. 그런데도 녀석을 갈망하는 자신의 얼굴이 추한 것은 아닐까라는 생각이 문득 들자 차를 멈춰 세웠다. 그리고 룸미러를 한동안 들여다보았다.

조금 전까지 마주 앉은 수안과는 다르게 굳은 얼굴, 한없이 차갑고 메마른 인간 하나가 그를 마주 보고 있었다.

다시금 자신과 수안 사이의, 그리고 세상 사이의 이질감이 느껴졌다.

언짢은 기분에 사무실로 돌아온 그는 자리에 털썩 앉았다. 그리고 머리를 뒤로 기대 눈을 감아버렸다.

똑똑.

“네.”

태원의 대답과 함께 사장실의 문이 열리며 한 남자가 들어왔다. 검은 양복을 입어 큰 덩치가 더욱 건장하게 보이는 남자의 왼쪽 눈가엔 찢어진 듯한 흉터가 선명했다.

남자는 태원 앞으로 걸어와 고개를 숙였다.

"그래, 어떻게 됐어?"

미국 시절에서부터 태원의 오른팔이 되어준 남자, 상우가 보고를 시작했다.

"준비는 모두 마쳤습니다. 사장님께서 지시만 하시면 모든 것은 계획대로 진행될 겁니다."

험상궂은 얼굴은 더할 나위 없이 진지했다. 상우는 내색하지 않았지만 자신의 보고가 오너에게 어떤 영향을 미칠지 누구보다 잘 알고 있었다.

"바로 시작하시겠습니까?"

"……."

태원은 아무 말이 없었다.

"사장님."

"일단. 일단은 그대로 있어라. 먼저 움직이면…… 그쪽에서 먼저 시작하면 우리도 시작하는 거다. 그때가 되어도 늦지 않을 거다."

"사장님, 하지만……. 네, 알겠습니다."

상대방이 먼저 움직이면 그만큼 태원이 많은 위험에 노출될 것이다. 저도 모르게 목소리를 높이던 상우는 그만 고개를 숙였

다. 그가 아무리 참견을 하고 걱정을 해도 태원이 느끼는 만큼
은 아니기에, 경호에 더 신경을 쓰리라 다짐하며 사장실을 나왔
다.

"휴……."

상우가 나가자 태원은 의자를 돌려 앉아 창밖을 보았다. 구름
한 점 없는 하늘을 보자 환청처럼 진원의 목소리가 들렸다.

"태원아, 마지막에 쓴다고 약속해 줄 수 있겠니? 미안하다.
하지만 내겐 어머니야, 할아버지보다, 아버지보다 형을 낳아준
어머니잖니. 그러니 네가 참을 수 없는 한계가…… 되면, 그때
쓸 거라고 약속해라."

서류봉투를 건네는 진원의 손이 떨리던 것을 선명하게 기억
했다.

그때는 단지 미안함이라 생각했는데, 그의 곁에 머물지 않고
떠나려 이미 결정을 내렸음을 진원이 가고서야 알게 되었다. 그
것도 모르고 그는 진원에게 매정하게 등을 돌렸었다. 어리석은
그는 진원의 선택을 보려고 하지 않았다.

태원은 자리에서 일어나 여름 햇빛에 뜨거워진 유리창에 가
만히 이마를 기댔다.

'알았어……. 알고 있어. 나 역시 쓰고 싶지 않아. 형의 어머
니니까……. 이해해, 날 싫어하는 마음을 이해한다고. 하지만

형, 미안해……. 어쩔 도리가 없을 때면 물러서지 않을 거야. 형이 나쁜 놈이라고 욕해도 난 그때가 되면…… 물러서지 못해. 미안해.'

새처럼 자유롭게 모든 걸 버리고 날아간 진원의 얼굴이 푸른 하늘 사이로 그려졌다.

'나 정말 너무 힘들다.'

4. 여름 정원의 유혹

처음 남매는 그저 아무렇지도 않았다.

방학이지만 특별히 할 일이 없는 수안과 촬영이 끝나 오랜만에 한가한 수민이 소파 팔걸이를 한쪽씩 차지하고 나른하게 유선방송을 보고 있었다. 둘 다 아침 겸 점심으로 먹은 것이라곤 쌀국수가 전부였다. 그것이 문제였다.

너무 더워 손가락 하나 까딱하기 싫은 수안을 수민이 집적거리기 시작했다.

"수안, 라면. 라면 두 개에 계란 두 개."

"씨! 저리 가아! 왜 그래, 정말! 귀찮게 하지 말고 가아."

"야야, 그러니까 귀찮으면 얼른 가서 라면 끓여."

수안은 짜증이 머리끝까지 치밀었지만, 눈치없는 설수민은 자꾸만 발로 툭툭 쳤다. 수안은 초록색 민소매 티 차림의 맨팔에 와 닿는 발가락이 너무 기분 나빠 수민을 홱 노려보았다.

"하지 말랬다."

"얼른 라면 끓여와."

끈질긴 수민은 아예 그녀의 팔에 다리를 척 올리며 거만하게 명령했다. 이 정도면 참을 만큼 참았다. 수안은 분노로 붉게 달아오른 얼굴로 수민의 팔을 꽉 깨물었다.

"아악! 야! 설수안, 이게!"

수민은 벌겋게 잇자국이 난 팔을 보며 씩씩거렸다.

"너 미쳤지? 네가 개야? 왜 물어!"

"그러게 건드리지 말라고 할 때 건드리지 말았어야지!"

수안이 콧방귀를 끼자 그 모습에 더욱 격분한 수민은 동생의 머리를 손바닥으로 쿵 쳤다.

"아얏! 뭐야? 지금 날 때렸어?"

수민의 강력한 힘에 자라목이 된 수안은 믿을 수 없다는 듯 수민을 노려보았다.

"설수민, 너 지금 날 때렸어? 감히 여자를 남자가 때려? 오빠가 동생을 때린 거야?"

"네가 먼저 물었잖아. 내 팔 썩으면 책임질 거야?!"

"이이……."

그 뻔뻔한 발언에 얼굴이 붉어질 대로 붉어진 수안은 폭력을

휘두르고도 죄의식을 느끼지 못하는 수민의 배를 단단한 머리
로 들이받았다.

"아악! 설수안, 이게 아주 죽을라고!"

"어떻게 여자를 때려!"

남매의 싸움이 전쟁으로 변해 버렸다. 수안과 수민은 서로의
머리를 잡아당기며 악을 썼다.

"얼른 놓지 못해? 이게 배우의 머리를 잡아당겨!"

"웃기지 마셔!"

"왜 이렇게 시끄러워?"

그때 소란스러움에 눈을 찡그리며 방에서 나오던 엄마가 둘
의 싸움을 목격하자 눈에 불똥이 튀었다.

"애들이 지금 뭐 하는 거얏! 지금 누가 먼저 죽나 내기하는 거
야?!"

오누이란 언제나 그림처럼 다정해야 한다고 믿는 엄마는 평
화남매의 싸움에 잔뜩 흥분해 신었던 슬리퍼를 벗어 둘의 등짝
을 마구 내려쳤다.

"힘이 남아서 싸우냐?!"

철썩! 철썩!

"아얏, 엄마, 아파. 때리지 마."

"엄마!"

"엄마라고 부르지도 마. 싸움질하는 자식은 필요없으니까 나
가!"

자식 셋을 키운 놀랄 만한 팔 힘에 수민과 수안은 끌려 나왔다.

"들어올 생각은 꿈에도 하지 마!"

쾅!

수안과 수민은 그저 요란하게 닫히는 문을 바라볼 수밖에 없었다. 콧김을 뿜으며 철벽 요새의 현관문마저 닫히자 망연자실한 남매는 대문을 바라보며 어깨를 늘어뜨렸다. 젠장. 지갑도 없고, 휴대전화도 없는데 어딜 가라고……. 그러다 눈이 마주쳤다.

"흥!"

"흥이다!"

둘은 바로 고개를 돌려 버렸다. 그리고 서로 세 발짝씩 떨어진 대문 기둥을 버팀목 삼아 쪼그리고 앉았다.

"날씨는 왜 이렇게 더운 거야!"

티셔츠 소매를 둘둘 걷으며 수민이 투덜거렸다.

'어휴! 원수! 얼른 바빠져라!'

수안은 도끼눈이 되어 수민을 노려보았다.

매미 소리가 한창이다. 귀가 째질 듯한 매미 소리에 앉아 맨숭맨숭 땀만 흘리던 수안과 수민 앞에 얼룩이 생기기 시작했다.

끈적끈적한 습기로 숨이 터질 듯하던 대기에 반가운 손님이 찾아왔다.

후두둑.

쨍쨍하던 하늘에 검은 먹구름이 끼더니 곧 굵은 빗줄기가 내리기 시작했다.

처음엔 시원해서 좋아라 여겼는데, 단순한 소나기라고 생각했던 비는 삼십 분이 넘도록 계속됐다. 대문간에 쪼그리고 앉아 비를 보노라니 아주 미칠 것만 같았다. 덩달아 기온까지 내려가 팔에 소름이 돋은 수안은 수민을 힐끔거렸다. 수민은 아주 허한 눈으로 하늘을 올려다보는 중이었다.

쿵!

갑작스런 불빛과 번쩍거리며 하늘을 가르는 천둥소리에 깜짝 놀란 수안이 귀를 막고 소리를 질렀다.

"엄마야!"

천둥소리보다 수안의 비명에 더 놀란 수민이 엉덩방아를 찧고 엉거주춤 자리에서 일어났다.

"하여튼 기차 화통보다 목청은 더 좋아. 깜짝 놀랐잖아!"

하지만 수안은 수민의 빈정거림도 무시하고 문을 잡고 흔들었다.

"엄마! 문 열어, 문 열어줘."

우르르, 쿵!

하늘을 가르며 번쩍이는 천둥 번개에 수안이 대문을 미친 듯이 두드렸다. 막내의 그런 모습을 지켜보던 수민이 혀를 차며 손을 잡았다.

"야야, 엄마를 모르냐? 분명히 안방에서 주무실 거다. 그러니 삼십 분이 넘도록 문을 안 열어주지."

"몰라, 말 시키지 마. 어어엉. 다 오빠 때문이야. 나 벼락 맞아 죽으면 억울해서 어떡해! 어어엉!"

집 잃은 애처럼 울컥 설움이 치민 수안이 수민을 마구 때리며 울었다.

"쯧쯧. 네가 애야? 벼락? 웃기지 말고 앉기나 해. 이리 와."

수민은 훌쩍거리는 수안의 어깨를 감싸 자신 옆에 꼭 끌어다 앉혔다. 놀라서 새처럼 파닥이는 수안을 토닥거리며 진정을 시키자 수안은 무릎에 얼굴을 묻고 코를 훌쩍거렸다. 수민은 그 모습이 더할 나위 없이 불쌍해 수안의 머리를 비벼주었다.

"젠장, 지갑도 없고 휴대전화도 없고 참 처량하다, 그치?"

"그만큼 오빠는 준비성이 형편없다는 거야. 오빠 위기대처 능력이 제로다 뭐."

"흥이네."

어깨를 꼭 마주하고서도 둘은 계속 투덜거렸다.

"근데 오빠, 나 배고프다."

"그러게 라면 끓이라고 할 때 끓이지, 먹통아!"

"내가 식순이냐? 왜 만날 나더러 라면을 끓이래? 그리고 끓이면 아무 말 없이 먹기나 하니? 만날 물이 많네, 면이 불었네, 트집만 잡잖아!"

 수박밭에서 만나다

“어유, 먹통. 지적을 받아야 실력이 늘지.”

“오빠!”

또 한바탕 설전을 벌일 찰나, 수안의 비명과 함께 빨간 스포츠카가 물보라를 일으키며 날아왔다. 요란한 등장에 눈만 동그래진 남매 앞에 청 미니스커트 차림의 미끈한 다리와 함께 재욱이 내려섰다.

“재욱 언니야!”

“누나!”

어디 이보다 반가운 사람이 또 있으랴! 수안과 수민은 더할 수 없는 반가운 표정을 지으며 재욱에게 달려갔다. 축축하고 출출한 마당에 재욱은 엄마 다음의 구세주였다.

“왜들 나와 있어? 어디 갈 폼은 아닌데?”

재욱은 알록달록한 반바지 차림의 수안과 역시 다리를 훤히 드러내는 수민의 반바지를 차례로 보았다. 옷차림이 아니더라도 어릴 적부터 설 교수님 댁 남매들이 대문간에 쪼그리고 앉은 이유는 하나뿐이었다.

“또 쫓겨났니? 그러지 말고 일단 우리 집으로 들어가자.”

“수민 오빠 때문이야! 언니야, 수민 오빠가 나 때렸다?”

“누나, 속지 마. 절대 속으면 안 돼. 이거 봐봐, 수안이가 내 팔을 물었단 말이야.”

집에서 쫓겨나 재욱의 구원 속에 옆집으로 들어간 남매는 서로 이르듯 소리를 높였다.

"아, 알았어. 알았으니까 들어와서 앉아."

재욱의 부모님은 지금 영국에 계신다. 교환교수 프로그램으로 가신 아버지를 따라 어머니도 가신 탓에 재욱은 벌써 몇 달째 혼자 있었다.

"언니야, 우리 배고픈데 라면 끓여 먹어도 돼?"

"오호, 라면? 너 라면 싫어하잖아."

수안의 식성을 아는 재욱이 놀라서 묻자 수안은 어깨를 으쓱거렸다.

"언니 집에 밥이 있을 리가 없잖아. 너무 배고파서 라면이라도 먹어야 할 것 같아."

"그래? 저기 찬장 열어볼래? 저번 주말에 마트 갔다 왔는데 그때 사다 놨거든."

"응! 오빠, 얼른 물 올려."

"알았스."

워낙 어릴 때부터 허물없이 드나든 사이라 수민과 수안은 제 집처럼 식탁을 차리기 시작했다. 흐린 날만큼 기분이 좋지 않았던 재욱은 옷을 갈아입고 내려와 남매의 모습을 지켜보았다.

파를 송송 썰어 넣고 냉장고를 뒤적거리던 수안이 종알거렸다.

"언니, 김치는? 에이, 사 온 거잖아. 왜 사다 먹어? 맛없는데."

"그러게? 왜 사서 먹어? 우리 집 냉장고에 김치가 얼마나 많은데. 울 엄마한테 달라고 하지. 그치, 수안아?"

"그럼. 우리 집 냉장고 완전 풀밭이잖아. 배추에 깍두기, 갓김치까지. 아주 뱀 나올까 봐 무섭다니까."

"오호, 너도 그러냐? 사실 나도 냉장고 문 열기가 겁난다니까."

주거니 받거니 그녀 앞에 앉아 라면을 먹기 시작하는 수안과 수민은 더없이 진지했지만 재욱은 터지는 웃음을 어쩌지 못했다.

핏줄임을 여과없이 보여주는 꼭 닮은 얼굴 두 개가 라면을 먹으며 자기들만의 대화에 빠져드는 모습은 아무리 봐도 싫증이 나지 않았다.

지친 하루가 아주 먼 옛날처럼 느껴졌다. 아무리 힘든 일이 있더라도 옆집 삼 남매만 곁에 있으면 시름을 잊었다.

"야, 형 올 때 됐지? 하늘같은 장남 뒤에 묻어 들어가면 엄마의 마수를 피할 수 있는데."

"전화해 봐."

수안이 젓가락을 휘두르며 말했다.

"어허, 막둥아. 원래 그런 건 막둥이가 하는 거다. 알겠냐?"

하지만 수민이 그녀의 젓가락을 툭 치며 반격하자 수안이 발끈했다.

"싫어. 오빠가 해라? 내가 전화하고 오면 라면 없어지잖아!"

"설수안!"

싸워서 집까지 쫓겨난 주제에 또 화악 불길이 치솟는 수민과 수안의 모습을 본 재욱은 어쩔 수 없다는 듯 손을 들어 제지했다.

"아아, 그만들 해. 내가 할게. 그럼 되지? 난 별로 생각없으니까 얼른 먹어. 수현이한테는 내가 전화할게."

"언니, 고마워."

"누나, 고마워."

그러자 마치 약속이라도 한 듯 대답하는 두 남매의 모습에 재욱은 웃고 말았다.

재욱이 수현에게 전화를 해 자초지종을 설명하자 막 퇴근 준비 중이던 수현이 혀를 차며 전화를 끊었다. 전화를 끊고 식탁에 앉은 남매를 보자 남매는 무슨 이야기인지 얼굴을 붉히며 머리를 마주하고 있었다. 그 모습에 재욱은 싱긋 웃고 말았다.

'라면이 적은 거야.'

그녀의 추측은 한 점 오차도 없이 맞았다. 수안이 냄비를 들고 물을 받기 시작한 것이다.

그렇듯 두 얼굴, 수현까지 모이면 세 얼굴은 항상 시시각각 변하며 그들이 무슨 생각을 하는지 금방 알 수 있게 했다. 속을 훤히 드러내는 얼굴 탓에 거짓말도 곧잘 들켰다.

하지만 이들은 보여지는 모습이 전부가 아니었다. 재욱은 집에서 보는 모습만으로 수현과 수민을 만만하게 봤다간 낭패당하기 십상이란 걸 아주 잘 알고 있었다. 다정하고 능청맞으며, 때로는 한 대 툭 때려주고 싶을 만큼 개구진 형제들의 모습은 딱 여기까지였다.

수안을 못 놀려먹어 안달인 수민이 밖에서는 얼마나 냉정한지, 재욱도 직접 보지 않았다면 믿지 못했을 것이다. 철저한 자기 관리로 이름에 오점을 남기지 않는 스타가 된 남자는 스스로 빛을 내는 아름다운 존재였다. 수현 역시 밖에서는 신경외과 의사라면 반드시 가져야 할 침착함과 냉정한 상황 판단력이 번뜩이는 남자로 통했다. 조금의 실수도 허락하지 않고 스스로를 극한으로 몰아붙여 완전해지도록 연습시켰다.

세상 속에서 형제는 절대 만만한 존재가 아니다. 하지만 가족에게는, 그리고 운이 좋아 친구가 된 그녀에게는 더할 나위 없이 따뜻한 여유를 주는 사람들이었다. 재욱에게 이곳은 축복이었다. 가족과 평생의 친구를 모두 얻은 곳이니 말이다. 그러니 더 이상의 욕심은 과욕이었다.

다시 끓인 라면까지 다 먹고 설거지를 한 그들이 사이좋게 앉아 커피를 마실 무렵 수현이 도착했다. 수현의 등장에 수민과 수안이 반색을 하며 나가자 수현이 들어왔다.

"어이, 미스 하. 왜 들여보내 줬냐? 비 맞고 있게 내버려 두지."

"쳇. 정말 그랬다면 나 잡아먹으려 했을 거면서 뭘 그래? 고맙냐?”

재욱은 마음과는 다르게 퉁퉁거렸다. 그녀는 수민과 수안에 대한 수현의 애정을 알고 있었다.

“고맙긴, 내가 왜?”

“어이구. 그냥 가셔. 라면 값 달라고 할까 봐 그래? 얼른 가. 나 피곤해.”

“그런데 너 얼굴이 왜 그래? 무슨 일이야?”

재욱은 단정적으로 말하는 수현에게 놀랐다. 분명 얼굴엔 어떤 표정도 보이지 않을 것이다. 그러니 무슨 일이 있냐는 질문에도 놀랄 판에, 수현은 너무나 확신의 어조로 물었다.

“말해봐. 뭐야?”

수현이 그녀에게 다가와 날카로운 지성을 드러내며 다그쳤다. 지레 놀란 재욱은 뒤로 물러나며 더듬거렸다.

“이, 일은 무슨……. 너 독심술하냐? 아무 일 없으니까 얼른 애들 데리고 가. 어머니 걱정하시겠다.”

수현은 두 손을 저으며 몰아내는 그녀의 얼굴을 물끄러미 바라보다 재욱의 머리를 툭 쳤다.

“하재욱 인마, 세상 심각하게 살지 마라. 그렇게 심각해도 별거없으니까. 하재욱, 아자!”

마음속에 들어갔다 나온 사람처럼 두 주먹 불끈 쥐며 파이팅을 외치던 수현이 수안과 수민을 따라나가자 재욱은 식탁 의자에 털썩 주저앉았다.

앙숙처럼 투덜거리다 한 번씩 깊은 속내를 드러내는 녀석을 재욱은 어떻게 할 수가 없었다.

태원은 끊임없이 울리는 휴대전화를 보았다. 잠시도 쉬지 않고 걸려오는 번호는 다양했다. 그를 일요일 만찬에 불러오기 위해 얼마나 많은 사람들이 박 회장에게 시달리고 있을지 보지 않아도 눈에 선했다.

그는 소파에 깊숙이 몸을 묻었다. 그리고 머리를 뒤로 기대 지친 눈을 감았다. 모든 준비는 끝났고 시작만 하면 된다. 한번 시작하게 되면 멈출 수 없는 전차가 되어 돌진할 것이다. 그런 후 오로지 그만의 회사 Weston의 사장으로 돌아가면 된다. 그런데 무엇이 이렇게 그를 잡아두는 것인지. 단지 가질 수 없는 것에 대한 미련인가…….

Rrrrrr.

전화는 끊임없이 울렸다. 그 소리에 무감각한 신경이 비명을 질러댔다. 태원은 긴 검지로 소파의 팔걸이를 툭툭 두드렸다. 박 회장은 지금 선한에게 모든 것을 걸고 있다. 그것은 곧 절대 그를 놓아주지 않을 것임을 알게 해주었다.

뜻대로 당할 생각은 추호도 없었지만 그 방법은…… 피한다고 피해질까?

꼬리를 내리고 도망가는 것은 절대 용납할 수 없었다. 상대가 박 회장과 유 여사라면 더욱더.

자리에서 일어난 그는 벗어두었던 재킷을 들었다.

도심의 사람들 모두 더위를 피해 휴가를 떠났던지 일요일의 거리는 한산했다. 태양이 온 거리를 찜통으로 만들고 있었지만 그는 무표정한 얼굴로 운전만 했다.

"태원 씨!"

저택에 도착하자 그가 오는 것을 보기라도 한 듯 대문이 열리며 소라가 뛰어나왔다. 벌써 도착해 있었던 듯, 가방은 보이지 않았다.

"뭐예요? 왜 이렇게 늦은 거예요? 얼마나 기다렸는데."

마치 부부처럼, 귀가가 늦은 남편을 질책하는 아내처럼 소라가 투정을 부렸다. 그리고 차에서 내리는 그의 팔을 꼭 잡았다. 언젠가 수안이 그랬던 것처럼.

태원은 소라에게 잡힌 팔을 빼냈다.

"언제 온 거지?"

"한 시간쯤 됐나? 어머님이랑 청주댁 아주머니 도와서 음식 준비했어요. 회장님께서도 태원 씨 많이 기다리셨는데. 시산 엄수하세요. 사업하는 사람이 지각이라니요."

정원은 손님 맞을 채비가 끝난 상태였다. 그토록 전화를 해댄 이유가 짐작이 갔다. 분명 집에 있을 유 여사가 보이지 않는 것을 보니 박 회장과의 두뇌 게임이 한창일 것이다.

과연 이 자리를 무사히 참아낼 수 있을지……

태원은 시끄럽게 따라다니는 소라는 아랑곳없이 정원의 나무 그늘 아래 벤치에 앉았다.

유정화는 박 회장을 믿지 않았다. 늙은 얼굴의 주름은 오만과 탐욕으로 얼룩져 있었다. 칠십이 넘는 평생 중 오십 년이 넘도록 먹고 먹히는 세상을 손안에 쥐고 있었다. 그는 겉으로 자애로운 척 웃으며, 뒤로는 사람들이 피눈물을 쏟는 것을 즐겼다.

가진 것에 집착하고 더 많은 것을 탐했다.

"전 솔직히 아버님의 생각을 알 수가 없습니다. 분명 저하고 하신 약속이 다르시잖아요."

도움은 필요치 않았다. 이미 그놈을 어떻게 할지 계획도 세웠다. 그깟 조무래기 하나 소리 소문 없이 보내는 것쯤 문제도 아니다.

"저는 아버님을 믿었습니다."

거짓말…….

가슴속 또 다른 자신이 빨간 입술로 웃는 것이 느껴졌다. 아니, 그녀는 아무도 믿지 않았다. 그것을 박 회장도 알았다. 왜냐하면 박 회장과 유정화는 똑같은 부류였기 때문에.

그저 이유를 알고 싶었다. 집안의 명예를 실추시켰다 대노하며 그놈을 쥐 잡듯 때리곤 하던 박 회장이 놈을 받아들인 이유가.

"제게 거짓말을 하신 겁니까?"

"애야."

짐짓 목소리가 굳어지는 그녀에게 박 회장이 회유 어린 웃음을 지었다.

"내가 네게 거짓을 말하다니. 그건 아니다."

"그럼 이유를 말씀하세요."

"나 역시 태원이 놈이 탐탁지 않다. 하지만 우진을 생각해야 한다."

마음 좋은 늙은이처럼 애처로운 어조. 정화의 가슴속에서 불길이 치솟았다.

"아버님!"

정화에게 그깟 회사, 이미 죽은 진원이 아니라면 누구에게 가든 상관없었다. 자신의 아들이 갖지 못한다면 아무 상관도 없다. 하지만 그놈이라면 이야기가 달라진다.

"아버님, 진원이가 왜 죽었습니까? 젊디젊은 제 자식이 왜 죽었는데요? 억수같이 쏟아지는 빗길에 회사로 가다가 죽었습니다. 하루종일 회사에서 일한 것도 모자라 퇴근해서도 일하던 아이가 회사로 들어가다 죽었어요. 어리석은 그 녀석은 죽는지도 모르고 그렇게 일을 했어요."

정화의 목소리엔 처절한 한이 묻어났다.

"애야, 그러니 그 회사를 더욱 가족이 지켜야 하지 않겠니?"

"가족이라니요? 누가 가족입니까? 술집 작부의 피를 받아 태

어난 저 아이가 감히 우리 진원이와 같이 아버님 가족이랍니
까?"

결코 동요할 생각은 없었지만 진원과 그놈을 같이 취급하는
것에 분노했다. 감히 누구를 누구에 비교해!

요망한 것.

새파란 불길이 어른거리는 며느리를 봐야 하는 박 회장은 앉
아 있는 자리가 몹시 불편했다. 감히 두 눈 똑바로 뜨고 덤비는
유정화가 몹시 마음에 들지 않았지만 어쩔 수가 없었다.

죽고 없다지만 합법적인 손자를 낳아주었다. 그리고 뒤에 버
티고 있는 며느리의 집안이란. 그것도 모자라 손자를 낳은 상으
로 우진의 주식도 두둑이 주었다.

젠장, 그놈이 그렇게 일찍 죽을지 알았다면 결코 정화에게 우
진의 주식을 그렇게나 많이 주지 않았을 것이다. 흔치 않은 실
수가 그의 발목을 잡아 붙들어 맨다.

하지만 그렇다고 태원이 놈의 실력과 그놈을 탐내는 선한의
어린것을 못 본 척할 수 없었다. 우진의 하나 남은 자식, 태원과
선한의 외동딸. 그들이 한배를 타게 되면 순풍에 돛을 달 것이
다.

"다시는 이 땅에 들이지 않는다 약속하셨잖아요."

십이 년 전, 진원이 죽은 후 집안을 이을 남자는 태원뿐이었
다. 그라고 어찌 진원이 아깝지 않으며 어찌 태원이 마음에 찼
겠는가!

하지만 썩 마음에 들지는 않아도 어쨌든 박씨 집안의 핏줄이다. 개나 소나 아무에게나 주려고 그 고생을 해서 기업을 일군 것이 아니다. 더러운 피가 섞였다 해도 박씨는 박씨였다.

그리고……. 박 회장은 어디서 나타난 존재인지도 모를 놈이 복사된 서류를 넘겨주던 날을 잊지 못했다.

"죄송합니다. 하지만 계속 아이의 목숨이 위태롭다면 고발할 겁니다. 증거는 이미 이것으로도 충분합니다."

조용한 목소리는 더할 수 없이 위협적이었다.

진원이 죽은 해 정화의 포악은 극에 달해 태원의 목숨이 위태로울 정도였다. 그때 나타난 남자는 우진그룹에 대해 모든 것을 알고 있었다. 내부 계열사를 늘리기 위해 그룹에서 합법적이지 못한 방법으로 끌어준 자금이며, 정치권에 쑤셔 넣은 돈 등 그룹에서 일하는 사람들 가운데서도 몇몇밖에 알지 못하는 그것들을 사내는 너무 잘 알고 있었다.

사내는 그것을 묵인해 주는 대가로 태원의 자유를 원했다. 결국 박 회장은 평지풍파를 피하기 위해 태원을 미국으로 보냈다.

그리고 태원은 거목이 되어 돌아왔다. 그놈을 나 몰라리 하기엔 너무 아까웠다.

"약속은 언제든 번복이 가능하다. 섭섭해하지 마라. 나도 어쩔 수가 없단다."

박 회장은 말끝을 얼버무리며 자리를 피했다. 정화는 상황을 모면하려는 박 회장의 뒷모습을 독기 어린 눈으로 노려보았다.

박 회장과 정화가 서로에게 칼날을 들이밀고 있을 때 태원은 테이블을 바라보고 있었다. 정원에 차려진 뷔페는 풍성하고 장식 또한 아름다웠다. 하지만 그의 시선을 사로잡는 것은 아무것도 없었다.

"태원 씨, 드세요."

저택에 모인 사람 중 가장 행복한 사람인 소라가 태원에게 음식을 건넸다. 집안에서 교육 받은 대로 뷔페 음식을 맛깔스럽게 담은 접시를 내미는 얼굴엔 웃음이 가득했다. 하지만 그는 투명한 글라스에 담긴 냉수로 입술을 축였다.

"됐어. 별로 생각이 없어. 당신이나 먹어."

백 마디 말보다 단호한 거절에 소라의 얼굴이 흐려졌다.

"태원 씨는 사람 섭섭하게 하는데 정말 타고났어요. 성의를 무시하는 것도요."

절대 침착함을 잃지 않도록 교양 수업을 쌓은 탓에 대놓고 말하지는 못했지만 부모에게도 음식 한번 대접한 적이 없는 소라의 자존심은 발기발기 찢기고 있었다. 지금껏 소라는 이런 대접을 받을 거란 상상 따윈 하지도 못했다. 태원이 이토록 냉정할 때면, 소라는 우진그룹 사장 취임식 날 우연찮게 그를 본 것을 후회했다. 평범하지 않은 집안, 세인들이 말하는 대단한 상류층 자제인 탓에 그녀가 어울리는 사람들은 전부 어지간한 그룹의 자제들이었다. 재벌 2세, 3세. 돈과 권력을 가진 사람은 넘치도록 알고 있었다.

하지만 단 한 번의 보는 것만으로 매력을 느낀 남자는 태원이 처음이었다. 사람들의 입방아에 오르내리는 우진가의 스캔들에 대해 알고 있었지만, 사장 취임식 날 태원을 보자 소문들은 의미를 잃었다. 마른 근육질의 남자, 하얗고 예쁘장한 얼굴이 아닌 피부가 적당히 그을린 남자다운 얼굴. 그중에서도 제일 마음에 드는 것은 거만하지 않고, 그렇다고 비굴하지도 않은 남자의 태도였다.

유혹적인 자태로 다가선 그녀에게 그저 가벼운 목례만을 했던 남자.

자존심이 상했지만, 묘하게 매력이 있었다. 거기다 운인지 아닌지 집안에서 혼담이 오가는 것에 내심 흐뭇했는데, 저렇게 나무토막처럼 뻣뻣한 남자의 태도는 소라의 인내심을 시험하고 있었다. 결국 그것이 지나쳐 결국 저 남자를 가지고 말 거란 굳은 다짐까지 하게 했다. 그리고 남자가 가진 배경이란. 우진이란 국내 제일의 거대그룹과 미국에 있다는 회사는 소라의 과시욕을 한껏 자극했다. 그래, 지금껏 그녀가 가지지 못한 것이 없는 것처럼 가지지 못할 남자 따윈 없을 것이다.

"휴, 알았어요."

생각을 정리한 소라는 짐짓 투정 부리는 아이처럼 그가 받아들지 않은 접시를 얌전히 놓고 와인 글라스를 들었다.

"음, 그런데 궁금한 게 있어요. 그때 호텔 앞에서 본 그 애는 누구죠? 왜 추하게 울고 있었던 거래요?”

태원의 대답을 유도할 목적으로 한 질문이었지만 호기심과 그 당시의 회상으로 다시 떠올린 분노에 소라의 눈이 반짝였다. 그런 소라의 모습에 태원은 반사적으로 대답을 했다.

“궁금해하지 마라.”

“네?”

다소 거친 목소리. 그리고 다른 때와는 다른 성급한 대답. 소라는 점점 더 궁금해지기 시작했다.

“뭘 궁금해하지 말라는 건가요? 그 애에 대해서? 아니면 그 애가 울고 있던 이유에 대해서?”

“뭐든.”

태원은 단호했다. 굳이 자신의 동요를 감출 생각도 없이 소라를 바라보았다. 그 모습에 소라의 가슴이 철렁 내려앉았다. 불안한 마음이 거친 소리가 되어 나왔다.

“난 상관할 이유가 충분해요. 우린, 당신과 난…….”

Rrrrrrrr.

서빙을 하던 사람들 모두 소라의 새된 목소리에 놀라 돌아볼 찰나 하루종일 쉴 틈이 없었던 태원의 휴대전화가 울렸다. 분노로 얼굴이 달아오른 소라가 잠시 말을 멈춘 사이 태원이 전화를 받았다.

“네.”

[하이!]

은은한 선율이 흐르는 고풍스런 정원과는 다르게 수화기 너머는 왁자지껄했다. 그가 미처 어떻게 대답할 새도 없이 마구 섞인 목소리가 들려왔다.

[어, 나다. 태원……. 야! 하지 마!]

[나야, 태원 오빠!]

[태원 형!]

[어유, 저리 안 가? 태원 형 귀국하고 얼굴 한번 못 본 사람은 나밖에 없잖아! 내가 초대할 거야!]

[어어, 설수민. 나도 못 봤다. 왜 이래? 태원아! 나 재욱이다!]

목청 높여 다투는 소리 뒤로 익숙한 두 목소리가 섞여 나왔다.

[엄마가 없으면 내가 안주인이다 뭐! 내가 말할게.]

[이것들이! 야! 태원인 내 친구야!]

그 왁자지껄한 소리를 들으며 태원은 곁에 소라가 있다는 것을 잊었다. 전화를 하고서 용건도 말하지 않고 자기들끼리 설왕설래 야단법석이었지만, 어디 천국의 소리가 이보다 행복할까…….

소라도, 저택의 서늘한 공기도, 심지어 유 여사도 잊었다.

[야, 박태원. 얼른 우리 집 와라! 삼겹살 구워놨다.]

[형! 올 때 소주 사 와요!]

수현의 곁에 묻어나는 수민의 목소리를 끝으로 전화가 끊어졌다.

흥에 겨운 목소리로 일방적인 통보만 한 그들이 전화를 끊자 세상이 침묵하는 것 같았다. 얼굴은 여전히 무표정했지만 태원의 눈동자가 춤추기 시작했다.

"뭐예요? 이봐요, 태원 씨. 어머……."

자신과 대화를 나누지 않는 태원에 화가 난 소라가 앙칼지게 소리치다 현관에서 나오는 박 회장을 보고 멈칫했다. 소라는 노(老)회장의 얼굴을 보자 잠시 이성을 잃은 자신을 탓하며 얼른 자리에서 일어났다.

"회장님, 제가 음식 준비해 올게요."

"허허, 회장님이라니. 할아버지라고 불러라."

호탕한 박 회장의 말에 소라의 얼굴엔 화색이 돌기 시작했다.

"네, 할아버님."

소라는 더할 나위 없이 나긋했다. 아무리 태원이 어깃장을 놓아도 그녀의 편이 되어주는 든든한 지원군의 모습에 소라는 의기양양하기만 했다. 그 모습에 태원의 입가가 비틀어졌다. 박 회장은 어린 그에게 할아버지라 불리는 것을 싫어했었다. 여덟 살 난 아이에게 꼬박꼬박 '회장님'이란 명칭으로 불리길 원했다. 그런데 선한의 영양에겐 더없이 후하기만 하다.

더 이상 이곳에 있을 이유가 없다.

진심으로 받아들여 주지 않는 곳에서 허비할 시간이 없었다. 그리운 사람들이 그를 부르고 있는데, 추한 저택의 공기가 그를 더 더럽히기 전에 벗어나야 했다.

태원은 자리에서 일어났다.

"어머, 왜요?"

"뭐냐?"

도화 빛으로 얼굴을 물들인 소라와 박 회장이 호기로운 웃음을 지으며 그를 보았다.

"저 그만 가보겠습니다."

"태원 씨!"

그는 당황한 소라의 부름에도 뒤돌아보지 않고 정원을 빠져나왔다.

"이놈!"

뒤를 이어 노기 어린 박 회장의 호령이 쩌렁쩌렁했지만 가볍게 무시했다.

그도 행복할 권리가 있는 사람이었다. 단지 오늘 하루라 해도 얼룩진 마음을 위로받을 수 있다면 영혼이라도 팔 것이다.

소중한 사람들. 태원은 차에 올라타 시동을 걸자마자 거리를 질주하기 시작했다.

더위가 한창 기승을 부려 숨 쉬기도 힘든 오후, 수안의 세 남매는 땀을 뻘뻘 흘리면서도 신이 나 뛰어다녔다. 부부동반 곗날이라 아버지와 어머니가 집을 비우셨다. 끼니는 알아서 챙겨 먹으란 말에 모처럼의 휴일, 모여 있던 세 남매는 삼겹살 파티를 하기로 했다.

돈은 물론 집안에서 제일 잘나가는 수민이 냈다. 그 돈을 받아 수현이 직접 삼겹살을 사러 가야 했다. 원래는 돈도 제일 부자인 수민이 내고 고기도 서열상으로 수민이 사러 가야 했지만—형제는 수안의 거친 반항에 녀석이 원하지 않는 심부름은 시키지 않는다—사람들이 모인 마트에 잘못 얼굴을 디밀었다 하면 오늘 안으로 집에 들어오지 못할 것을 잘 알기에 수현이 갔다.

두툼하게 썬 돼지고기를 검은 봉지 한 가득 신이 나서 사 오던 수현은 옆집에 도도하게 주차된 빨간 스포츠카의 주인도 같이 데려왔다.

수현이 고기를 테이블에 올리자 상추와 깻잎을 흐르는 물에 씻어내던 수안이 눈을 빛냈다.

"태원 오빠가 올까?"

"그럼, 누가 초대했는데? 올 거다."

"소주도 사 와야 할 텐데."

수민은 그렇게 중얼거리며 정원으로 나와 수현이 마트에서 고기와 함께 산 참숯을 그릴에 넣어 불을 붙였다. 그리 넓은 정원은 아니지만 그들이 유쾌하게 돌아다닐 만큼의 공간은 되었다. 신바람이 난 수민과 수안이 욕실에서 엄마가 이불 빨래에 애용하는 빨간 고무통을 들고 나와 물을 하나 가득 받았고, 수현이 강한 태양빛을 피하기 위해 파라솔까지 치자 정원은 여느 해변이 부럽지 않게 되었다.

"수안아, 언니 커피 한 잔만."

새벽까지 일에 시달린 재욱은 수현에게 끌려와서도 정신을 차리지 못하고 테이블 위로 쓰러지자, 그릴의 매캐한 연기 속에서 눈물을 흘리던 수현이 혀를 찼다.

"야야, 넌 대체 안 자고 뭐 해? 안 그래도 나이도 많은 자식이 피부 다 상한다. 저 봐라, 눈두덩 거뭇거뭇한 거. 그거 기미 맞지? 어유, 정말 나이 서른은 못 속인다니까."

"조용해라, 설수현."

"왜 진실이 못이 되어 가슴을 찌르냐? 관리 좀 하고 살아라. 응?"

"나 커피 마시고 기운 내면 너 죽어!"

수현의 도발에 재욱이 주먹을 불끈 쥐었다.

"흥, 기미쟁이."

"야, 설수현!"

전혀 대수롭지 않은 듯 콧방귀만 끼는 수현의 모습에 재욱의 검은 오로라가 정원을 덮기 시작했다.

"너 사람 약 올리려고 잠자는 거 깨웠어? 이 망할 자식아!"

"저 봐라. 저걸 누가 여자라고 하겠어? 수안이 넌 절대 재욱이처럼 지린 말 쓰면 안 된다. 알았지?"

수현은 한술 더 떠 고추를 송송 썰며 유치하기 짝이 없는 싸움에 진저리를 치는 수안을 끌고 들어갔다.

"수안아, 우리 착한 수안이. 저런 말 쓰는 애는 다 하재욱처럼 저렇게 된다. 알았…… 아악!"

“망할 자식!”

기운없어 죽겠다던 재욱이 바람처럼 달려들어 수현의 머리를 잡아당겼다.

“야야, 아프다. 얼른 놔!”

“하재욱이 어떤대! 그래, 하재욱 손맛 좀 봐라!”

재욱은 수현의 머리를 잡고도 모자라 수현의 등을 팡팡 내려쳤다.

“아악! 수안아! 수민아! 얼른 이 마귀 좀 잡아가!”

하지만 수민과 수안은 그들을 철저히 무시했다. 수민이 노릇노릇 기름이 쏙 빠지게 잘 구워진 삼겹살을 접시에 담아내자 수안이 입에 쏙 집어넣고 맛을 보며 중얼거렸다.

“저 사람들은 대체 언제 철이 나려고 저럴까?”

“그러게. 쯧쯧. 누가 봐서 저렇게 머리 뜯기는 인간은 의사고, 흥분해서 머리 뜯는 사람이 변호사라고 하겠냐? 실력이 의심스럽다.”

“그렇지?”

태원에게 가족과 집은 바로 이런 것이라고 처음 느끼게 해준 곳. 수안의 집 앞에 멈춰 새삼스런 감회에 꼼짝을 하지 못하던 그의 귀에 익숙한 비명이 들려왔다.

“아악, 하재욱! 경고했다. 그만 해라!”

지친 현실과 꿈꾸던 이상이 오버랩되어 그를 고통스럽게 했지만, 그 고통은 조금 밀쳐 두기로 했다. 태원은 지난 십이 년을 한결같이 그리워한 집 앞에 차를 세웠다.

"나 대머리 되면 책임질 거야?"

차에서 내리자 대문간을 넘어서는 비명이 더욱 선명했다.

수현이 언제나처럼 재욱에게 당하나 보다. 대문에 손을 대자 기다리고 있었다는 듯 스르륵 열렸다. 그에 맞춰 태원의 입가도 슬며시 올라갔다.

대문 안을 들여다보자 파릇한 잔디 위에 평화가 펼쳐졌다.

"누가 좀 말려봐!"

하지만 그 비명에도 뭣 때문인지 화가 잔뜩 난 재욱이 수현의 머리를 잡아당겼고, 수민과 수안은 그 모습을 태평히 지켜보고 있었다.

"내 벗을 아무도 편들어주지 않는군."

태원은 정원으로 걸어 들어갔다.

"내가 말려도 되나?"

낮지만 웃음기 어린 목소리. 그러자 일순 정원이 조용해지며 놀란 네 쌍의 눈이 그에게 집중됐다. 곧 네 사람이 반가운 비명을 지르며 다기오는 모습.

"오빠!"

"태원아."

"형, 잘 왔어!"

"잘 왔다, 박태원."

그래, 정말…… 보고 싶었다. 그는 행복한 비명 속에 푹 묻혀 버렸다.

반가운 인사가 오가고 다섯 사람은 잘 구워진 삼겹살을 먹기 시작했다. 태원의 어깨를 툭툭 치며 반가워하던 수현과 재욱은 언제 싸웠냐는 듯 그릴 앞에 꼭 붙어 서서 고기를 구워가며 먹었고, 수민은 고무통 안에 발을 담근 채 먹기에 열중했다.

아무도 그들을 주시하는 시선이 없는 듯하자, 수안은 상추 위에 고기를 올렸다.

"오빠. 자, 아~ 해."

오라비들이 볼까 조마조마했지만, 수안은 파라솔 아래 의자에 앉은 태원에게 커다란 쌈을 싸서 들이밀었다.

"어?"

항상 그렇듯 먹는 것에 별다른 흥미가 없는 태원이 놀라서 쳐다보자, 수안이 채근했다.

"먹어. 내가 웬만해선 아무한테도 쌈 안 싸주는데 오빠는 특별히 싸준다. 얼른 먹어."

어깨를 우쭐거리는 녀석의 말에 태원은 어쩔 수 없이 입을 벌렸다.

"맛있지? 응?"

우물거리며 큰 쌈을 씹는 그에게 눈을 빛내며 말하는 수안을 보자, 먹기 싫다는 말은 목구멍에서 자취를 감춰 버렸다.

"맛있어."

"히히, 그럼 나도 싸줘."

고기를 입에 쏙 넣고 씹으며 요구하는 수안의 모습에 태원이 씩 웃었다. 녀석을 사랑하지 않을 수가 없다.

너무 귀엽고, 너무 예뻐서.

고개를 끄덕인 태원은 와이셔츠 소매를 걷고 바구니에 담긴 상추를 들었다.

"상추 위에 깻잎 올리면 더 맛있다."

막 고기를 올리던 그는 수안의 말에 깻잎까지 한 장 올려 고기를 담았다.

"자."

그가 쌈을 내밀자 활짝 웃으며 먹는 수안의 얼굴, 그 모습에 태원도 웃음을 지었다.

"근데 오빠. 오늘 일요일인데 왜 양복 입었어? 안 더워? 어디 갔다 오는 거야? 바쁜데 괜히 온 거 아니야?"

"아니."

이곳에 있으니 오진의 일은 마치 먼 옛날 같기만 했다.

"아무 일도 없었어. 여기 오지 않았으면 아무 일도 없이 그냥 시간만 허비했을 텐데 뭐."

톡 쏘는 마늘에 혀가 아려 손짓을 하던 수안은 태원의 얼굴을 보고 말았다.

아무 일 없다는 태원의 얼굴은 절대 아무 일 없는 표정이 아

니었다. 며칠 새 조금 거칠어진 얼굴은 여전히 멋있었지만 어딘
지 어두워 보였다.

"왜?"

그녀의 시선을 느꼈던지 태원이 고개를 돌렸다. 그의 커다란
눈이 어둡게 가라앉은 것을 보자 순간 수안의 가슴이 철렁했다.

"아, 아니."

수안은 물 컵을 들어 홀짝거리며 더듬어댔다.

'왜…… 왜 가슴이 콩닥거리는 거야! 이그, 주책!'

정말이지 이상했다. 손에 잡힐 듯 희미한 무엇인가가 숨겨진
태원의 눈이 너무 근사했다.

'수안아, 설수안. 너 더위 먹은 거야. 저 사람은 박태원이야.
수현 오빠 친구고, 너의 어릴 적 원수. 그러니 절대 근사해 보일
리가 없어, 그럼, 절대 없지!'

오른쪽 뇌에서 주책없는 두근거림을 질책했다. 그러자 이번
엔 왼쪽 뇌에서 소곤거림이 들려왔다.

'하지만 멋지잖아. 어렸을 때 그렇게 널 괴롭히지도 않았다
뭐. 오히려 네가 괴롭혔으면 괴롭혔지 태원이 그러진 않았어.
널 업어주고, 별사탕도 사주고 그랬잖아, 기억 안 나?

아, 몰라몰라. 악마의 유혹 같은 왼쪽 뇌의 속삭임에 수안이
미친 듯이 고개를 저었다. 그때 다행히 수현의 목소리가 끼어들
었다.

"수안아, 태원아, 소주 줄까? 아님, 와인? 그래, 와인이 좋겠

다. 한잔 주랴?"

"어, 당……."

어색한 생각 따윈 다 벗어던지고 당근 좋다고 말할 찰나, 태원이 손을 저었다.

"됐다. 운전해야 해."

"와인 한잔이 뭐 어때서? 먹자."

하지만 수현은 아랑곳하지 않고 다가와 태원의 손에 와인 잔을 들려주었다. 도리없이 붉은 와인을 한 잔 받은 태원이 맛을 음미하듯 마셨다. 햇빛에 살짝 그을린 조각 얼굴에 커다란 눈이 지긋이 감기는 모습이…… 어우.

수안이 고개를 미친 듯이 저었다. 눈이 미쳤다! 저 모습이 너무 섹시하다.

"나 과일 가져올게!"

심장이 입 밖으로 튀어나오기 전에!

수안은 허둥지둥 자리에서 일어나 집으로 뛰어들어 갔다. 급히 주방으로 들어온 수안은 안절부절못하고 종종거렸다.

"어유, 어유! 미쳤니? 왜 그래, 실수안!"

머리에 폭탄을 맞았나, 치솟는 불길을 감당할 수 없는 그녀는 냉동고 문을 열고 머리를 집어넣었다. 문이 열린 냉동고에서 하얀 김이 술술 나왔다.

"정신 차리자, 설수안. 저 남자는 태원 오빠야. 박태원."

주문을 외듯 중얼거리며 머리가 어질어질할 정도로 찬바람을 맞자 겨우 진정이 되는 것 같았다. 수안은 머리에 어린 서리를 툭툭 턴 다음, 냉동고 문을 닫고 김치 냉장고에 넣어둔 과일을 꺼냈다.

“설수안, 아자!”

그녀는 잠시 주먹을 불끈 쥐고 자신을 다독인 뒤 커다란 유리 볼에 과일을 담아 나왔다. 그런데 막 집 밖으로 나오자 장난기가 발동한 수민이 그녀에게 물보라를 일으켰다.

“설수안! 내 총을 받아랏!”

“아앗!”

수민은 고무통의 물을 흩날리는 것도 모자라 정원 한켠의 수돗가 호스를 잡아 무차별 공격에 나섰다.

“엄마!”

수안은 무거운 과일 그릇을 든 탓에 제대로 된 반격도 못하고 비명만 질러댔다. 그 모습에 마냥 신난 수민은 그릴 앞에 있던 재욱과 수현, 그리고 의자에 앉아 있던 태원에게까지 장난을 쳐댔다.

“우하하. 어때, 시원하지?”

“설수민!”

그러자 마냥 당하고 있을 수만은 없는 수현이 수민이 차지하고 있던 고무통을 빼앗아 반격하기 시작했다.

“태원이 넌 내 편 먹어!”

난데없는 봉변에 와이셔츠가 흠뻑 젖은 태원은 뜻하지도 않게 형제의 싸움에 끼어버렸다. 물세례로 약이 오른 태원은 수안이 그새 어디서 찾았는지 들려주는 바가지를 무기로 삼았다. 그는 수민을 낚아채 반바지의 고무줄을 잡아 바가지에 가득 담긴 물을 그대로 들이부었다.

"어때, 시원하지?"

믿었던 태원에게 배신을 당한 수민이 악을 썼다.

"형!"

"아악! 태원 오빠 파이팅!"

물바다로 변한 정원에 웃음 섞인 비명이 울려 퍼졌다.

한바탕 장난을 친 후.

기나긴 여름 해가 어느새 저물고 있었다. 긴 그림자가 드리워진 정원 한복판, 수안은 물장난에 난리가 되어버린 잔디밭 위를 정리하며 비치파라솔 아래 느긋한 모습으로 앉은 태원의 모습을 훔쳐보았다. 보고 또 보고 아무리 봐도 멋있긴 했다. 반바지 차림의 오빠들과는 달리 검은 정장 바지에 흰 와이셔츠를 걷어 올린 그는 정말 아무리 생각해도 군침이 돌았다.

항상 단정하게 손질되어 있던 머리는 수현과 수민의 장난에 헝클어져 이마에 드리워져 있었고, 주름 하나 없던 와이셔츠는 물 얼룩이 졌다. 하지만 그것은 태원의 매력에 조금의 손상도 주지 못했다. 수안은 얼굴을 괴고 늘어져 앉은 모습에 자꾸만 눈이 갔다.

“뭐!”

“엄마야!”

태원의 모습에 너무 집중을 한 나머지 뒤에서 재욱이 다가오는 것도 눈치채지 못했다. 수안은 놀란 가슴을 쓸어내리며 재욱의 어깨를 쿵 쳤다.

“언니, 놀랐잖아!”

“훗, 뭘 하는데 인기척도 못 느끼니? 태원이 훔쳐봤지?”

재욱이 한쪽 눈을 찡긋했다. 그 모습에 뜨끔한 수안이 두 손을 허공에 내둘렀다.

“아니! 누가 누굴 훔쳐봐? 내가 태원 오빠를? 왜 훔쳐봐? 절대 아니야.”

“음, 그래? 아님 말고.”

재욱은 수안의 수긍을 하는 듯 대답을 하면서도 왠지 모를 웃음을 머금었다.

설 남매들과 어울릴 때는 모든 형식에서 자유롭지만, 세상과 상대를 할 때 재욱은 차분하고 냉정했다. 내일 법정에 서게 될 사건은 경비행기 사고로 졸지에 부모를 잃고 고아가 된 아이의 법정 후견인 지정 건이었다. 재욱은 아이가 물려받은 거액의 보험금을 노리고 아귀처럼 달려드는 친척이 아닌, 아이를 진정으로 사랑하는 부모의 지인에게 법정 후견인 권한을 주기 위해 최선을 다하고 있었다.

“나 갈게. 내일 중요한 재판이 있어서 준비해야 하거든.”

"벌써 가? 더 놀다 가지. 울 엄마랑 아빠 늦게 올 건데. 더 놀다 가면 안 돼?"

여자 형제가 없어 유난히 재욱을 따르는 수안이 재욱의 손을 잡고 칭얼거렸다. 그 모습이 아직도 어린아이 같아 재욱은 빙긋 웃음을 지었다.

"그럼 조금 있다가 우리 집 건너올래? 언니가 맛있는 카푸치노 타줄게."

"알았어."

"수현이한테 말 좀 전해."

재욱은 시원시원한 걸음으로 수현이 만든 파라솔 벤치에 앉은 태원에게 다가갔다. 그녀가 걸어오는 소리를 들은 태원이 고개를 들고 늘어졌던 자세를 고쳐 앉았다.

"잘생긴 얼굴 좀 자주 보여줘야지. 내가 보는 얼굴이라곤 다 설수현 같은 얼굴뿐인데."

"그게 네가 보고 싶은 얼굴인데 뭐 하려고 내 얼굴까지 봐?"

"하긴 너도 내 얼굴 보고 싶겠니? 너도 보고 싶은 얼굴은 따로 있잖아."

서로의 비밀을 감춰주는 사람들만이 나누는 쓴웃음. 재욱은 태원과 가볍게 악수를 하고 대문을 나갔다. 재욱이 나가자 둘의 모습을 호기심 어린 눈으로 지켜보던 수안이 쪼르르 태원의 곁으로 다가와 앉았다.

"오빠, 재욱 언니랑 무슨 말했어? 그게 무슨 뜻이야? 응?"

“글쎄?”

“오빠아!”

항상 말끝을 모호하게 흐려 상대방의 애간장을 녹이는 태원이 답답했다. 잠시 고장난 심장도 잊은 채 수안은 태원의 얼굴에 자신의 얼굴을 확 들이밀었다. 그의 커다란 눈이 순간 놀라는 것이 보였다.

“말해. 무슨 이야기야?”

순식간에 그의 시선을 차지한 녀석의 작은 얼굴, 보드라운 숨결이 고스란히 느껴졌다. 녀석의 얼굴말고는 아무것도 보이지 않았다. 동그란 얼굴에 가득한 생기와 호기심, 그리고 붉은 입술. 집 안에서 언제든 수현이 나올 거란 사실은 조금도 중요하지 않았다.

그는 자신의 얼굴을 꼭 잡고 움직이지 못하게 하는 수안의 손을 잡았다.

“수안아.”

“응. 그래, 말하려고? 얼른 말해봐.”

녀석의 채근. 조금 전 먹은 과일의 향이 고스란히 전해진다.

네 탓이야…….

태원은 수안의 얼굴을 끌어당겨 입술을 겹쳤다. 조물조물 움직이던 입술과 그의 입술이 마주쳤다.

그의 심장처럼 정원수에서 매미가 미친 듯이 울기 시작했다. 수안의 입술은 너무 부드럽고 따뜻해 눈물이 날 것 같았다. 가

만히, 가만히 입술을 쓸다 마지못해 물러나자, 놀라서 더 이상
커질 수도 없을 만큼 눈이 동그래진 수안의 얼굴이 보였다.

그는 수안의 볼을 가볍게 어루만졌다. 그러다 얼굴을 잡은 손
에 힘을 주어 다시 강하게 입술을 겹쳤다. 놀라서 입술이 벌어
졌고 그 틈을 타 깊이, 깊이 키스했다.

갑작스런 등장에 놀라 물러나는 혀를 붙잡아 휘어 감고 남자
가 여자에게 하는 농밀한 입맞춤을 퍼부었다. 더 이상 아이가
아니고, 더 이상 친구의 동생이 아닌…… 설수안, 사랑하는 사
람.

탁.

깊이 빠져들던 키스가 수안의 밀침으로 인해 끝이 났다. 수안
의 붉어질 대로 붉어진 얼굴이 그를 밀어냈다.

"수안아."

그가 손을 내밀자 그 손을 탁 치며 자리에서 일어난 그녀는
뒤도 돌아보지 않고 집으로 들어갔다.

태원은 아무 변명도 없이, 따라가 잡을 생각도 없었다. 망부
석처럼 앉은 그는 수안이 보인 거부의 눈빛에 심장이 터질 듯
아파왔다. 일방통행인 자신의 사랑이 지금 이 순간 너무 싫었
다.

미쳤다, 미쳤어! 집안으로 들어와 이층으로 뛰어올라 가는 동
안 수안은 입을 꼭 틀어막았다.

쿵!

그녀는 요란하게 방문을 닫고 침대에 풀쩍 뛰어올랐다.

"너 무슨 짓을 한 거야?"

수안은 자신의 머리를 쥐어박으며 질책하다 결국,

"아악!"

베개에 머리를 묻고 힘껏 비명을 질렀다. 그러자 수민이 입버릇처럼 말하는 기차 화통보다 요란한 그녀의 비명은 베개에 막혀 가느다란 신음처럼 들렸다.

세상에, 박태원이랑 키스를 했다. 뽀뽀도 아니고 키스를 말이다! 아이고야! 태어나서 이보다 더 민망한 일을 찾을 수가 없다.

태원의 혀가 입 속으로 쏘옥……. 그리고 그 느낌을 고스란히 즐긴 자신!

"아악! 미친 게야! 정녕 미친 게야! 미치지 않고서야 어디 박태원과 내가!"

생각하지 않으려 해도 자꾸만 입술을 파고들던 감촉이 떠오르자 수안은 머리를 마구 흔들었다.

"안 돼. 진정해야 해, 설수안. 넌 지금 심판을 받고 있는 거야. 절대 동요하지 말고 침착하자고. 릴렉스, 릴렉스 설수안."

수안은 가슴을 들썩여 큰 숨을 몰아쉬며 이성을 찾으려고 안간힘을 썼다.

커다란 쌈을 먹는 태원이 멋있다고 생각할 때부터 알아봤어야 했다. 붉은 와인 잔을 든 그가 죽여주게 섹시하다는 미친 생각을 한 것부터가 잘못이긴 한데, 그럼 박태원은 대체 왜 그런 거야?

"뭐야? 마늘 먹은 내가 섹시했던 거야? 왜 키스를 하고 난리야! 아아, 나 혈압, 혈압 오르나 봐. 어지러워!"

정말 머릿속에서 전쟁이 일어난 것처럼 혼란스러웠다. 수안은 베개가 박태원인 양 힘껏 내려친 뒤 얼굴을 푹 파묻었다.

수민과 함께 그림을 창고로 옮기고 나온 수현은 조용한 정원 광경에 어리둥절했다.

"어, 재욱이랑 수안이는? 손님만 두고 다 어딜 간 거야?"

"재욱이는 바쁘다고 갔고……."

수안이는……. 태원은 자신과 마주 앉은 수현의 눈을 똑바로 볼 수가 없었다. 다른 사람도 아닌 저 녀석의 동생. 수안과의 관계를 제쳐 두고라도, 태원에게 수현은 유일한 벗이었다. 자신이 한 짓으로 인해 그 관계에 금이 갈까 두려웠다. 천하의 박태원이…… 오로지 두려워하는 사람들이 바로 이 집 사람들이나.

"나도 그만 갈게."

"어, 그럴래? 아버지 어머니 오시면 보고 가면 좋으련만, 늦게 오신다니 그냥 가야겠다."

태원의 바쁜 일상을 아는 수현은 일어서는 태원을 잡지 않았다.

"부모님께 안부 전해 드려라."

수현은 그의 뒤를 따라 일어서며 집 뒤 창고에서 나오지 않는 수민을 소리 높여 불렀다.

"그래. 야, 설수민, 설수안. 태원이 간단다. 나와서 인사해."

"어? 알았어!"

그러자 우렁찬 대답과 함께 수민이 뛰어왔다. 형제는 들어가라는 태원의 말을 가볍게 무시하고 마중하기 위해 대문을 나왔다. 긴 여름 태양이 서서히 저물어갈 무렵 골목이 그러하듯 어둑어둑한 어둠이 내려앉아 있었다.

"갈게."

태원은 대문간에 선 형제를 보며 희미하게 웃었다.

"그래, 조심해서 가라. 또 연락하고."

"형, 자주 와요. 우리 엄마, 아버지도 형 정말 보고 싶어하세요."

"알았다."

태원은 형제와 나란히 악수를 했다. 수민과 태원이 악수를 하는 모습을 보던 수현은 대문 안을 들여다보며 말했다.

"수안인 왜 안 나와?"

"그러게? 야! 설수안! 태원 형 간다. 나와서 얼른 인사해!"

수민이 목청껏 수안을 불렀지만 아무런 대답이 없었다.

"어쭈, 반항이 또 시작되는 거야? 야, 설수안! 막둥아!"

"됐어. 그냥 가면 되지 뭐."

태원은 당장이라도 이층으로 뛰어올라 가려는 수민을 말렸다.

"간다."

"형, 잘 가고 또 놀러와."

자꾸만 아쉬움이 쌓이자 수민은 태원을 바라보았다.

"얼굴 자주 보여줘야 해."

"나야, 뭐. 수민이 네 얼굴 보는 게 더 어렵지."

자신의 자리에서 빛을 내는 수민이 대견했다. 태원은 수민의 어깨에 손을 올린 뒤 수현을 돌아보았다.

"간다."

"그래. 수민이 넌 들어가라."

수현은 수민을 들여보내고 진지한 얼굴로 태원을 마주했다.

"그런데 너 괜찮아? 아무 일 없지?"

얼마 전 보았던 얼굴보다 어둠이 스민 태원의 모습에 수현이 걱정을 늘어놓았다.

"난 너 미국으로 다시 갔으면 좋겠다. 한국에 들어와서 뭐 좋은 일이 있을지 장담할 수도 없고. 나야 네 얼굴이야 자주 봐서 좋다지만……."

말끝을 흐렸지만 수현이 걱정하는 것이 무엇인지 잘 알았다. 그를 걱정해 주는 유일한 사람, 벗. 태원은 그래서 더욱 죄를 지은 것 같았다. 단 하나 소중한 친구의 어린 동생을 탐하는 자신이 추하게 느껴져 시선을 마주할 수도 없었다.

"갈게."

"그래, 가라. 항상 조심해."

그가 차에 올라타 멀리 사라지는 모습을 수현은 끝까지 지켜
봐 주었다. 태원은 그 모습을 룸미러로 보며 수현이 친구라는
것에 깊은 감사와 뼈아픈 죄책감을 동시에 느껴야 했다.

5. 전사(戰士) 수안

그녀는 불타오르고 있었다.

전화를 노려보며 하염없이 입술만 잘근거리길 일주일째. 처음에 그녀는 전화기가 고장이 난 줄 알았다.

이상하게 문자도 한 통 오지 않는 휴대전화를 보며 절대 어떤 해명을 듣기 위한 전화를 기대하는 것이 아니라고 생각하고 또 생각했나.

하지만 휴대전화가 요란하게 울리자 수안은 얼른 액정화면을 들여다보았다. 박태원이란 세 글자가 뜨길 바라며!

그러나 전화는 희선에게서였다.

맥이 탁 풀린 수안은 희선의 잘 지내냐는 안부전화에 건성으로 대답을 하고 침대에 누워버렸다. 전화를 기다린다는 것이 이렇게 힘든 일인 줄 정말 몰랐다.

바람 빠진 풍선마냥 침대에 누워 있으려니 꼭 실연당한 여자 같았다. 더할 수 없는 서글픔에 센티해질 찰나, 수안은 침대에서 벌떡 일어났다.

"가만, 내가 왜 전화를 기다리는 거지? 그리고 무슨 실연?"

글쎄 말이다.

"미쳤어, 미쳤어, 설수안. 성민규 개놈 짝사랑한 것도 모자라 이제 박태원? 하여튼 헛물켜는 데 선수라니까."

자신이 몹시 마음에 들지 않는 수안은 머리 자국이 선명하게 남은 베개를 툭툭 쳐 정리했다.

망할 박태원. 괜히 고요한 숲에 바람을 몰아넣고 난리다.

"하여튼 그때 알아봤어. 나 담배 피웠다고 엉덩이 때리고 할아버지한테 이를 때부터 인간성을 알아봤다니까. 박태원, 흥이다!"

수안은 침대가에 앉아 마구 중얼거렸다. 그러자 가슴속에서 불만이 용솟음치며 태원의 얼굴이 떠올랐다. 그는 도망가는 자신을 따라오지도 않았다!

새삼 분노가 화르륵 타오르기 시작했다.

안 되겠다. 이러다 화병으로 죽어버릴 수도 있었다. 각오를 다진 수안은 후다닥 자리에서 일어나 옷장을 열고 미친 듯이 뒤적거렸다.

아무리 참으려 해도 참아서 될 일이 있고 안 될 일이 있다.

아주 확실하게 설수안의 참모습을 보여주고 말 테다! 수안은 짧은 청 스커트에 하얀 남방을 입고 거울에 자신의 모습을 비추어 보았다.

"감히 날 만만하게 봤단 말이지."

도둑키스도 모자라 목적을 달성했다고 전화 한 통 없는 박태원을 절대절대 용서치 않으리라!

"내 반드시 응징하고 말리라!"

백을 찾아 든 수안은 전쟁에 임하는 여전사의 모습으로 방을 뛰어나갔다.

"어디 가냐?"

"묻지 마!"

"저게!"

다다다 계단을 뛰어내려 와 현관으로 달려가는 그녀의 건방진 대답에 수민이 발끈했지만 수안은 철저히 무시했다. 박태원을 응징하려면 힘을 아껴야 했다. 설수민과 씨름할 어떤 힘도 아껴야 했다. 수안은 현관문을 세차게 닫았다.

"아자!"

그리고 주먹을 불끈 쥔 채, 어둠에 싸인 골목을 달렸다.

버스 정류장까지 가려면 오 분 정도 걸어야 했기에 수안은 급한 김에 택시를 타고 태원이 사는 오피스텔로 갔다.

택시 안에서 각오를 다지고 또 다져 도착한 오피스텔 앞.

딩동.

큰 숨을 들이마시며 벨을 눌렀지만 안에서는 아무 기척도 없었다. 시간을 보니 밤 아홉 시. 어떤 여흥도 즐기지 않는 태원이 퇴근하고도 남았을 시간인데 왜 문을 열지 않는 거야!

"흥! 뭐야? 치사하게 내 얼굴 보고 문 안 여는 거 아니야?"

수안은 현관을 쿵쿵 내려쳤다.

"좋은 말로 할 때 문 열어."

쿵쿵!

하지만 안은 여전히 정적이었다. 뭐야? 정말 없는 거 아니야? 낭패감이 밀려들자 수안은 입술을 잘근거리기 시작했다.

분노가 사라지기 전에 태원을 만나야 하는데. 전화라도 해보고 올 걸 그랬나?

그녀는 초조하게 현관 앞을 서성거렸다.

그때 엘리베이터의 차임벨 소리가 들리고 사람이 내려섰다. 고개를 푹 숙인 남자는 검은 양복 군데군데 얼룩이 진 채 술에 취한 듯 비틀거렸다. 조용하기만 하던 복도에서 흐트러진 몰골의 남자를 마주친 수안은 흠칫 놀라 태원의 현관문으로 돌아섰다.

'얼른 가라, 변태야. 얼른 가버려.'

저벅저벅, 남자의 발자국 소리가 가깝게 들려오자 수안은 가슴이 콩닥거렸다.

"수안, 수안이니?"

"……?"

태원의 목소리였다. 변태가 아니란 사실에 안도한 수안은 심호흡을 했다. 박태원이다. 일주일 동안 날 혼란스럽게 했던 나쁜 놈, 박태원이다! 수안은 준비한 말과 함께 다짜고짜 돌아서 태원의 어깨를 툭 쳤다.

"키스만 하고 도망가면 어쩌자는 건데? 응? 왜 전화 한 통이 없어? 너무하잖아!"

툭, 어깨를 치자 태원이 그 힘에 비틀거리다 그만 주저앉아 버렸다.

"헉……."

"오빠?"

몸을 추스르지도 못한 비명에 그녀는 정색을 하고 태원 앞에 마주 앉았다. 그리고 억지로 그의 얼굴을 잡아보던 수안은 그만 자리에 엉덩방아를 찧고 말았다.

"뭐야? 누가 이랬어? 응? 오빠, 누가 이랬어!"

오른쪽 눈가에서 흘러내린 피가 뺨에 말라붙어 있있나. 그렇게 섹시하나고 생각했던 입술은 찢어져 보는 사람의 마음을 섬뜩하게 했다. 단정하기만 하던 태원의 참혹한 모습에 이성을 잃은 수안은 또 어디 다친 데가 없는지 그의 가슴을 마구 어루만지며 소리쳤다.

"오빠 손은 뭐 했어? 이렇게 두들겨 패도록 맞고만 있었니?

응? 또 어딜 다친 거야? 어유, 내가 못살아, 정말. 대체 어떤 놈인지 잡히면 아주 죽을 줄 알아! 한 놈도 남기지 않고 돌 매달아 바다에 빠뜨려 버릴 거야!"

태원의 머리끝에서 발끝까지 샅샅이 살피며 수안이 복수를 다짐했다. 그는 그만 참지 못하고 수안의 허리를 낚아채 꼭 끌어안았다.

"뭐, 뭐야!"

갑작스런 행동에 놀라 수안의 그의 어깨를 밀자 태원이 중얼거렸다.

"잠깐만, 수안아. 잠깐만."

힘이 든다. 형이 보고 싶고, 형수가 보고 싶어 죽을 것만 같다. 그를 보던 따뜻한 시선이 그리워 숨을 쉴 수가 없다. 역시 이곳으로 돌아온 것이 잘못이었다. 그것을 깨달은 그의 어깨가 조금씩 떨려왔다.

"오빠? 오빠, 왜 이래? 응?"

그에게서 느껴지는 떨림에 머쓱하게 안겼던 수안이 머뭇머뭇 머리를 어루만져 주었다.

"아파?"

"응……."

축축하게 젖은 음성이 낮게 들려왔다. 무엇 때문에 아픈지…… 분명 멍자국이 남게 맞은 상처가 아픈 것은 아닐 것이다. 태원은 강한 남자였다.

하지만 순순히 인정하는 아프다는 대답이 이상하게 콧날을 시큰하게 했다. 그녀는 태원의 재킷 주머니를 뒤져 오피스텔 열쇠를 찾아 현관문을 열었다.

"일어나, 일단 들어가자. 응?"

팔을 잡아당기며 부축하자 태원은 순순히 오피스텔 안으로 들어왔다. 그녀는 불을 켜고 소파에 앉는 태원의 곁에 나란히 앉았다.

그리고 토닥토닥, 그의 등을 두드리며 꼭 안아주었다.

"걱정하지 마. 내가 연고 발라줄게. 그리고 오빠 때린 놈들은 수민 오빠 보디가드들한테 부탁해 볼게. 다 잡아서 내가 똑같이 때려줄 테니까 억울해하지 마. 응?"

"훗, 후훗."

수안의 다짐에 그가 어깨를 들썩였다.

"흐흑, 설수안. 넌 정말……."

"오, 오빠."

그러다 그가 굵은 눈물을 흘리기 시작했다. 어깨를 적셔오는 뜨거운 눈물에 수안이 당황하기 시작했다.

그날 밤도 그랬다.

무슨 일인지 잔뜩 화가 난 할아버지께 종아리를 맞은 수민이 초저녁부터 이불을 뒤집어쓰고 잤다. 하지만 수민과는 달리 너무 더워 잠을 이룰 수가 없던 수안이 할머니에게 계속 칭얼거리는 것을 보다 못해 수현이 산책을 권했다.

열한 살 수안의 눈에 열여덟 살 수현은 아빠만큼 좋은 사람이라 그 제안을 흔쾌히 받아들였다. 큰오빠의 손을 잡고 팔랑팔랑 흔들며 흙길을 걸어나오자 이내 할아버지의 수박밭이 보였다. 수현과 수안이 할아버지네 수박밭을 지나며 키득거렸다.

"어젯밤에 수민 오빠가 수박 따다가 할아버지한테 들켰지? 응? 그래서 오늘 회초리 맞은 거지?"

"수박을 따다 들켜서 맞은 게 아니라 금지 도서를 보다가 들켜서 맞은 거야."

"금지 도서? 그게 뭔데?"

그게 무엇인지 몹시 궁금해진 수안이 우뚝 멈춰 서 수현을 올려다보았다. 그러자 수안의 호기심을 너무 잘 아는 수현이 아차 싶어 수안의 머리를 꽁 쥐어박았다.

"너는 몰라도 돼. 절대 몰라도 돼."

"오빠! 나도 다 컸다 뭐! 말해봐!"

"네가 아무리 커도 오빠 입에서 그게 뭔지 알 수 없을 거다."

"오빠아!"

냉큼 도망가는 수현을 쫓아 뛰는 수안의 뒤로 달빛이 아스라이 비춰주었다. 도시에서 살던 아이들에게 자연은 신기했고 아름다웠다. 장난스런 뜀박질을 멈추고 손을 꼭 잡고 걸어가는 오누이, 길가 풀덩굴에서 밤벌레 우는 소리가 정겨웠다. 근처 호숫가에서 어렴풋이 피어오르는 물안개가 산책길을 더욱 몽환적으로 만들어주었다.

"그만 들어가 잘까?"

가물가물 감기는 수안의 눈을 보며 수현이 말하자 수안이 고개를 끄덕거렸다.

"응, 졸려. 오빠, 업어줘."

"어이그, 이 응석받이야."

수현은 투덜거리면서도 냉큼 등을 돌려 수안을 업었다. 흐뭇한 기분에 등을 파고들던 수안은 무심히 호숫가를 바라보다 숨이 멎었다.

"오, 오빠! 귀, 귀신이다!"

너무 놀라 새된 비명조차 지르지 못한 수안이 수현의 등에 죽을 듯이 달라붙자 덩달아 놀라 수현이 휙 돌아보았다.

"어디? 어디야?"

"저, 저기."

수안은 눈을 꼭 감고 호숫가를 가리켰다.

"어, 뭐야? 태원이잖아. 설수안, 넌 태원 오빠가 귀신으로 보이냐? 응?"

지레 놀란 가슴을 쓸어내리며 절대 겁먹은 티를 내지 않는 수현이 퉁퉁거렸다. 희멀건 그림자가 물귀신이 아니라 태원이란 말에 수안이 한쪽 눈을 뜨고 보자 과연 미동조차 없이 앉아 있는 사람은 박태원이 맞았다.

"에잇, 뭐야? 태원 오빠는 왜 사람을 저렇게 놀라게 하나? 가서 따지자!"

"그럴까?"

지레 놀랐던 마음이 분한 남매는 풀밭을 헤치고 호숫가에 앉은 그에게로 걸어갔다.

"흐흑……."

"뭐……."

"쉿."

너무 낮아 알 수 없는 소리에 수안이 갸우뚱거리자 수현이 얼른 입을 막았다.

"조용히 해."

평소와는 달리 수현의 목소리엔 거부할 수 없는 힘이 가득했다. 더럭 겁이 난 수안이 자라목이 되어 고개를 끄덕이는 것을 본 수현은 우두커니 앉은 태원의 뒷모습을 바라보았다. 그들이 다가온 줄 모른 채 슬픔에 빠진 태원은 숨죽인 울음을 토해냈다.

"흑……."

저놈이 울고 있다. 독하디독한 놈이…….

소리 내어 악을 쓰는 울음도 아니었고, 그저 눈물만 뚝뚝 흘리는 것도 아닌…….

감히 슬픔을 가늠할 수 없을 만큼 절망에 빠진 비통한 울음으로, 그것을 듣는 수현의 가슴 또한 고통이 밀려들었다.

"태원 오빠, 왜 울어? 응?"

목이 메인 수현은 훌쩍이기 시작한 수안에게 어느 말도 해줄 수가 없었다. 그는 어떤 말도 하지 않았건만 태원의 슬픔에 동화되어 울기 시작하는 동생을 데리고 얼른 풀밭을 나왔다.

"흐흑, 오빠. 왜 우리만 가? 태원 오빠한테 가자. 울지 말라고 해야 돼."

"안 돼."

태원의 눈물에 놀라 훌쩍이는 수안을 더 놀라게 할 수는 없었다. 수현은 목까지 치받는 울음을 간신히 삼키며 수안을 품에 안았다. 그리고 태원이 앉아 있는 호숫가와는 반대쪽인 집을 향해 묵묵히 걸어갔다.

"흐흐흑, 오빠 미워. 태원 오빠 울잖아. 달래줘야 한단 말이야. 어어엉."

"우리 수안이 울지 마. 응?"

"어어엉. 봐, 오빠는 나 달래주면서 왜 태원 오빠는 달래주지 않는 거야? 태원 오빠도 울잖아."

수현은 아이의 머리를 쓰다듬었다.

"태원 오빠가 아프지 않으려면 울어야 해."

"어어엉. 그런 게 어디 있어!"

태원에게 달려가려는 듯 수안이 버둥거리기 시작하자 수현은 아이를 세워 눈을 마주 보게 했다.

"수안아, 수안이도 마음이 아프면 울지? 수민 오빠도 그렇고, 태원이도 마찬가지야. 마음이 아파서 울어야 해."

“흐흐흑. 그러니까 달래줘야지.”

“아니, 태원 오빠는 좀 많이 울어야 해. 자주 울지 않기 때문에 한 번에 많이 울어야 하거든. 그러니까 앞으로 태원 오빠가 우는 걸 보면 모른 척해. 알았니?”

바닥으로 침잠하는 녀석이 미치지 않기 위해.

“약속해, 설수안. 태원이가 우는 것을 보면 절대 달래주지 마.”

“싫어. 흐흐흑.”

때로 너무 진지해서 약 올리고 싶고, 때로 너무 영감같이 엄격해 얄미운 태원이었지만, 수안의 가슴속에 언제나 미워할 수 없도록 새겨진 모습이 바로 호숫가 물안개 속의 태원이었다.

'난 약속을 하지 않았어.'

그날처럼 비통한 눈물을 흘리는 태원을 꼭 안으며 수안이 중얼거렸다.

“오빠, 울지 마.”

내가 달래줄게, 울지 마.

이곳에 달려온 이유는 모두 잊어버린 수안의 눈에도 눈물이 고였다. 커다란 나무처럼 든든하기만 한 남자의 눈물을 어떻게 모른 척한단 말인가.

“수안아.”

“응, 오빠, 말해.”

“오늘…… 형수님이 돌아가신 날이야.”

태원은 수안의 어깨에 얼굴을 묻고 등을 토닥여 주는 손길을 위안 삼아 말하기 시작했다. 전혀 예상치 못했던 말에 수안은 아무 대꾸도 할 수 없었다. 하지만 아픈 기억을 누군가와 공유하고픈 태원은 수안의 대답을 기다리지 않고 독백처럼 중얼거렸다. 수안은 그의 어깨를 토닥거렸다.

“우리 형수님, 참 예뻤다. 다정하고 좋은 분이셨는데……. 너무 젊은 나이에 돌아가시고 말았어.”

그날을 어떻게 잊을까. 피투성이가 된 얼굴에 띤 고운 미소를 어떻게 잊는단 말인가.

“오늘 형수님한테 갔다 왔어. 그래서 힘들다.”

“형님이랑 같이?”

조금 진정되는가 싶던 태원의 어깨가 다시 바르르 떨렸다. 수안은 그의 어깨에 턱을 기대며 물었다. 그녀의 질문에 태원은 거친 숨을 몰아쉬었다.

“아니, 형은 못 갔어. 누구보다 형수님을 보고 싶어할 형이지만 형은 같이 갈 수가 없었어. 형…… 형도 이 세상 사람이 아니거든.”

“……!”

은수가 그저 형의 아내이기만 했던 그의 가슴에도 처연하게 아름다웠던 얼굴이 깊숙이 새겨져 있는데 하물며 진원이야…….

도망치듯 떠나 있어야 했던 지난 세월 동안 단 한 번도 갈 수가 없었다. 그 죄책감은 항상 가슴 위에 돌을 올려놓은 것처럼 묵직했었다.

눈이 마주치면 살풋 웃어주던 따뜻했던 분. 형수님…… 접니다. 저 태원이에요.

태원은 형수가 잠든 강가를 한동안 떠나지 못했다.

이곳에서 진원의 이름도 같이 부를 수 있다면 얼마나 좋을까. 그토록 사랑하는 사람들이 함께하지 못하다니.

가슴 가득 원망을 담고 역시 십이 년 만에 처음으로 진원의 납골당에 갔었다. 뙤약볕이 내리쬐는 강가는 온몸이 녹아내릴 듯 더웠지만 뺨을 스치는 바람을 느낄 수 있었다.

그런데 온 우진가를 비통함에 몰아넣고 눈을 감은 진원이 잠든 납골당은 한여름의 기운을 느낄 수가 없었다. 호화찬란한 납골당은 사계절 모두 변하지 않는 온도로 죽은 이의 영혼을 지켜주고 있었다.

'하지만 형, 여긴 형수님이 안 계시잖아.'

태원은 단정한 얼굴로 자신을 보는 진원에게 말했다.

'고마워. 난 아무 도움도 주지 못하는데……. 나는 형 덕분에 아무 일 없이 십이 년을 버텼어. 고마워. 그때 형이 보내준 그분이 아니었다면 난 지금 이 자리가 아니라 형과 같이 있었을 거야.'

진원은 항상 그랬다. 정을 내비치는 남자가 아니었다. 태원은 처음 우진가에서 진원을 만났을 때를 떠올렸다.

모두 똑같이 차가운 얼굴을 한 사람들을 피해 정원으로 나온 어린 그는 사철나무 아래 몸을 숨긴 채 훌쩍거리고 있었다.

그는 전날 '유 여사님'이란 여자의 명령에 의해 한 줌도 안 되는 팔목에서 피를 빼야 했다.

"어디서 무얼 하고 살았는지 모르는 아이예요. 몸에 어떤 병이 있는지 어떻게 알아? 사창가 창녀의 몸에서 태어났으니 할 말 없지. 아무 병도 없는 게 밝혀져야 이층에 같이 올려놓을 수 있어요. 우리 진원이가 저 더러운 몸에서 어떤 병도 옮지 않는다는 보장이 있어야 해요."

인형처럼 사람의 기운이 느껴지지 않는 여자의 말에 병원으로 끌려가 하루종일 굶은 채 피를 뽑고, 이리저리 짐승처럼 눕혀져 검사를 받아야 했다.

어제를 돌이키던 그는 진저리를 쳤다.

무서웠다. 이곳에 온 뒤로 한 번도, 그리고 아무도 그를 안아 주지 않았다. 엄마처럼 팔을 벌리고 그가 뛰어들도록 허락하는 사람은 아무도 없었다.

태원은 파랗게 멍는 자신의 팔을 물끄러미 보았다. 어린 나이라 피를 뽑은 뒤 힘을 주어 문지르면 안 되는 것을 몰라 밤새 만지는 바람에 멍은 작은 팔 전체에 번져 있었다. 그러자 울컥 서러움이 밀려들었다.

"엄마, 흑……."

병원에 얼마나 가야 할지, 그래서 얼마나 더 많은 검사를 해야 할지. 하지만 그것보다 이곳에서 평생을 살아야 한다는 사실에 태어나 처음으로 절망이란 걸 알게 되었다.

"사내 녀석이 울면 쓰나."

그때 어깨를 들썩이며 우는 그의 머리 위로 긴 그림자가 드리우더니 한 남자가 그를 안아 들었다. 엉겁결에 안긴 태원이 눈물콧물에 젖은 얼굴을 들었다.

"네가 태원이니? 반갑다."

"흑……. 누구, 누구세요?"

잔뜩 풀 죽은 목소리로 태원이 코를 훌쩍거렸다. 그러자 남자는 시원하게 웃으며 그의 머리를 콩 쥐어박았다.

"이 녀석, 형도 모르니? 그런데 팔이 왜 이러니?"

"어, 어제 주삿바늘로 피를 많이 빼서 그래요."

태원은 기어들어 가는 소리로 말했다. 그의 말에 형이란 남자의 얼굴이 험악하게 일그러지자 혹시라도 잘못 말한 것이 아닌지 겁이 나기 시작했다. 그러자 미처 닦을 새도 없이 눈물이 또 주르륵 흘러내렸다.

"괜찮아. 조금 지나면 괜찮아질 거다."

남자는 태원의 눈물을 닦으며 꼭 안아주었다.

"내일 또 병원에 가야 해요. 의사 선생님이 또 주사 맞아야 한다고 그랬거든요."

든든한 품에 안긴 태원은 막연한 믿음으로 속삭였다. 혼자서 흰 가운을 입은 의사 선생님이 무서웠노라고 말이다.

"아니, 안 가도 돼. 걱정하지 마라."

"정말요?"

"그럼. 정말 안 가도 된다."

그리고 남자는 약속을 지켰다. 다음날 날이 밝자 진원은 태원을 병원이 아닌 놀이공원으로 데려가 주었다.

그때는 결코 이해할 수 없었던 진원의 사랑이었다. 우진가에서 박 회장과 유 여사 말고는 함부로 그를 구박할 수 없었던 이유가 모두 진원이었다. 모두가 인정한 후계자가 동생이라 아꼈기 때문이다.

그런 진원을 떠올리자 더욱 목이 메어왔다.

"형수님이 돌아가신 다음 해, 형에게도 사고가 생겼어. 의리 없게…… 나만 두고 죽어버렸지. 아팠던 형수님은 화장을 해서 강에 뿌렸어. 그런데 형이 죽자 그 위패를 납골당에 모셨지. 집안의 강경한 반대로 형은 형수님이 뿌려진 강에 뿌려지지 못했어. 누구보다 같이 있고 싶어할 텐데……. 바보 같은 우리 형은 사기노 곧 죽을 거란 걸 몰랐나 봐. 형수님이 무서워할 거라고 몹시 걱정했었거든. 정말 바보같이……. 형도 강에 뿌렸어야 했어. 수안아, 우리 형이랑 형수님 서로 만나지 못하면 어쩌지? 형수님이 떠돌아다닌다 한들 형은 갇혀만 있어서 못 만나고 그리워만 하면 어쩌지? 난, 난 그게 너무 걱정이 되어서 견딜 수가 없어…….”

태원은 아무에게도 말하지 못했던 마음을 털어놓았다. 이미 죽은 두 사람을 두고 멍청한 생각이나 한다는 타박이 두려워서가 아니었다. 생각이 말로 표현되어지면 그것이 진실처럼…… 진원과 은수가 만나지 못할 것만 같았다. 그래서 감히 수현에게조차 말할 수가 없었다.

“지난 십이 년 동안…… 그럼 어쩌지? 응, 수안아?”

슬픔에 목이 메어 소리는 울음이 되었다.

수안은 저도 모르게 소리 내어 울기 시작했다.

“흑, 아니야. 그럴 일 없어. 걱정하지 마, 오빠.”

가슴이 아파 견딜 수가 없었다. 수안은 어깨를 들썩이며 울었다. 눈시울이 붉어진 태원은 서럽게 우는 수안을 안으며 속삭였다.

“꼬마, 울지 마라. 네가 울면 마음이 아파.”

“오빠도 울지 마. 흐윽.”

수안의 품에서 태원은 한동안 서럽게 눈물을 흘렸다. 눈물로 그리움을 씻어내려 하염없이 울었다.

그러자 가슴이, 항상 무겁게 내려앉던 가슴이 조금씩 숨을 쉬기 시작하는 것 같았다. 눈이 붓고, 그가 흘린 눈물만큼 덩달아 우는 수안의 눈물에 와이셔츠가 젖어들수록 호흡이 가벼워졌다.

같이 슬픔을 나눠주는 사람이 있다는 것이 이렇게 위안이 될 줄은 몰랐다. 단 한 번도 벼랑 끝에서 그에게 손을 내밀어준 사람이 없었는데…….

태원은 수안을 더욱 꼭 끌어안았다.

정말 수안을 사랑하고 싶지 않았다. 가장 좋은 벗의 귀한 여동생. 가끔 그에게 찾아와 용돈을 타내고 오빠라 귀엽게 불러주면 그걸로 만족하려 했었다.

'네 탓이야. 다 네 탓이다, 꼬마. 내가 널 사랑하는 건 모두 내 안으로 걸어 들어와 손을 내민 설수안, 네 탓이야. 사랑한다.'

그는 녀석의 작은 머리에 얼굴을 묻었다. 그러자 그의 품에서 수안이 꼼지락거리며 얼굴을 들었다. 그리고 녀석이 눈물에 흠뻑 젖은 얼굴로 그를 바라보았다. 동그란 눈에 안타까움을 한 아름 담고서.

"그런데 얼굴은 왜 이래? 응? 누구랑 싸웠어?"

그는 희미한 웃음을 지으며 눈가의 상처를 쓰다듬는 작은 손을 꼭 잡아 손등에 입술을 대었다.

"웃지만 말고 말을 해. 누구야? 누가 감히 박태원을 이 지경으로 만들었어?"

'……아, 어쩌면 좋지? 꼬마, 웃음을 참는 것이 이런 거였니?'

분한 기색이 역력한 수안이 어미 닭처럼 잔소리를 늘어놓는 것이 너무 좋다. 태원은 수안을 품에 당겨 안으며 검은 머리에

얼굴을 묻었다. 수안은 그의 품에 코를 박으면서도 재촉을 멈추
지 않았다.

"말하라니까?"

"괜찮아. 내가 더 많이 때려줬어."

납골당에서 돌아오는 길에 마주친 그들. 유정화가 고용한 사
람들이라 만만찮은 실력을 지녔다. 그러나 그 역시 당하고만 있
지 않을 터. 순순히 먹잇감이 되려고 돌아온 것이 아니다.

하지만 그의 대답에 수안은 분노하기 시작했다.

"뭐야? 그럼 정말 누구한테 맞았단 말이야? 대체 누가 사람
을 이 지경이 되도록 때린단 말이야?"

그의 차를 가로막고 내린 네 명의 남자.

처음 방심한 틈에 맞은 일격으로 인해 눈가의 상처는 꽤 깊었
다. 눈 속으로 들어간 피 때문에 몇 대 더 맞고 말았다. 정신을
차려 반격을 했지만 혼자서는 역부족이었다. 급습을 노리고 따
라온 듯했다. 한 발자국 물러나 그를 따라다니는 상우 일행이
도착하기까지 네 명의 남자를 상대하노라니 마치 다시 고등학
생이 된 듯한 기분이 들었다.

지금 그는 자신의 안위와 자신의 목적을 이룰 능력을 가졌지
만, 그 무렵은 아니었다. 하루하루가 살얼음판이었다. 궁지에
몰린 쥐처럼 말이다.

과거를 회상하자 씁쓸함이 밀려들었다. 혼자 있는 오피스텔
이 위험하다며 한사코 말리는 상우를 뿌리치고 멍자국이 남은

몸을 이끌고 돌아왔다. 할 테면 해보란 심산으로. 하지만 수안을 발견하자 무너지고 말았다. 그는 눈물에 젖고, 분노에 물든 수안의 볼을 부드럽게 어루만졌다.

"걱정하지 마라."

"어떻게 걱정을 안 해? 얼굴이 이 모양인데. 그런 말 하려거든 맞지나 말든지. 흉지게 생겼잖아."

녀석은 잔뜩 짜증을 내며 그의 얼굴을 연신 쓰다듬었다.

"어휴, 정말 속상해서! 잡히기만 해봐. 가만 안 둬."

태원은 수안의 얼굴을 당겨 눈을 마주쳤다. 동그란 눈과 커다랗고 차가운 눈이 시선을 마주했다.

"왜?"

"우리 수안이 너무 예쁘다."

"흥. 그걸 이제야 알았니?"

수안이 말을 그렇게 하면서도 부끄러운 듯 입술을 삐죽거렸다. 발그레한 뺨과 삐죽거리는 입술. 그는 가만히 입술을 대었다. 폭풍처럼 몰아치지도 않고, 거칠게 탐하지도 않는 그저 입술과 입술이 마주하는 키스. 녀석이 갑작스런 그의 행동에 놀라 흠칫했지만 밀어내지 않았다.

이러기 위해 온 것이 아니다. 절대, 네버! 정원에서 도둑키스를 한 것도 매우 괘씸했고, 아무 변명도 없이 떠난 것도 화가 났으며, 일주일 동안 아무 연락이 없었던 것은 더 더욱 용서할 수 없었다.

하지만…… 수안은 가만히 온기를 나누며 입술을 마주했다. 꼬치꼬치 따져 보면 박태원 얼굴에 손톱자국을 남겨놔도 시원찮은데, 조각 같은 얼굴에 이미 상처를 입었다. 그것을 보니 정말 눈이 돌아갈 것만 같았다. 수안은 태원이 입술을 떼자 비장하게 말했다.

"오빠, 태권도 다녀! 내일부터 당장!"

"훗! 태권도?"

엉뚱한 수안의 말에 와락 웃음이 터진 태원이 활짝 웃다가 상처가 당기자 나지막이 비명을 질렀다.

"아!"

"많이 아파? 응?"

그의 비명에 수안이 화들짝 놀라 상처를 어루만졌다.

"괜찮아. 그런데 너 너무 늦은 거 아니야? 벌써 열한 시다. 오빠가 데려다 줄게."

"응? 알았어."

늦어도 괜찮은데……. 그녀는 만류할 틈도 없이 자리에서 일어나는 태원의 뒷모습에 왠지 모를 아쉬움으로 비비적 일어났다.

태원은 재킷 주머니에서 키홀더를 꺼내고 재킷을 다시 소파 위에 내려놓았다.

"가자."

"어?"

그의 동작을 쫓던 수안이 의문에 가득 찬 한마디를 뱉었다. 태원은 수안이 눈을 동그랗게 뜨고 손가락질하는 것을 무심코 바라보다 아차 싶었다.

"차차네?"

수안은 태원의 키홀더에 달린 빨간 망토를 쓴 곰인형을 보고 행방불명된 차차가 왜 여기에 매달려 있는지 이유를 몰라 그를 빤히 쳐다보았다.

"음…… 그냥. 너 경찰서에서 데리고 온 날 차 안에 떨어져 있길래."

난처한 기색을 철저히 숨긴 그는 아무렇지 않은 듯 말하려 했다. 그리고 그건 정말 사실이 아니던가! 그는 더 할 말 있으면 해보란 듯 도전적인 시선으로 수안을 바라보았다.

"그래? 난 또 어디 갔나 했었네."

태원의 대답에 수안은 그저 고개만 끄떡거렸다. 하지만 그것도 잠시, 수안은 안도감으로 안심하고 있던 그에게 강타를 날렸다.

"오빠, 근데 그거 날 좋아하던 남자애가 선물로 준 꺼나? 난 히니도 안 좋아했는데 그 애가 나 좋다고 준 거야."

수안은 그의 반응을 지켜보듯 천천히, 아주 천천히 말하며 태원을 바라보았다.

"어유, 걔가 날 얼마나 좋아하는지 몰라."

성민규야, 미안하다. 이런 날 이해해라. 난 이제 널 잊었다.

태원은 그 말에 왠지 그물이 조여오는 것 같았다. 젠장.

"그래?"

대수롭지 않은 듯 담담한 표정을 유지하던 그는 수안이 열심히 고개를 끄덕이자 그만 지고 말았다. 인형을 잡고 힘을 주자 인형이 연결되어 있던 줄이 끊어졌다. 그는 인형을 소파 구석으로 툭 던졌다.

왠지 그런 태원의 모습이 흐뭇해 견딜 수가 없다. 수안은 태원의 팔을 답싹 잡으며 활짝 웃었다.

"왜 웃어? 웃지 마."

스스로의 행동에 민망한 태원이 등을 돌리자 수안이 팔을 잡아당겼다.

"왜?"

"오빠 한 번 더 해봐."

"뭘?"

그러자 수안이 발간 입술을 뾰족이 내밀었다.

"어, 응?"

태원은 녀석의 대담한 도발에 순식간에 넋이 나가 버렸다. 평소 냉철하게 상황을 제압하는 박태원이 아닌, 지금 이 순간 녀석을 사랑하는 남자일 뿐인 태원은 아무 생각도 할 수 없었다.

"보지만 말고, 얼른 해봐. 응? 부끄럽단 말이야."

발간 입술이 도톰하게 부풀어 올라 자꾸만 채근한다. 그는 녀석이 먼저 키스를 요구할 거라고는 꿈에도 생각지 못했다.

머뭇머뭇 얼굴을 가까이 하자 수안이 예쁘게 웃었다. 그리곤 촉촉한 입술에 메마른 자신의 입술이 닿자 키득거렸다.

"야하게 해봐."

"훗!"

그의 입술 위에서 조근조근 움직이는 입술, 녀석의 대담한 말에 태원은 키스하길 포기하고 수안을 꼭 끌어안았다.

야하게? 아, 이 녀석을 정말 어쩌면 좋을까.

사랑스러움이 가슴 벅차게 차 올랐다.

"에이, 뭐야?"

그런 그가 답답했던 듯 수안이 태원의 얼굴을 확 잡아당겼다. 그리고 작고 달콤한 혀를 그의 입술로 밀어 넣었다.

촉촉하게 젖어드는 입술. 충만함.

흠칫 놀라 물러나던 태원이 곧 정신을 차렸다. 그는 수안의 머리를 더욱 가까이 당겨 깊고 탐욕스럽게 소유했다.

집 앞에서 차를 세우고 태원이 문을 열어주었다. 수안은 그가 내민 손을 잡고 차에서 내렸다. 가로등 불빛 아래 상처 난 태원의 얼굴이 무척 섹시하게 보였다.

어유, 정말 군침 돌게 잘생겼다. 얼굴만 봐도 흐뭇한 그녀의 마음을 아는지 모르는지, 태원은 그녀의 볼을 어루만지며 말했다.

“우리 꼬마, 잘 자.”

“응, 오빠.”

목소리 좋고!

“내일 꼬마 좋아하는 고기 먹으러 갈까?”

“당근 좋지!”

센스 좋고!

“아무 생각 하지 말고 푹 자. 알았어?”

“응, 오빠도. 행여나 자려고 누워서 맞은 게 억울하다, 복수해야겠다…… 뭐 그런 생각은 하지 마. 복수는 우리 둘이 같이 가서 화끈하게 해야 하는 거다. 알았지?”

“후훗.”

두 주먹을 불끈 쥐며 강하게 말하자 태원은 그런 그녀를 보며 웃기만 했다.

“들어가라.”

“오빠 먼저 가셔. 운전 조심하고.”

수안은 버티고 선 그를 밀어 차에 타게 했다. 마지못해 차에 탄 그가 창문을 내리며 아쉬움이 가득한 얼굴을 하자 수안이 제법 진지하게 말했다.

“오빠, 얼른 자. 그래서 우리 꿈에서 만나.”

“훗.”

역시 어쩔 수 없는 설수안이다. 태원은 고개를 젖혀 웃음을 터뜨렸다. 유쾌한 웃음소리에 수안이 짐짓 분노한 척 소리를 질렀다.

"뭐야! 만나지 않겠다는 거야? 그럼 나 말고 누굴 만날 건데? 엉? 어!"

방방거리던 수안이 불쑥 내민 손에 당겨졌다. 그리고 뜨거운 손에 얼굴이 갇혀 키스 세례를 고스란히 받아야 했다. 욕심을 내며 그녀를 모두 가지려는 태원의 키스에서 풀려나자 다리가 후들거렸다.

"꿈에서 난 항상 널 만났다. 지난 시간 동안 하루도 어김없이 매일 널 찾아갔어."

그녀의 얼굴을 놓아준 태원이 나지막이 속삭이며 시동을 걸었다.

"잘 자, 우리 꼬마."

그녀가 미처 대답할 시간도 주지 않고 차는 멀어져 갔다. 태원의 키스에 반쯤 나갔던 정신이 돌아오자 수안은 차 뒤꽁무니를 향해 주먹을 휘둘렀다.

"야, 박태원! 그냥 가면 어떡해, 대답 듣고 가야지! 오늘은 나 찾아오지 말고 있어. 내가 갈 거니까, 꼼짝도 히지 말고 나 기다리고 있어! 알았어?"

그녀의 말을 들었는지 저만큼 멀어진 그가 손을 흔들었다.

"조금 있다가 만나!"

수안도 멀어져 가는 차를 향해 한참 동안 손을 흔들어주었다. 그러다 그의 차가 사라지자 수안은 대문 앞에 쪼그리고 앉았다.

"휴……."

그녀는 태원이 부모로부터 사랑받고 보호받지 못한다는 것쯤은 알고 있었다. 수현과 수민의 스쳐 가는 대화 속에서는 그가 무척 힘든 어린 시절을 보냈다고 했다. 하지만 자신을 아껴주던 형이 죽었다는 것은 오늘 처음 알았다. 형이 그리워 비통해하던 그의 모습에 너무 마음 아팠다. 저 단단하고 냉정한 가슴이 외로움과 그리움에 멍들어가는 것을 누가 알기나 했을까?

"바보…… 말을 하지, 말을 했으면 내가 절대 한눈 안 팔고 있었을 텐데. 돈 잘 벌지, 머리 좋지, 얼굴 잘생겼지. 딱 내 스타일이잖아. 바보, 어떻게 그걸 몰라?"

후덥지근한 밤 기온에 땀인지 눈물인지 모를 안타까움이 흘러내렸다.

"야! 하재욱!"

"미쳤어? 조용히 안 해? 동네 사람들 다 깨울 거야!"

"응?"

갑자기 들려오는 소란스러움에 수안은 눈물을 닦고 고개를 내밀어 골목 어귀를 보았다.

그러자 민트 색 원피스 자락을 나풀거리며 앞서 걷는 재욱과 하얀 와이셔츠 차림에 씩씩거리며 따라 걷는 수현이 보였다.

"뭐야? 수현 오빠랑 재욱 언니네?"

둘의 분위기가 무척 험악해 보였지만, 재욱과 수현 사이는 항

상, 언제나, 매일 그러했기에 수안은 분위기에 동요됨이 없이
반갑기만 했다.

"오…… 헉!"

쪼그리고 앉은 자세에서 수현을 부르며 일어서던 수안은 순
간 경악해 입을 틀어막았다. 긴 다리로 재욱을 따라붙은 수현이
재욱의 팔을 낚아채 담벼락으로 민 다음 키스를 하는 것이 아닌
가!

"미쳤어, 미쳤어. 저 사람들 삼복더위에 드디어 정신이 나갔
구나! 어머, 어머, 정말 웬일이니!"

수안은 눈앞의 광경에 무릎을 치며 놀라고 또 놀랐다.

저 둘이 어떤 사이던가! 하재욱이 칼바람 부는 겨울이라면 설
수현은 아지랑이 꽃 피는 봄이었다. 하재욱이 최고급 스테이크
라면 설수현은 구수한 된장국이었다. 또한 하재욱이 성깔있게
할퀴는 고양이라면 설수현은 그저 때리면 맞기만 하는 강아지
였다. 그들 사이엔 남극과 북극만큼의 거리가 존재했다.

"어머, 어머? 재욱 언니는 왜 저래? 지금 끌어안은 거지? 그
런 거지?"

수안은 재욱이 다짜고짜 키스한 수현의 뺨을 때릴 거라 생각
했다. 그런데 재욱은 수안의 예상과는 전혀 다르게 수현의 목을
끌어안는 것이 아닌가!

"흠. 그렇게나 싸우더니, 키스도 격렬하네. 이야, 태원 오빠만
큼 수현 오빠도 잘하네?"

이십 년 넘게 이웃한 집에서 앙숙처럼 지내던 두 사람을 위해 당연히 자리를 피해주어야 했다. 그래, 그것이 진정 저 둘을 위하는 길이리라.

수안은 엉덩이를 털고 자리에서 일어났다. 그리고 조용히 대문 안으로 사라지려다 고개를 휙 돌렸다.

"나 다 봤다!"

히힛, 그녀는 바락 소리를 지르고 집 안으로 뛰어들어 갔다.

"뭘 봐?"

신이 나서 뛰어들어 오는 수안을, 주방에서 나오던 수민이 궁금해했다.

"이렇게 늦게 어딜 갔다 오냐? 오라비한테 소리 지르고 나가더니만?"

"응, 그럴 일이 있었어. 작은오빠야, 있잖아!"

"야! 설수안!"

희희낙락 믿어지지 않는 광경을 말하려는 찰나, 벼락처럼 뛰어들어 온 수현이 입을 틀어막았다.

"흡!"

커다란 손에 얼굴이 반이나 가려진 수안이 숨이 막혀 버둥거렸지만 수현은 손을 놓아주지 않았다.

"형, 그러다 애 잡겠다. 왜 그래?"

커다란 수현에게서 빠져나오려 안간힘을 쓰는 막내가 안쓰러웠던지 수민이 다가왔다. 그러자 수현은 수안을 달랑 들어 어깨에 들쳐 맸다.

"상관하지 마라. 설수안, 넌 나 좀 보자."

"으음!"

수현과 수안이 이층으로 사라지자 소파에 앉은 수민이 중얼거렸다.

"날이 덥긴 더워. 사람들이 전부 미쳐 가."

"오빠! 나 숨 막혀 죽을 뻔했잖아!"

"너, 설수안! 아까 본 것은 본 게 아니고, 아까 들은 것은 들은 게 아니야. 알았어?"

하지만 수안은 얼굴을 들이밀고 협박하는 수현에게 콧방귀를 꼈다.

"웃기셔."

"내, 내가, 아니, 우리가 한 건, 그건, 그러니까 그건 절대 사실이 아니란 말이지. 내가 아니었다고."

그녀는 평소의 모습답지 않게 버벅거리는 수현을 의심스러운 눈으로 보았다.

"설마 빙의된 거야? 오빠 속에 또 다른 누가 있는 거야?"

"설수안!"

수현은 얼굴을 붉히며 소리를 질렀다. 하재욱이 죽을 만큼 좋다는 것을 깨달은 지금, 이렇게 당황스럽기는 난생처음이다. 게다가 자신의 감정에 굴복해 재욱에게 키스하는 것을 막둥이에게 들킬 건 또 뭐란 말인가!

“너 일단 절대 비밀이다.”

“음, 오빠, 귀가 안 들려.”

“수안아, 오빠가 부탁하잖아.”

쥐콩만한 막둥이에게 키스라는 음란한 현장을 들킨 것이 민망하고, 확실하지 않은 연애전선이 불안한 그가 당부에 당부를 거듭했다.

“오빠, 나 있잖아. 여기 봐봐. 여기 오른쪽 눈 쌍꺼풀이 자꾸 풀린다? 어떡하지?”

“그래서 뭐! 또 쌍꺼풀 수술 타령이야?”

“칫, 싫음 말고. 수민 오빠아! 내가 아까 뭘 봤…….”

“알았다, 알았어! 수술 날짜 받아줄 테니까 그만 해라!”

수현이 결국 졌다.

수안의 완벽한 쌍꺼풀을 자랑하는 왼쪽 눈과는 달리 오른쪽 눈은 아주 제멋대로였다. 조금 피곤하거나 힘든 날은 주름이 두 개, 세 개 아주 난리도 아니었다. 이번 방학 땐 기필코 하나로 주름 잡겠다 다짐했건만, 소원이 이루어졌다.

“대신 너! 확실해지기 전에 말하면! 쌍꺼풀 네 개 만들어 버린다!”

수현이 이를 악물고 협박을 해댔다.

“어유~ 오빠, 당근이지. 내가 입이 얼~마나 무거운데! 절대 말 안 하지. 오빠아, 재욱 언니랑 잘해봐. 난 정말 재욱 언니 좋단 말이야.”

“휴, 나만큼이야 좋겠냐? 너 비밀 지키고 그만 자라.”

“응. 오빠도, 잘 자!”

목적을 달성한 수안이 달콤하게 미소 지었다.

참 좋은 날이 아닐 수 없다!

비록 가슴 아픈 사연을 듣긴 했지만 태원의 진심을 알게 된 날이고, 수현과 재욱의 불타는 로맨스를 목격한 날이기도 했다. 게다가 보너스로 이십삼 년간 소망하던 쌍꺼풀 수술이라니!

“캬아, 진짜 인생은 멋져요.”

수안은 침대에 털썩 누웠다. 흐뭇한 마음으로 얼른 자야 했다. 태원을 찾아가기로 했으니.

그녀의 얼굴에 행복함이 넘쳐흘렀다.

철썩!

“어리석은 놈들!”

정화는 고개 숙인 남자의 얼굴을 거칠게 때렸다.

“경솔하게 움직이지 말란 말은 우습게 들었나? 그렇게 만만한 놈이 아니란 것쯤은 알아야 할 거 아니야!”

“죄송합니다.”

혼자 있는 남자를 우습게 본 것이 사실인 남자는 할 말이 없었다.

“틈을 주는 게 얼마나 위험한 일인지 몰라?”

휙 돌아선 정화의 얼굴은 얼음장보다도 차가웠다.

"나가."

남자는 묵묵히 고개를 숙인 채 서재를 나갔다.

정화의 빨간 손톱이 책상 위를 톡톡 쳤다.

"맛을 봤으니 가만있진 않을 거다. 당황한 틈을 노려야 해. 그래, 전부 뺏어와야 한다. 전부!"

놈이 숨겨둔 모든 것을!

각오를 다지는 정화의 얼굴이 파란 독기로 얼룩졌다.

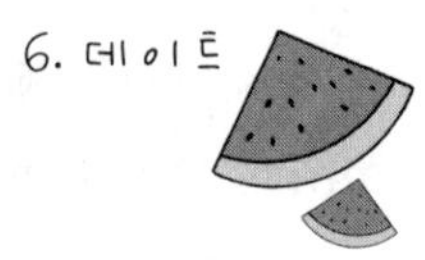

하늘색 스포츠카의 보닛에 기대선 태원은 연신 시간을 확인했다. 언제나처럼 검은 정장 차림을 벗어 던진 그는 무척 활동적이고 섹시해 보였다. 흰색 면바지에 카키 빛 반소매 남방을 입은 그의 모습을 지나가던 여자들이 모두 힐끔거리고 있었지만 정작 본인은 누군가를 초조하게 기다리고 있느라 쏟아지는 시선을 의식하지 못했다.

간밤에 그를 찾아온다던 녀석을 마중 나가지 못해 삐친 것이 아닐까?

눈을 감고 의식 저 멀리로 정신을 놓아버리면 밤은 거짓이 될 것만 같았다. 태원은 소파 위로 던져 놓은 수안의 곰인형을 손에 꼭 쥐고 날이 밝아오는 유리창을 하염없이 응시했다.

"믿어지니……? 꼬마가 날 안아주고, 내 꿈에 찾아온다고 했다. 내가 떠나던 그날처럼 날 위해 울어주고 날 안아준 녀석이…… 넌 믿어지니?"

그의 중얼거림에 손에 들린 폭신한 곰인형이 입을 둥글게 휘고 고개를 끄덕이는 것만 같았다.

처음 한국으로 돌아왔을 때는 모든 것이 어둡기만 했다.

박 회장은 조금씩 휘청거리는 우진을 바로 세우라는 자신의 명을 받고 귀국했다고 생각했겠지만 그건 천만의 말씀이었다.

우진은 그에게 아무것도 아니었다. 그에겐 그만의 회사가 있고, 막대한 이익을 창출하고 있었다.

뒤도 돌아보지 않고 달리던 그를 한국으로 불러들인 것은 바로 진원과 수안이었다. 태원은 우진을 위해 일해준 대가로 진원을 요구할 생각이었다. 진원이 죽기 전날, 형의 마음을 헤아리지 못했던 빚을 갚아야 했다. 조금이라도 그 마음을 헤아리지 못한 채 다시 돌아오지 못할 곳으로 형을 미련하게 떠나보낸 용서를 빌어야 했다.

다행히 이미 죽어버린 형에게도 그가 해줄 수 있는 일이 있었다. 바로 형수가 떠난 그 자리에 형을 자유롭게 놓아주는 것.

우진가에서 절대 용납치 않았던 그것을 해주어야 했다. 너무 늦었지만, 하루라도 더 늦기 전에 형과 형수를 만나게 해야 했다.

그리고 수안이. 그의 영혼에 깊이 아로새겨진 녀석.

"오빠!"

저만큼 그를 향해 반색을 하며 뛰어오는 달콤한 존재……. 녀석은 연둣빛 원피스에 굽 높은 샌들을 신고서 씩씩하게 잘도 뛰었다. 태원은 수안의 밝은 얼굴을 보며 생각했다.

'박태원, 너 돌아오길 잘했구나. 미뤄둔 것을 마무리 짓고 다시 훨훨 날아가기 위해 돌아온 것은 진정 잘한 일이었어.'

"오빠!"

태원은 상념에서 깨어나 마구 달려오는 수안을 꼭 끌어안았다.

"더운데 뭐 하러 뛰어와. 걸어오지. 아니면 데리러 오라고 하든지."

"응? 아니야. 요즘 우리 집 앞에 잘못 오면 큰일나. 수민 오빠 이번 영화가 또 엄청 히트했는지 시시때때로 팬들이 몰려들어."

"그래?"

"응."

그는 연신 손부채질을 하는 수안을 얼른 차에 태웠다.

"덥지? 에어컨 틀까?"

"우와! 스포츠카네? 오오, 스포츠카! 수민 오빠 밴까지는 타 봤는데. 이야, 오빠! 자연 바람 맞게 얼른 달려봐."

수안은 호들갑스럽게 그의 팔을 툭툭 치며 재촉을 해댔다. 녀석의 행동이 마냥 귀엽기만 한 태원이 희미하게 웃으며 시동을 걸었다.

고기 먹고 이 무더운 여름을 견뎌내야 한다던 수안은 교외의 소문난 스테이크 전문 하우스에서 손짓발짓, 어젯밤 목격한 진실을 말하기 여념이 없었다.

"그랬단 말이야?"

"응! 나 얼마나 놀랐다구! 세상에, 오빠, 난 수현 오빠랑 재욱 언니가 그렇게 싸워서 남북 통일이 안 된다고 생각했거든? 그런데 이게 웬일이야? 둘이 키스를 하네? 움…… 곧 통일도 될 거야, 그치?"

"후훗, 하여튼 엉뚱하기는. 먹어."

태원은 수안의 입에다 딸기를 넣어주며 웃었다. 수안은 잘 그을린 손에 들린 탐스런 딸기를 냉큼 받아먹으며 계속 종알거렸다.

"누가 먼저 시작한 건지는 모르겠지만 하여튼 둘이 잘됐으면 좋겠어. 재욱 언니가 사람은 진국이거든. 바람돌이 기질이 다분한 수현 오빠를 단속할 사람은 언니뿐이야. 난 그렇게 생각해. 오빠, 오빠도 그렇지?"

"그럼."

그는 녀석이 무슨 말을 해도 그저 웃기만 했다. 꿈만 같았다. 녀석이 그의 손을 꼭 잡고 그와 눈을 마주치며 그를 위해서만 목소리를 들려준다는 것이…….

가슴속 찬바람이 서서히 멎는 것을 느꼈다.

"오빠! 오빠, 내 말 듣고 있어? 무슨 생각을 하길래 그렇게 진지한 거야? 응?"

"어? 무슨 말?"

"오빠!"

수안은 그만의 생각에 사로잡힌 태원에게 빽 소리 질렀다.

"나 쌍꺼풀 수술한다고!"

"뭐야? 그걸 네가 왜 하는데?"

"어유! 정말 하나도 안 들었네? 수현 오빠랑 재욱 언니랑 키스한 거 비밀로 해주는 대가로 수현 오빠가 쌍꺼풀 수술 시켜준대."

다시 생각해도 너무 뿌듯한 수안이 의기양양 말했다. 하지만 태원의 얼굴이 굳어졌다.

"절대 안 돼."

단호하고 차가운 거절. 수안의 눈이 동그래졌다.

"왜 안 돼?"

"손댈 데가 어디 있다고 그래? 쌍꺼풀 수술을 왜 해, 안 해도 이렇게 예쁜데?"

진지하기 짝이 없는 태원의 닭살스런 말에 수안이 활짝 웃으며 대답했다.

"음, 그건 그렇지만 그래도 하면 더 예쁘대."

"안 돼. 여기서 더 예뻐지는 건 찬성할 수 없어. 너 더 예뻐지면 밖에 다니지도 못한다, 꼬마.”

“치, 그런 게 어디 있어.”

진지한 태원의 말에 수안의 얼굴이 붉어졌다. 괜히 레모네이드 잔을 만지작거리며 입술을 삐죽거렸다.

“그래도 난…… 어? 잠깐만.”

반박하려던 수안은 백에 넣어둔 휴대전화의 문자 메시지 알람 소리에 백을 들었다. 작은 백에 뭐가 그리 많이 들었는지 쉽사리 휴대전화를 찾지 못하는 녀석을 보던 태원의 눈이 매서워졌다.

“설수안.”

“응, 왜?”

결국 목적하던 휴대전화를 찾아 든 수안이 태원을 바라보자, 그가 백을 뺏어 들었다.

“어? 왜 그래?”

“이거 뭐야? 너 담배 피워?”

“음…….”

태원의 손에 달랑이는 담배 케이스를 보며 수안이 침묵했다. 그러자 태원이 엄숙한 목소리로 말했다.

“지금까지는 어땠는지 묻지 않아. 하지만 이젠 피우지 마.”

“싫어.”

수안이 고개를 절레절레 흔들자 태원이 무섭게 불렀다.

“설수안.”

무시무시한 목소리에 지레 몸이 움츠러들었다.

절대 겁먹거나 뒤로 물러서지 않으리라 굳게, 굳게 다짐했지만…… 젠장! 무섭다.

"담배 피우지 말라고 했지?"

"오빠, 이건 내 기호식품이야. 내가 좋아하는 건데, 이해해 주면 안 돼?"

"아니, 이해 못해. 이해 안 할 거야. 그러니까 끊어."

태원은 단호했다. 수안을 보면 항상 웃는 얼굴이 바늘도 안 들어갈 만큼 단호하게 굳어져 있었다.

"뭐야? 오빠, 정말 고리타분하게 왜 이래. 내가 여자라서 못 피우게 하는 거지? 그런 성차별적인 생각이 어딨냐!"

결국 수안이 발끈했다.

"담배 피우는 것도 나야, 나 설수안. 그게 싫으면……."

"그런 문제가 아니야."

수안의 흥분에 찬물을 끼얹듯 태원이 한 팔을 들어 막았다.

"그럼 어떤 문제야?"

"내가 널 사랑하는 게 문제야."

"그러니까 이해하면 되잖아. 사랑엔 조건이 없어야 해."

"물론이야. 널 내 틀에 끼워 맞출 생각은 조금도 없어. 하지만 네가 나보다 먼저 죽을지도 모를 원인에 대해 내가 참견할 권리는 있다고 봐. 아니야?"

"……."

예기치 못한 습격에 수안의 눈이 동그래졌다. 태원이 자리에서 일어나 수안 옆에 무릎을 꿇었다.

"내 꼬마가 나보다 먼저 죽으면, 난 어떡해? 난 말이야, 형이 사고가 아니었더라도 결국은 혼자 살아남지 못했을 거라 생각해. 둘이서 함께한 사랑을 알기 때문에 혼자서는 결코 살 수가 없었을 거야. 결국 사고가 아니더라도 어떻게든 형수님을 따라갔겠지. 나도 마찬가지야. 난…… 아무도 없어. 내가 사랑하던 사람들은 다 날 혼자 두고 가버렸는데, 너마저 그럼 나는 어쩌라고?"

아, 정말, 어떻게든 담배를 끊게 하려는 지능적인 작전이 분명했다!

"응, 수안아?"

"알았어! 안 피울게!"

그걸 알면서도 수안은 두 손을 들고 말았다.

"그래, 꼬마."

그녀의 대답에 태원은 수안을 꼭 안아주었다.

젠장, 젠장. 다 알면서도 져줄 수밖에 없었다. 수안은 태원의 품에 안겨 이를 갈았다. 하지만 자신은 박태원의 커다란 검은 눈이 애원하듯 바라보는데 거절할 만큼 독한 여자가 아니었다.

슬픈 듯 촉촉하게 젖은 눈으로 바라보면 이루지 못할 게 없다는 것을 아는 게 분명했다.

아주 약았어!

울컥 분한 마음에 태원의 등을 팡 내려치자, 그는 이미 짐작했던 듯 안은 손에 더욱 힘을 주었다. 그러자 속았다는 생각이 더욱 강렬하게 그녀를 지배했다. 수안은 태원의 품에서 빠져나오려 버둥거리며 소리쳤다.

"어휴! 박태원, 이 여우!"

"그래, 내 예쁜 곰."

"정말 약았어."

"후훗."

태원은 그런 그녀를 안고 행복하게 웃었다.

정원수 아래 몸을 숨긴 채, 옥신각신 다정한 그들의 모습을 카메라로 담던 남자의 손이 순식간에 꺾였다.

"허헉!"

절제된 움직임은 어디가 급소인지 단숨에 파악한 채 남자를 제압했다. 팔이 뒤틀린 남자가 고통스럽게 신음했다.

"뭐, 뭐야."

그를 잡은 남자는 무표정했다. 버둥거리며 몸을 빼려 해도 도저히 풀려나지지 않았다. 사내는 좌절감에 사로잡혀 주위를 둘러보았다. 그를 잡고 있는 남자와는 별도로 검은 정장에 몸을 감싼 남자가 애써 찍은 사진의 필름을 주르륵 햇빛에 노출시키는 것을 본 사내가 소리쳤다.

"씨팔! 뭐 하는 짓이야!"

저걸 찍느라 얼마나 고생을 했는데!

우진 박태원에 관련된 사진이면 뭐든 돈이 된다고 해서 어렵게 구한 카메라를 들고 남자를 미행했는데, 한재산 됨직한 필름이 타는 것을 보는 남자의 눈알이 하얗게 뒤집어졌다.

"이 자식들, 뒈질 줄 알아!"

"그런 말을 할 처지가 아니야."

그러자 필름을 손에 든 남자가 나지막이 읊조렸다. 가만히 있어도 땀이 나는 삼복더위에도 남자의 목소리는 을씨년스러웠다.

"어디 다시 한 번 이딴 짓 해봐. 그때는 분명 네놈이 차라리 죽여달라 애원하게 될 거다."

선글라스를 벗은 정장 양복의 작고 매서운 눈은 모두 사실이라고 말하고 있었다. 남자는 저도 모르게 침을 꿀꺽 삼켰다.

"아, 그리고 하나 더. 너의 불쌍한 인생을 생각해서 하는 말이다. 네가 오늘 본 여자의 존재에 대해 함부로 말할 때, 그땐 네놈을 불쌍하게 여겨줄 어떤 자비도 없어."

탁, 팔을 움켜잡았던 사람이 남자를 털썩 밀며 놓아주었다. 개처럼 비참한 모양새로 쓰러진 그를 말없이 내려다보던 양복들이 사라지자 남자는 엉거주춤 자리에서 일어났다.

형편없이 나뒹구는 필름을 주워 들고 억울하게 보던 그는 즐겁게 앉아 있던 연인들을 향해 고개를 돌렸다. 하지만 어느새 사라진 건지 연인들은 자취를 감추었다.

남자는 그대로 털썩 주저앉았다.

돈이 되어줄 사진은 모두 타버렸고, 어렵게 따라붙었던 박태원도 사라졌다. 그리고 웬 덩치들에게 협박까지 당했다.

하지만…….

비 오듯 땀을 흘리며 일진이 사나운 날이라고 구시렁거리는 남자의 눈이 교묘하게 빛났다.

저녁에 있을 정찬 파티에 입고 갈 옷을 거울에 비추어 보며 흥을 내던 소라는 방문을 두드리며 들어온 비서의 말에 정색을 해 의자에 앉았다.

"그래요?"

"네, 아가씨. 여자의 신변을 언급한 것을 보니 아무래도 사실인 듯합니다."

"흠……."

소라는 테이블을 톡톡 치며 골몰히 생각에 잠겼다. 사람을 풀어 수소문하길 벌써 일주일째였다. 우진가에 초대되어 갔던 날, 무참히 홀로 된 그녀에게 남은 것은 남자에 대한 원망과 그럼에도 어떡해서든 가지고 싶은 욕망이었다. 태원에 대한 어떤 것도 좋으니 뭐든 알아오라 했더니…….

잘 손질된 빨간 손톱이 성마르게 유리 테이블을 두드리고 있었지만, 소라는 그것을 신경 쓸 겨를이 없었다.

여자라…….. 누구일까?

냉정하고 무심하기 이를 데 없는 박태원이 대체 누구이길래 그렇게 웃으며 행복해했단 말인가. 그가 먼저 손 내밀고, 그가 먼저 웃고, 그리고 그가 먼저 안아준 여자.

생각의 끝에 다다르자 참을 수 없게 화가 났다. 소라는 테이블 위에 놓여 있던 유리 화병을 그대로 밀쳐 버렸다.

쨍그랑!

화병이 요란한 소리와 함께 산산이 깨졌다. 곁에 서 있던 여비서가 움찔거리며 물러서는 것이 보였다.

"날 우습게 본단 말이야? 감히 날? 선한의 상속녀 정소라를 우습게 본단 말이지. 하!"

파들거리는 주먹을 움켜진 소라의 모습이 화장대 거울에 고스란히 비쳤다.

"Weston의 상황은 어떤 거야?"

"올해 사업실적과 내년 사업계획서 모두 보고하기 위해 부사장이 이번 주 중 한국으로 들어올 예정입니다."

"그래?"

미국에 있는 사업체에 대한 보고를 받는 태원의 얼굴은 더없이 진지했다. 태원에게는 우진보다 그가 건립했고, 그에 의해 경영되는 Weston이 훨씬 중요했다.

"알았어, 부사장이 들어오면 섭섭하지 않게 알아서 잘하고, 그만 나가서 일 보게."

“네, 알겠습니다.”

상우는 태원을 향해 정중히 고개를 숙이고 뒤돌아섰다.

“참, 이 실장. 내가 지시한 것들 차질없이 진행되고 있나?”

“걱정하실 것 없습니다. 확실히 진행시키고 있습니다.”

모호한 질문의 뜻을 너무 잘 아는 상우는 믿음직스럽게 고개를 끄덕였다.

“지금…….”

달칵, 상우가 다음 말을 하려던 찰나 사장실의 문이 열리며 장미 향수 냄새가 진동을 했다. 노크조차 하지 않은 손님은 너무 당당하게 문을 열고 들어왔다. 한여름 날씨가 무색하게 숨 막히는 검은 원피스를 차려입은 정화가 그들을 노려보고 있었다.

어지간한 일에는 잘 놀라지 않는 상우의 몸이 굳어지는 것이 느껴졌다. 태원이 자리에서 일어나며 지시했다.

“이 실장, 나가서 일 봐.”

“네.”

그의 말에 사장실을 나가던 상우는 문 앞에 버티고 선 정화에게 정중히 고개를 숙였다. 하지만 그 모습을 본체만체한 정화는 도도한 걸음으로 사장실 중앙의 소파로 걸어갔다.

새삼스러울 것도 없는 오만함에 상우가 사장실을 나가며 문을 닫았다. 태원은 정화가 앉은 소파로 다가갔다.

“어쩐 일이십니까?”

그러자 정화의 잘 그려진 눈썹이 짜증으로 찌푸려졌다.

"어른을 보면 인사를 해야 할 것 아니냐. 쯧, 배운 거 없이 큰 것은 어쩌지 못한다더니. 천한 것."

하지만 태원은 정화의 말에 동요하지 않았다. 그들 사이에 인사란, 그들 사이의 평화만큼이나 생경한 단어였다. 결코 친해질 수 없는 사람. 정화를 바라보는 태원의 얼굴은 차갑고 태연했다.

"용건이 있으신 겁니까?"

"건방진 놈. 그래, 기어이 인사를 안 하겠다는 거냐? 너도 자존심은 있다는 말이냐? 후훗."

"하실 말씀이 없으시다면 전 일이 있어 나가보겠습니다."

속을 알 수 없게 무심한 얼굴로 바라보는 저 얼굴!

정화는 놈의 저 얼굴이 너무 싫었다. 내세울 것이라곤 아무것도 없는 놈이, 파리 목숨 연명하듯 살아도 마땅찮을 저놈이 그녀를 향해 무표정한 얼굴을 하는 것이 치 떨리게 싫었다. 진원이 앉아 있어야 할 의자에 저놈이 앉아 있는 것이 살기를 불러일으키고 있었다.

진원만 있다면…… 그 귀한 아들이 곁에 있다면 저딴 천박한 놈 따원 거들떠보지도 않는 것인데…….

가슴을 쥐어뜯는 비통함을 누가 알 것인가!

하지만 정화는 들끓는 분노를 모두 묻고 고저가 느껴지지 않는 목소리로 말했다.

"다음 달에 주주총회가 있다."

"알고 있습니다."

"후훗, 그러니? 그때 현 사장단의 퇴진과 함께 새 사장단이 구성될 것이다. 그것도 알고 있니?"

바로 그녀가 그것을 제의했다.

그녀의 말에 의아한 듯 바라보는 놈을 보니 그는 그녀의 계략을 몰랐던 듯했다.

어리석은 놈, 그만한 정보 수집력도 없이 돌아왔단 말이냐? 죽으려고 제 발로 기어들어 왔구나.

치열한 머리싸움에 우위를 차지한 정화는 오만하게 등을 곧추세웠다.

진원이 태어나던 해, 정화가 우진의 늙은 영감으로부터 받은 주식과 천하 쓸모없던 남편이 비명횡사하며 상속받은 주식은 여느 주주들보다 많았다.

하지만 그것뿐이 아니다. 바로 저놈이 그녀에게 줄 주식이 보유하고 있는 주식보다 훨씬 많다.

머릿속에서 셈하는 정화의 빨간 입술이 흐뭇하게 휘어졌다.

진원이 죽은 후 이처럼 삶의 의욕이 솟는 것은 처음이었다. 그녀가 가질 것이다. 아들이 가지지 못한 모든 것을 다 가질 것이다!

"하실 말씀이 그것입니까? 네, 잘 알겠습니다. 그럼 다음 달에 주주총회에서 뵈면 되겠군요."

“홋, 그러자꾸나.”

새삼 우쭐한 기분에 정화가 자리에서 일어났지만 태원은 가만히 앉아 보기만 했다. 정화가 표독스런 웃음과 함께 말했다.

“네놈이 언제까지 그렇게 태연할지 두고 보겠다.”

“네, 그러십시오.”

“천박한 것.”

쾅!

사장실의 문이 닫혔다. 코를 찌르듯 진한 장미 향수와 함께 남겨진 태원은 소파 깊숙이 몸을 묻었다.

참…… 다르지 않은가…….

저 배를 빌어 태어난 진원과 열 달을 품어준 정화는 너무 달랐다.

태원은 생각하면 힘겨워 떠올리지 않으려 해도 그를 도발하고 사라진 정화의 뒷모습에서 진원을 기억해 냈다.

그 밤은 여름밤이라고 하기엔 서늘했다.

그믐이라 달빛도 없었고, 정원에 요란하게 울어대던 밤벌레도 어쩐 일인지 조용하기만 했다.

형수가 죽은 후, 마치 아무 일도 없었다는 듯 일상의 삶을 살던 진원이 처음으로 그 앞에 흐트러진 모습으로 섰던 날이다.

지금도 그렇지만 조용한 여름밤엔 잠을 이룰 수 없던 태원이 정원 연못에 앉아 있다 인기척에 놀라 돌아보니 그와 똑같은 얼굴로 진원이 서 있었다.

"형."

단정하기만 하던 진원이 넥타이를 반쯤 푼 상태로 서서 희미하게 웃어주었다.

"무슨 일이에요? 술 마셨어요?"

"그래, 태원아."

음울한 달그림자 속 진원은 범접할 수 없을 위압감을 품어내고 있었다. 어정쩡하게 자리에서 일어나기는 했지만 태원은 여느 때와는 다른 진원의 모습을 그저 바라보기만 했다.

그런 그에게 진원이 잔뜩 서글픈 웃음을 지어주었다.

"그렇지 않아도 네 방에 가려고 했었다, 태원아. 이거 받아라."

진원이 들고 있던 서류 봉투를 그에게 들려주었다.

"뭐예요?"

그것을 받아 든 태원이 호기심을 담아 묻자, 놀랍게도 진원이 그 앞에 털썩 무릎을 꿇었다.

"형, 왜 이래요?"

갑작스런 형의 배노에 당황하고 놀란 태원이 한 걸음에 다가가자 진원이 손을 들어 막았다.

"미안하다. 형이 참 미안해……."

"형?"

"끝까지 다 해야 하는 책임인데, 그것을 하지 못하는 형을 용서해라.”

“무슨 말이에요? 형, 취했어요. 얼른 들어가요.”

물기 어린 목소리에 태원이 그를 잡아 일으키려 했지만 진원은 꼼짝도 하지 않았다.

“미안하단 말로 용서받지 못할 거다. 너의 불행이 모두 나로부터 비롯된 것이니……. 내가 가져선 안 될 네 것을 가져…… 고통받는 네게…… 미안하다. 하지만 말이다, 태원아. 내가 진정 견딜 수 없는 것은…… 그건 말이야. 내가 네 형이 될 수 없다는 사실이다. 너 같은 녀석의 형이 될 수 없는 것이 너무 아프다.”

비통한 어조에 저도 모르게 눈물을 흘리면서도 태원은 이유를 알지 못했다.

“형이 왜 내 형이 아니에요? 형, 왜요? 내가 술집 여자 아들이라서 그런 거예요?”

“녀석.”

반항 어린 목소리에 정색을 한 진원이 태원의 가슴을 툭 쳤다.

“그딴 말 따윈 잊어라. 넌 네 스스로 빛을 내는 녀석이다. 그리고 누가 뭐라 해도 넌 우진가의 남자야.”

“그런데 왜 그런 말을 해요?”

“그건, 그건…….”

언제나 당당하기만 하던 진원이 말끝을 흐렸다. 초조하게 답을 기다렸지만 진원은 한동안 말을 하지 못했다.

"태원아."

그리고 한참 뒤 고개를 들어 그를 바라보는 진원의 눈가가 물기로 얼룩져 있었다. 굵고 남성적인 선의 잘생긴 얼굴이 젖어들고 있었다.

"형은 참 용기가 없고 어리석은 사람이다. 나중에 말하면 된다고 생각했는데……. 진실도, 사랑도, 용서도 모두 나중에 구하면 될 것이라 생각했던 내가 너무 어리석었어. 그럼에도 차마 말할 용기가 없구나. 태원아. 형이 준 그것을 읽어봐. 그리고 모두 미안해, 정말 형이 너무 미안하다."

자리에서 일어난 진원은 이유를 알 수 없는 그를 뒤로하고 대문을 향해 걸어갔다.

"형!"

그의 부름에도 진원은 뒤돌아보지 않았다. 다만 한 손을 들어 머리 위에서 흔들어줄 뿐.

"잘 있어."

그렇게 진원이 사라졌다. 저택에서, 그리고 그의 인생에서……

형이 집을 나가고 얼마 후 달빛조차 없는 검은 밤하늘에서 굵은 장대비가 내렸다. 세상의 모든 것을 잠기게 할 듯 세차게 퍼붓던 비, 빗속을 뚫고 운전하던 진원의 사고와 죽음……. 우연이라 하기에 밤은 너무 잔인했다.

왜…… 왜 그때 형에게 달려가 그를 잡지 않았는지…… 태원은 지금까지 살며 아프게 후회하고 또 후회했다.

진원의 마지막 모습을 떠올리면 항상 그러하듯 태원의 눈가
가 젖어들었다. 그는 두 손에 얼굴을 묻고 거친 숨을 들이켰다.

하지만 받아 든 서류가 뭔지도 모르고, 멍하게 진원을 놓쳐
버린 그가 한 일이라곤 방에 들어와 그것을 읽고 분노한 것이었
다. 정화의 부정으로 태어난 진원의 출생이 놀라웠고, 그럼에도
거만한 정화의 태도에 분노했으며, 그가 받은 모든 학대가 생각
나 견딜 수가 없었다. 그 순간은 진원의 말처럼 그의 모든 고통
이 다 진원의 탓인 것만 같아 미칠 듯한 원망과 분노가 그를 지
배했다.

그리고…… 분노 뒤에 찾아든 상실.

진실을 숨기고 있다는 죄책감과 더 완벽해야 한다는 부담감
에 짓눌린 진원의 행복하지 못한 짧은 삶.

태원은 진원이 그토록 열심히 회사를 키우고 성장하게 하려
한 이유가 모두 자신 때문이란 것을 너무 늦게 알았다.

가장 완벽하고 부끄럽지 않은 회사를 태원에게 돌려주기 위
한 진원의 필사적인 죄의식을 접했을 때, 그리고 끝까지 지켜주
고 싶었으나 그러지 못함을 뼈저리게 아파했다는 말을 들었을
때, 태원은 차라리 죽고 싶었다.

바보같이…… 그냥 행복하지. 누가 우진, 그딴 걸 가지고 싶
댔어? 그저 자유롭게 살 것이지……. 자기 잘못도 아닌데, 진실

에 제일 고통받고 상처받은 주제에 누굴 걱정한 거야? 당신이나
행복하지…… 당신이나…… 빌어먹을!

"당신이 왜 내 형이 아니야? 당신은 누가 뭐라 해도 내 형이
야."

태원은 너무 늦은 그 말을 주문처럼 되풀이했다.

"보고 싶어. 보고 싶어, 형."

헉!

크…… 큰일났다!

"이게…… 이게 뭐야……. 허헉."

갑자기 바늘로 쿡 찌르는 듯한 통증에 더 어쩔 수도 없게 경
악한 수안은 자신의 가슴을 믿을 수 없다는 듯 움켜잡았다.

"아악! 큰오빠!"

그녀는 방문을 열고 오라비들 방이 있는 이층으로 미친 듯이
뛰어올라 갔다.

"오빠!"

온 집이 떠나갈 듯 쩌렁쩌렁한 비명을 지르며 수현의 방문을
열자, 그 소동에도 태연하기만 한 수현이 침대에 누워 멀뚱히
바라보았다.

"뭐냐, 막둥아?"

"오빠, 내 가슴! 내 가슴이 이상해!"

수안은 침대 위로 풀쩍 뛰어올라 갔다.

“뭘?”

“가슴이…… 가슴이 갑자기 막 아파!”

말 그대로 따끔따끔! 수안은 수현의 코 밑에서 비명을 질렀다.

“어떡해!”

“뭘 어떡해? 술 끊고 밥 많이 먹으면 되지. 별것도 아니구만, 귀찮게 하지 말고 얼른 내려가라.”

모처럼의 비번 날, 한가로운 오후를 보내던 수현은 수안을 밀치고 베개 위로 머리를 기댔다.

“뭐야? 별게 아니야? 어떻게 이게 별일이 아니야! 말술을 마셔도 잘만 뛰던 심장이 갑자기 아픈데! 나 무슨 병 있는 거지? 심장병이야? 오빠, 그런 거지? 응?”

“또 오버하지? 심장에 병 있는 사람이 너처럼 고래고래 소리질렀다간 심장에 쇼크 와서 큰일난다. 그렇게 소리 지르고 이층까지 뛰어와도 괜찮으면 안 죽어.”

“오빠!”

하지만 그 일목요연한 설명에도 수긍할 수 없는 수안이 흥분하기 시작했다.

“어떻게 그런 말을 할 수가 있어? 하나뿐인 여동생이 가슴이 아프다는데, 명색이 의사란 오빠가 어떻게 그래!”

“내가 의사니까 그래. 얼른 내려가.”

“어어?”

귀찮은 듯 발로 툭툭 치는 수현에게 침대 밖으로 밀려 내려온 수안은 분한 듯 노려보았다.

"정말 이러기야? 나 아프다고!"

담배를 끊어서 말이다. 니코틴 부족으로 가슴도 아프고 기분도 나쁜데, 그나마 제일 만만한 큰오라비가 이런 식으로 나온다. 울컥울컥 짜증이 치밀어 견딜 수가 없었다.

"재욱 언니가 아프다 해도 이럴 거야?"

"우리 재욱이가 아프면 당근 안 이러지. 우리 재욱이 가슴 호~ 해줄 거다."

탐스런 재욱을 떠올린 수현이 함박웃음을 머금고 바보처럼 대답하자, 수안은 더할 나위 없이 분노했다.

"우리 재욱이?"

"그래. 우리 재욱이 저~얼대 안 아프게 꼭 안아줄 거다. 됐냐?"

아들 자식은 키워봐야 소용없다는 옛말이 하나 그르질 않다. 지금껏 키워주고 먹여준 은공도 모르고 옆집 딸자식 좋다는 저 아들을 낳고, 엄마는 그렇게 맛나게 미역국을 드셨다. 정녕 통 탄할 일이다.

엄마를 대신해 분노한 수안이 허리춤에 손을 얹고 말했다.

"자꾸 이런 식으로 나오면 수민 오빠한테 재욱 언니랑 오빠가 키스한 거 다 말할 거닷!"

"그럼 쌍꺼풀 수술 예약 취소한다."

그러자 그녀의 위협에 수현이 대자로 누워 태평하게 대답했다. 아아, 둔한 남자야. 그대 이름은 바로 설수현!

"맘대로 해라? 나 어차피 수술 안 할 거다!"

수안은 혀를 낼름 내밀고 수현의 방을 빠져나왔다.

"야, 설수안!"

자신있게 방문을 쿵! 닫는 그녀의 모습에 위기를 느꼈던지 수현이 급하게 일어났지만 수안은 잽싸게 일층으로 내려왔다. 그리고 아무 할 일이 없어 집 안을 유령처럼 떠돌던 수민이 주방에서 나오는 것을 보고 팔을 덥석 잡았다.

"작은오빠아, 빅뉴스다. 십만 원 줘!"

다음 촬영 스케줄까지 아직 일주일이나 남아 지루함에 몸부림치는 수민이 '빅뉴스'란 말에 솔깃해 대답했다.

"오만 원 줄게, 말해봐라."

"팔만 원!"

"칠만 원 준다."

"야! 설수안, 너 죽는다?"

우당탕 계단을 뛰어내려 오는 수현을 본 수안은 얼른 수민에게 소리쳤다.

"알았어, 칠 만원! 큰오빠랑……."

"야!"

"큰오빠랑 재욱 언니랑 키스했다! 오빠, 칠만 원 잊지 마라!"

쿵!

　수안은 얼른 자신의 방으로 들어가 문을 걸어 잠갔다. 당황함에 얼굴이 빨개진 수현이 미친 듯이 문고리를 잡고 흔들었지만 굳게 닫힌 문은 대답이 없었다.

　"어유, 너 나오면 아주 가만 안 둘 거다!"

　마구 씩씩거리며 문을 두드리던 수현이 돌아서자, 석상처럼 굳은 수민이 그를 보고 있었다.

　"뭐!"

　이판사판이다! 수현은 눈을 부라리며 수민을 을러댔다.

　"할 말 있어?"

　하지만 수민은 '빅뉴스' 따윈 듣지 못했던 것처럼 무표정한 얼굴로 수현을 보기만 했다.

　"젠장!"

　그러자 수현이 제 풀에 더 짜증을 내며 수민을 지나쳤다.

　"형?"

　"왜!"

　"미쳤지?"

　뭐라는 거야? 삼복더위에, 짜증에, 거기다 빅싱처럼 굳은 동생을 상대하노라니 아주 돌아가실 지경이었다.

　"그래! 미쳐서 나 재욱이랑 키스했다. 재욱이랑 키스하고 연애도 할 거다! 이왕이면 결혼도 할 건데! 왜! 설수민, 놀리려면 얼른 놀려!"

　"형!"

가슴 당당히 선언한 수현에게 수민이 답삭 안겨왔다.

"이놈이 왜 이러는 거야!"

그만큼 덩치 좋은 녀석이 품에 안기자 수현이 질색을 해서 물러났다. 하지만 수민은 물러나지 않고 더 힘을 주어 수현을 끌어안았다.

"안 돼, 안 돼! 재욱 누나는 내 첫사랑이란 말이야! 난 내 첫사랑이 형이랑 그렇고 그렇게 되는 거 죽어도 못 봐!"

"야! 누가 네 첫사랑이야! 우리 재욱이 눈독 들이지 마라. 엉?"

"안 돼! 재욱 누나아, 누나, 왜 그렇게 눈이 낮아! 설수현보다 설수민이 더 낫지!"

"어휴!"

족쇄처럼 옭아맨 수민의 팔에서 버둥거리는 수현이 비 오듯 땀을 흘리며 씩씩댔고, 모처럼 좋은 장난을 발견한 수민이 활짝 웃으며 통곡을 했다.

"어어엉, 누나아. 다시 생각해!"

"으악! 정말 왜들 이래!"

수화기 너머는 한바탕 전쟁인 듯했다.

[오빠, 수현 오빠가 그랬다? 정말 나쁘지?]

"그래, 정말 나쁘다."

희미한 비명 소리, 그에게 이런 소리가 들릴 정도면 지금 수안의 집은 말 그대로 폭풍이 몰아치고 있을 것이다.

[나 오빠 말대로 쌍꺼풀 수술 안 하기로 했어. 그래서 수민 오빠한테 칠만 원 받기로 하고 확 폭로했다? 잘했지?]

"응."

미처 과거에서 다 빠져나오지 못했다.

쾌활하기만 한 수안의 목소리에도 도저히 힘을 얻을 수가 없었다. 태원은 회전의자 깊숙이 몸을 묻고 그저 대답만 할 뿐이었다.

한참을 종알거리던 녀석이 대뜸 물었다.

[오빠, 왜 그래?]

"응?"

[왜 그렇게 기운이 없어? 점심은 먹었어?]

"응."

낮기만 한 대답에 녀석이 당황할 거란 것을 알지만, 어쩔 수가 없었다.

"수안아, 오빠가 나중에 다시 전화할게. 지금은……."

[오빠, 나중에도 전화하고 지금은 만나자. 괜찮기? 니 지금 나갈 거야. 꼼짝하지 말고 회사에서 기다려.]

"……."

그의 대답은 기다리지도 않은 채 수안이 전화를 끊었다. 신호음만 가는 수화기를 들고 멍하게 앉은 그가 고개를 돌려 창밖을 바라보자 긴 여름 낮이 저물고 있었다.

붉은 석양에 물든 하늘. 태원은 수화기를 내려놓고 자리에서 일어났다.

"오빠!"

금방 온다더니, 정말 날아왔는지 녀석이 그를 향해 소리쳤다. 도저히 어두운 공간 홀로 앉아 있을 수가 없었던 그가 정문을 서성이는 것을 본 수안은 반가워 어쩔 줄 몰라 했다. 순수한 기쁨이 가득한 얼굴을 보자 가슴속 고통들이 조금 작아지는 듯했다.

"우리 한강 가자. 너무 더운데 거기 가면 좀 시원할 거야."

"더우면 그냥 어딜 들어가는 게 낫지 않니?"

"어유, 냉방병이 얼마나 무서운데. 절대 안 돼. 나 보여줄 것도 있단 말이야."

"그래, 알았어."

차에 올라탄 수안이 열성적으로 한강을 원하자, 태원은 별다른 말 없이 한강으로 차를 몰았다.

해가 진 여름 한강변은 더위를 피해 나온 사람들로 북적거렸다. 비교적 한가한 곳에 차를 주차하고 평화롭게 걷던 중 수안이 옆으로 맨 작은 가방 안을 뒤적거렸다. 그리고 원하는 것을 찾았는지 신이 나 그의 앞에 섰다.

"짜짠~"

수안은 여행용 샴푸 통만한 작은 플라스틱 통을 자랑스럽게 들고 보여주었다.

"뭐야?"

"비눗방울. 오빠네 회사 오다가 문구점에서 샀어. 한번 불어 볼까?"

뚜껑을 열고 노란 플라스틱 막대를 비눗물에 몇 번 담근 후 동그란 입으로 후후 불자 비눗방울이 하늘로 날아올랐다. 그가 홀린 듯 멍하게 그것을 바라보자, 신이 난 수안은 연신 비눗방울을 불어댔다.

"오빠, 여기서 보면 방울이 주홍빛이다?"

아이처럼 팔랑거리며 가로등 아래로 뛰어간 녀석이 가로등 불빛을 향해 불자, 녀석의 말대로 주홍빛 구슬이 아롱졌다.

나풀거리는 청 스커트에 하얀 색 민소매 니트를 입은 녀석이 주홍 구슬 속에서 그를 향해 웃는 것을 보자 마치 천사가 웃는 듯한 착각이 들었다. 다른 누구도 아닌 그만의 천사. 수안을 향해 한 발짝 다가서자 녀석도 그를 향해 다가왔다.

"오빠도 불어볼래?"

수안이 그를 향해 비눗물 통을 들이밀었다.

머뭇거림도 잠시, 태원이 수안의 작은 손에서 그것을 받아 들어 수안이 했던 것처럼 후 불자 방울이 커다랗게 퍼져 갔다.

"아, 너무 예쁘다. 난 낮에만 이거 불어봤는데, 밤에도 너무 예쁘다."

그가 피워낸 방울을 수안이 감탄 어린 눈으로 보았다.

“그래, 참 예쁘다.”

“응, 오빠. 너무 예뻐. 근데 저렇게 예쁘지만 방울은 터져야 해.”

“응?”

녀석의 뜬금없는 말에 태원이 보자 수안은 여전히 하늘을 보고 있었다.

“우리가 보는 비눗방울은 저렇게나 예쁘지만 동그란 원에 갇힌 공기는 너무 답답하잖아. 뻥 하고 터지는 순간, 비누 냄새 나는 공기가 아닌 세상의 시원한 공기를 숨 쉴 수 있어. 뻥! 터져서 형체가 사라지는 비눗방울처럼 감정도, 미움도, 아픔도 다 마찬가지야.”

마치 모든 것을 알고 있다는 눈. 태원은 말문이 막혔다.

“밖에서 보기 때문에 아름다운 비눗방울이 안에서 보면 얼마나 답답할지 생각해 봤어?”

“너…… 수안이 너 그런 말은 왜……?”

“오빠, 사랑을 담은 방울이 터지면 세상에 사랑이 전해지고, 아픔을 담은 방울이 터지면 아픔이 사라지고 새살이 돋을 거야.”

제법 진지한 얼굴과 진지한 어조에 태원은 정신을 차릴 수가 없었다.

“왜 그런 말을 하는 거지?”

그러자 녀석은, 그 옛날 그의 속을 뒤집을 때 짓곤 하던 천연

덕스런 미소를 삐죽 지어 보였다.

"히히, 멋있잖아."

잠시 어이가 없어 말문이 막히던 것도 찰나, 개구진 아이처럼 웃고 있는 녀석을 따라 태원도 웃고 말았다.

"후훗."

"내가 불래. 비눗물 통 이리 줘."

그의 웃음을 따라 수안이 불어준 비눗방울이 춤추었다.

수안의 엉뚱한 위로에 태원의 기분이 점점 좋아졌다.

자신의 출생과 학대, 그리고 지금 살아남기까지의 삶을 수안이 알 거라 생각하지 않았다. 물론 그것을 알게 할 마음은 추호도 없었다. 기껏 동정이나 받을 지난 삶 따윈 수안이 모르게 하고 싶었다.

태원은 녀석이 지금껏 그래왔던 것처럼, 그를 만나 수안이 그저 행복하고 밝기만 바랐다. 그의 사랑이 짐이 되질 않길 바라고 있었다.

하지만 지금처럼, 마치 모든 것을 알고 있는 듯 그의 상처받은 마음을 어루만져 주는 것은 놀라울 뿐이었다. 수안을 밀어낼 마음도 없었지만, 밀어내려 해도 밀려나지 않고 더 많은 것을 차지하고 있었다. 그의 마음 전부를 말이다.

태원은 그의 손을 꼭 잡고 걷는 수안을 내려보았다. 흥얼흥얼 콧노래를 부르며 유쾌하게 걷는 녀석.

"어?"

문득 녀석이 우뚝 서 동그래진 눈으로 앞으로 바라보았다.

무슨 일인가 싶어 녀석의 시선을 따라가니 앞에 웬 검은 자동차가 주차되어 있었다. 무심한 눈으로 차를 보곤 다시 녀석을 바라보자 수안은 무슨 영문인지 검지로 차를 가리키며 시선을 떼지 못했다.

"왜 그러니?"

"오빠, 저 차."

"그래, 그냥 차야."

"응, 그냥 차인 건 알아. 그런데 오빠?"

"왜?"

자꾸만 끊어지는 대화에도 그가 인내심을 발휘하여 대답하자 수안이 속삭이듯 중얼거렸다.

"차가 꿈틀거려."

"응?"

너무나 난데없는 말에 영문을 몰라 수안의 시선을 따라 쳐다보자 자동차는 정말 미세하게 요동하고 있었다.

젠장! 그것이 무엇을 의미하는 것인지 단번에 알아차린 태원이 얼른 수안을 돌려 세웠다.

"저 길로 가자."

"아, 왜? 오빠 차 저기 있는데 그냥 이쪽으로 가자."

"안 돼!"

태원은 녀석의 호기심이 뒤돌아보게 하는 것을 막기 위해 그림자처럼 뒤에 버티고 섰다.

“설수안, 얼른 가자.”

“오빠, 저 차 말이야. 지금 그거 하는 거지?”

“더운데 팥빙수 먹을까?”

하지만 수안은 진지했고 호기심에 두 눈이 반짝거렸다.

“희선이가, 오빠, 희선이 누군지 모르지? 내 제일 친한 친구거든. 걔가 말하길 한적한 강변에 세워진 차가 요동하는 건 딱 하나라고 했다?”

“과일빙수가 좋겠지?”

동분서답.

“카섹스 말이야.”

“걔랑 같이 놀지 마!”

결국 우뚝 멈춰 선 태원이 얼굴을 붉히며 바락 소리쳤다.

“어디서 어린애들이 그런 말을 해! 절대 같이 놀지 마.”

“왜 이러셔? 애들이라니? 나 스물세 살이거든? 옛날 같으면 벌써 손녀 볼 나이다 뭐? 흥!”

“설수안!”

마치 자신의 추태를 보인 것마냥 당황한 태원이 권위적인 목소리로 수안을 불렀지만, 어디 그런 것이 먹힐 녀석이던가!

“오빠도 저거 해봤어?”

설상가상 한술 더 뜬 질문에 태원이 수안의 머리를 꽁 쥐어박았다.

“얼른 가.”

“치…….”

무시무시한 그의 목소리에 더 질문은 못하고 그를 따라 걷는 수안의 고개가 자꾸만 뒤로 돌아갔다.

태원은 그런 수안의 고개를 꼭 잡아 정면을 바라보게 했다.

그래, 잠시도 아플 겨를이 없구나. 녀석의 호기심과 위로와 사랑이라……. 그런데 어찌 이 녀석을 사랑하지 않겠는가…….

“정말 해봤니, 안 해봤니?”

“후훗.”

끈질김까지 모두.

태원의 가슴속 작은 비눗방울이 하나 뻥 터지더니, 하늘로 쏘아올린 폭죽처럼 연달아 터지기 시작했다.

카섹스에 대한 숨김없는 호기심의 상대가 되다 보니, 머리가 어질어질할 지경이었지만 녀석의 질투가 싫지 않았다.

방종한 삶을 살지 않았지만 그렇다고 수도승처럼 살지도 못했다. 하지만 그것을 절대 녀석에게 고백하지는 않을 테다.

수안의 관심을 겨우겨우 돌려 저녁을 먹고 사이좋게 아이스크림을 나눠 먹노라니 삶이 참 단순하고 행복했다.

“오빠.”

틈틈이 그의 옷깃을 잡으며 입술을 새처럼 뾰족이 내미는 녀석은 아무리 보고 또 봐도 지치지 않는다. 웃으며 녀석의 입술에 입술을 대자 코끝 가득 바닐라 아이스크림의 향기가 풍겨왔다. 보드랍고 사랑스러운 녀석.

그저 입술만 슬쩍 부딪친 키스 아닌 키스지만, 노골적인 유혹에 미친 키스보다 더 깊게 남았다.

눈이 마주치자 수안이 씨익 웃었다. 태원 역시 수안의 머리를 쓰다듬으며 마주 웃었다. 시간 속으로 흘려보내고 싶지 않을 만큼 이 순간이 너무 좋았다.

아쉬운 순간은 정말 빨리 흘러갔다. 수안을 집 앞까지 데려다주자, 녀석이 대뜸 그를 돌아보았다.

"오빠, 밥은 정말 잘 챙겨 먹어야 해. 아무리 입맛이 없어도, 먹지 않으면 삶의 의욕까지 잃으니까. 내 말 알았지?"

"훗, 그건 또 왜 그런 거야? 왜 먹지 않으면 삶의 의욕까지 잃어?"

"오빠, 그거 몰라? 사람이 아프면 말이야, 먹고 싶은 열망은 가득하지만 먹을 수가 없어. 소화를 못 시키거든. 그럼 먹고 싶은 것도 자꾸 적어지고…… 그러다 보면 죽는 거야. 오빠, 그거 알아? 오빠는 먹을 때 맛없게 먹어. 많이 먹지도 않고 말이야."

수안의 말이 모두 맞기에 태원은 그저 듣기만 했다.

"나 학기 중에 자원 봉사 다니는데 할아버지, 할머니들이 그래. 밥맛이 없으면 죽는 거라고. 오빠, 정말 복스럽게 먹어야 해. 알았어?"

오늘따라 이 녀석, 너무 진지하게 그의 가슴에 파고든다.

"누가 어른인지 모르겠네. 쓸데없는 걱정 하지 말고 얼른 들어가.”

“약속 안 했잖아! 얼른 약속해. 절대 밥 거르지 않겠다고, 그리고 푹푹 맛있게 먹겠다고 약속하란 말이야.”

수안의 집요함엔 당해낼 장사가 없다. 어린 시절부터의 습관을 어떻게 단숨에 고치란 말인가.

하지만 태원은 녀석의 앞머리를 넘겨주며 약속했다.

“알았어. 누구 명령인데 감히 그 말을 어겨. 걱정하지 마, 꼬마.”

“약속한 거다?”

영 의심스러운 기색이 역력한 수안을 보며 태원이 새끼손가락을 올렸다. 그리고 수안의 손을 잡아당겨 자신과 걸게 하고 흔들었다.

“새끼손가락 걸고 약속했다.”

그러자 수안이 손바닥을 마주하며 소리쳤다.

“복사, 코팅.”

“후훗. 그래, 복사, 코팅.”

“응, 그리고 도장.”

수안이 태원의 얼굴을 끌어당겨 쪽 소리가 나게 입술을 부딪쳤다.

태원은 멍하게 자신의 입술에 손을 댔다. 두 사람 모두, 그것이 수안이 먼저 한 첫키스라는 것을 알기에 잠시 침묵했다. 결국 수안이 후다닥 차에서 뛰어내렸다.

조금 부끄럽긴 했지만 뭐, 이 정도야.

수안은 가슴을 활짝 펴고 태원의 차를 툭툭 두드렸다.

"얼른 가. 늦었어. 내 꿈 꾸고 푹 자야 해."

그녀의 모습에 함박웃음을 머금은 태원이 손을 흔들자 수안은 자리에서 폴짝폴짝 뛰며 배웅에 여념이 없었다.

"안전 운전해. 오 분 일찍 가려다 어떻게 되는지 알지? 조심조심."

"알았어. 간다."

태원이 멀어질 동안 손을 흔들어준 수안이 뒤돌아섰다.

"엄마얏."

자리에서 돌아선 수안은 시커먼 남자의 모습에 숨이 멎을 듯 놀랐다. 검은 양복을 입고, 어두운 밤 선글라스까지 낀 남자의 모습에 너무 놀라 맛있게 먹었던 저녁 식사가 위에서 요동을 쳤다. 힘껏 비명을 지르려는 찰나, 남자의 뒤에서 역시 검은 정장을 입은 여자가 모습을 드러냈다.

"놀라게 해서 미안하군요. 설수안 씨 맞죠?"

날카롭게 생긴 여자는 목소리마저 신경질적이었다. 수안은 자신의 이름을 알고 있는 사람들의 모습에 비명을 지르려다 말고 고개를 끄덕거려 주었다.

"맞는데요. 그런데 대체 누구세요? 누군데 검은 옷차림을 하고 남의 집 앞에 서 있어서 사람을 이렇게나 놀라게 해요?"

"잠깐 차로 가시겠습니까?"

하지만 여자는 그녀의 말에는 대답하지 않고 십 미터 정도 떨어진 검은 차를 가리켰다. 여자의 손가락이 뻗어가는 대로 지켜보던 수안은 어깨를 으쓱거렸다.

"왜요?"

"우리 아가씨가 잠시 만나길 원하십니다."

"당신 아가씨가 누군데요?"

"가시죠."

한 발자국도 움직이지 않고 서서 묻기만 하는 수안의 모습에 인내심을 잃었던지 여자가 남자를 향해 고갯짓을 하자, 검은 깍두기가 수안의 팔을 덥석 잡았다.

하지만 수안이 누구던가. 사범대 체육학과 학생! 덩치에게 고분고분하게 당해주라고 그 비싼 등록금 내고 사대 체육학과에 다니는 게 아니란 말이다!

수안은 자신을 잡는 남자의 손을 비틀며 나비처럼 잽싸게 빠져나왔다.

"이 사람들 참 당황스럽네? 이봐요, 지금 남의 집 앞에서 당신들 아가씨 만나자고 날 강제로 데려가요? 이건 납치 아닌가? 내가 여기서 소리만 지르면 우리 동네 사람들 다 뛰어나오거든요?"

작은 체구의 그녀를 만만하게 보고 다가서던 남자는 자신의 손아귀에서 가볍게 팔을 비틀어 빠져나가는 수안의 모습에 당황한 듯했다.

마찬가지로 당황한 기색이 역력한 여자가 수안 앞으로 다가
설 찰나,

"그만."

검은 차에서 그들의 아가씨가 모습을 드러냈다.

누군가 했더니 그 설익은 아이였다. 운전기사와 비서가 상대
하는 여자를 보던 소라의 눈이 언짢게 흐려졌다.

그래, 호텔 앞에서 태원은 그녀를 버리고 저 여자를 택했었
지. 감히 내 눈 앞에서 태원의 손을 잡았던 여자.

녹록찮게 자신의 사람들을 상대하는 여자를 보던 소라는 차
에서 내려 수안을 향해 다가갔다.

"내 사람들이 실례를 했군요. 미안해요. 그런데 우리 구면이
죠?"

"흠, 누구세요?"

"호텔 앞에서 만나지 않았던가요? 추하게 울고 있었던 사람
이 맞는 것 같은데……."

소라는 가정교사에게 배운 대로 우아한 미소를 마음껏 지어
보였다.

"잠깐 이야기 좀 할까요?"

추하게 울고 있던 사람!

수안은 여자의 표현에 발끈해 기억을 더듬어보았다.

"아하, 그때 그 노란……."

여우? 날도 더운데 노란 머리털을 다 풀어헤치고 하얀 원피스를 입었던 여자? 그렇지. 그래, 우리 태원 오빠한테 앙칼지게 소리 질렀던 그 여자!

수안은 팔짱을 낀 채 서서 여자를 바라보았다.

"무슨 이야기요? 하실 말씀 있으면 여기서 하세요."

"여기서 말하기에는 곤란한 이야기예요. 잠깐 차에 타세요."

"그럼 됐어요. 곤란한 이야기는 서로 안 하고 안 듣는 게 낫죠."

더운 밤, 가만히 있어도 땀이 줄줄 흐르는 판에 무슨 가면무도회 차림도 아닌 여자의 호화로운 꽃무늬 원피스를 보기가 점점 짜증이 났다.

"안녕히 가세요."

수안은 귀를 후비며 뒤돌아섰다. 그러자 웃음기 어린 여자의 목소리가 들렸다.

"태원 씨 이야기인데 듣고 싶지 않나 봐요? 당신이 모르는 이야기가 아주 많은데 궁금하지 않아요?"

천천히 뒤돌아보자 여자는 영락없는 여우처럼 그녀를 노려보고 서 있었다. 태원의 이름이 여자 입에서 마치 장난처럼 들리자 기분이 이상했다.

"내가 모르는 이야기라……. 궁금하긴 하군요. 하지만 이렇게 무례하게 찾아와 무조건 차에 타라는 당신에게 꼭 듣고 싶을 만큼 궁금하지는 않아요. 궁금한 건 내가 직접 물어보면 되죠. 내

질문에 오빠가 거짓말할 사람이 아니란 걸 알거든요.”

“하지만 당신 때문에 사장 자리에서 밀려날지도 모르는 그 말을 할까요?”

자신만만한 여자의 얼굴이 기어이 굳어졌다. 소라는 한껏 발톱을 드러내며 앙칼지게 말했다.

“더러운 술집 작부의 아들이 우진 사장 자리에 있을 수 있는 건 다 나 때문이죠. 나와 결혼해 선한의 영향력 아래 있을 그를 알기에 이사회에서 참아주는 거라고요. 그런데 지금 당신이 그와 내 사이에 껴들어 장난질 치는 바람에 태원 씨가 바닥으로 추락하고 있다고요.”

저 여자가 지금 뭐라는 거지? 수안은 자신의 귀를 의심했다.

“잘 들어요. 당신이 정말 생각이 있는 여자라면 결론이 나겠죠. 아무리 그가 박씨 집안의 유일한 남자라 해도 출생이 그를 잡고 있다는 걸. 이도 저도 아닌 추한 출생을 가진 남자가 우진의 사장이 되기 위해선 무엇이 필요한지 잘 생각해 봐요.”

여자는 일방적으로 자신의 할 말만 한 채 돌아섰다. 여자의 뒤로 깍두기와 신경질 여자가 따라갔지만 수안은 멍하게 서서 그늘만 바라보았다.

저 여자 미친 거 아닐까? 왜 태원 오빠가 이도저도 아닌 그저 추한 출생을 가진 남자야? 태원 오빠는 혼자 있어도 반짝반짝 빛을 내는 사람이라고. 그런데 오빠가 자신의 자리를 지키기 위해 저 여자의 도움을 필요로 한다고? 천만의 말씀!

수안은 사람들이 올라타 막 시동을 거는 차 앞으로 뛰어갔다.

쿵! 쿵!

"이봐요!"

그녀는 보닛을 발로 차며 큰 소리로 여자를 불렀다.

"뭐예요?"

그러자 창문이 내려가고 여우가 모습을 드러냈다.

"당신이야말로 정말 생각있는 여자라면 잘 생각해 봐요. 출생 따위로 오빠를 감싸주지 못하는 사람들이라면 태원 오빠한테도 그런 사람들 필요없어요. 그리고 오빠가 조건을 충족시켜야 차지하는 자리 따위에 연연해하는 사람으로밖에 안 보여요? 당신, 미친 거 아니에요?"

"뭐라고요?!"

수안의 말에 발끈한 여우가 화르륵 불타올랐다. 그러거나 말거나 수안은 챠의 타이어를 뻥 차며 소리쳤다.

"가요! 다시는 우리 집 앞에 얼씬거리지도 말아요. 한 번만 더 와봐! 못으로 차 다 그어놓을 거야!"

"이 여자가……."

타이어를 마구 차는 그녀를 위협적으로 노려보며 깍두기가 내려설 찰나, 대문이 열리며 수현이 모습을 드러냈다.

"막둥아, 동네 사람들 다 깨우겠다. 무슨 일이냐?"

"이 차, 우리 동네 차도 아닌데 불법으로 서 있잖아!"

수안은 뒤도 돌아보지 않고 여우를 노려보며 소리쳤다.

“견인해 가라고 신고해, 오빠.”

“수안아, 무슨 일이야?”

지나치게 앙칼지고 지나치게 차가운 동생의 목소리에 이상한 낌새를 눈치챈 수현이 다가오자 차는 시동을 걸었다. 여우가 창문을 올리는 것과 동시에 차가 출발했다.

수현이 다가와 섰지만 수안은 매캐한 연기를 남기고 사라지는 차를 노려보았다.

“왜? 수안아, 무슨 일이야?”

“저 차가 너무 기분 나빠. 불쾌해.”

“흠……”

두 주먹을 쥐고 있는 동생의 모습이 너무 이상했지만 수현은 아무것도 묻지 않았다. 뭔가 있는 것은 확실한데 말을 하려 하지 않는 수안을 더 다그치면 성질만 낼 것이다.

“들어가자. 밤이 늦었어.”

“응.”

수현에게 손이 잡혀 들어가면서도 수안은 차가 사라진 방향을 한 번 더 노려보았다.

방으로 늘어온 수안은 입술을 잘근잘근 깨물며 허리춤에 손을 올렸다. 더 해대지 못한 것이 억울하고 분해 견딜 수가 없었다.

더러운 술집 작부의 아들이라니……

“감히 누굴! 누구에게 그딴 식으로 말하는 거야!”

수안은 마치 여우가 눈앞에 있기라도 한 듯 앙칼지게 소리
쳤다.

Rrrrrrr.

요란한 휴대전화 벨이 울리자 짜증이 역력한 손길로 그것을
잡았다.

"네."

[꼬마.]

성질이 나 번호도 확인하지 않고 받았더니 상대는 다름 아닌
태원이었다.

[목소리가 왜 그래? 수현이가 또 화나게 했어?]

절대 자신의 속마음을 내색하지 않은 채, 평화롭기까지 한 태
원의 어조가 순간, 너무 마음 아프게 느껴졌다. 수안이 침대 위
로 스르륵 주저앉으며 대답했다.

"아니, 아무 일 없는데?"

[그래? 목소리가 영 안 좋은데? 꼬마, 너 여름 감기 하려는 거
아니야?]

"더러운 술집 작부의 아들이 우진 사장 자리에 있을 수 있는
건 다 나 때문이죠. 나와 결혼해 선한의 영향력 아래 있을 그를
알기에 이사회에서 참아주는 거라고요."

수안은 자신도 모르게 눈가를 적시고 있는 눈물을 쓰윽 닦아

냈다.

"내가 얼마나 건강한데 그래."

[아무리 건강해도 조심하고 또 조심해야 하는 거야. 이불 꼭 덮고 자. 알았지?]

수화기 너머 태원은 다정하고, 그윽했다.

"알았어, 오빠."

걱정하지 마, 오빠.

"오빠나 운전 조심해서 가. 지금도 운전하면서 전화하지? 얼른 끊고 앞만 보고 가기다. 알았지?"

내가 지켜줄게.

[알았습니다. 수안이도 잘 자라.]

"응. 오빠 잘 자. 내 꿈 꿔."

나 혼자서 못 지켜주면…… 수현 오빠 힘도 빌리고, 수민 오빠 힘도 빌리면 돼. 그래도 안 되면 우리 엄마, 아빠가 오빠를 지켜줄 거야. 그딴 여우 말에 상처받지 않고, 그딴 쓰레기 집단에 인정받기 위해 발버둥 치지 않게 내가…… 우리가 지켜줄게. 걱정하지 마.

귓사를 어지럽히는 웃음을 남기고 태원이 전화를 끊자 수안은 조용히 휴대전화의 폴더를 내렸다.

십이 년 전, 물안개 으슥하던 그날 밤은 그를 외로움과 고통 속에서 지켜줄 수 없었지만 이제는 아니었다. 그때는 그저 어리기만 했던 그녀였지만 지금은 어른이 됐다. 그때는 단순히 좋아하던 태원 오빠였지만 지금은 사랑하는 태원 오빠가 됐다.

지켜줄게.

수안의 커다란 눈동자에 물기 어린 각오가 가득했다.

수안과의 전화를 끊은 태원은 희미한 미소를 지으며 운전에 집중을 했다. 열대야인지 깊은 어둠이 드리워진 거리는 숨이 턱턱 막힐 정도로 더웠다. 그를 스치고 지나가는 한 줌 바람에 감사하며 돌아오는 길, 오피스텔을 한 블록 앞에 두고 휴대전화가 요란하게 울렸다.

번호를 확인하니 상우였다.

[사장님, 접니다.]

"그래, 무슨 일이야?"

빠른 말투로 전하는 보고에 차를 급히 인도 근처에 주차시킨 태원의 얼굴이 잔뜩 흐려졌다.

[다행히 별다른 일은 없었지만…….]

"알았어, 최 실장. 절대 실수하면 안 된다. 철저히 주의시켜."

[네, 알겠습니다.]

전화를 끊은 태원은 시동을 걸지 않은 채 운전대를 툭툭 쳤다. 한 번, 두 번. 가벼운 손짓으로 치던 운전대를 기어이 힘껏 내려쳤다.

빠앙!

깊은 밤, 불야성을 이룬 도로 한복판에 클랙슨 소리가 요란하게 퍼져 나갔다.

태원은 운전대 위로 머리를 숙였다.

알게 하고 싶지 않았는데! 절대, 무엇도 그의 얼룩진 지난 삶을 알리고 싶지 않았다.

그런데 기어이 알려지고 말았다. 그것도 방심하던 정소라에 의해. 태원은 하얗게 빛이 바랠 만큼 꼭 쥔 주먹을 내려보며 허탈하게 중얼거렸다.

"젠장…… 틀린 말도 아니지. 넌 더러운 술집 작부의 아들……. 구박받고 천대받은 박태원…… 그게 너지."

수안이 그것은 전혀 상관없는 일이라 해도 그가 싫었다. 혼란하고 추한 그의 세상을 들킨 것은 죽기보다 싫은 일이었다.

태원은 고개를 들어 룸미러를 응시했다. 잔뜩 굳어지고 차가워진 얼굴이 네온사인 불빛에 반사되어 보였다.

정소라가 수안을 눈치챘다는 말은 곧…….

막 정화를 떠올릴 찰나 룸미러에 눈을 바로 뜰 수 없을 만큼 강렬한 빛이 반사되었다. 저도 모르게 한 손을 들어 눈을 가린 그가 고개를 돌릴 찰나,

쿵!

차가 무엇인가 강한 힘에 부딪쳤다. 손쓸 틈도 없이 돌진한 무엇, 태원이 운전대 위로 쓰러졌다. 어디서인지 붉은 피가…… 힘없이 늘어진 태원의 손등을 적시고 흘러내리기 시작했다.

끼익!

차를 들이받은 정체는 다름 아닌 사륜구동이었다. 점점 희미해지는 소음 사이로 사내들의 거친 욕설과 함께 구둣발 소리가 들렸다.

"씨팔! 뭐야!"

당혹스러운 거친 음성 사이로 새된 남자의 음성이 들렸다.

"뭐 해! 얼른 사장님 모시고 나와!"

상황을 알 수 없는 태원은 익숙한 목소리를 듣는 순간 안도했다. 손끝 하나 움직일 수 없을 만큼 의식이 몽롱해졌지만, 태원은 걱정하지 않았다.

단 하나, 수안이. 녀석…… 걱정할 텐데…….

점점 의식이 사라져 갔다.

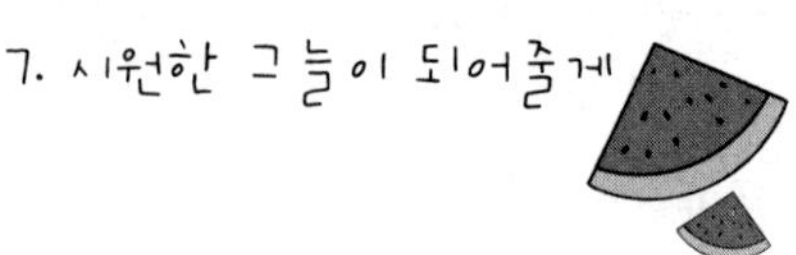

시간이 새벽으로 접어든 거실은 후덥지근했다. 하루 세 시간, 에어컨 할당 시간을 한낮에 모두 쓴 탓에 더운 바람만 돌아가는 선풍기 앞에서 수민과 수안이 티격태격 말싸움 중이었다.

"싫어, 안 해!"

"야야, 그냥 하자. 응?"

"안 한다니까? 날도 더운데 무슨 장기냐? 됐어, 됐어."

여러 가지 생각들과 열대야로 잠을 이룰 수 없는 수안은 자꾸만 눈치없이 귀찮게 구는 수민을 홱 밀쳐 냈다.

"잠도 안 오잖아. 그냥 해. 하다 보면 지겨워서 잠 오잖아."

"어유, 수준이 의심스러워, 정말. 너무 더워서 숨 쉬기도 싫거든? 그러니까 그냥 있자. 응?"

"야!"

지겨움에 몸부림치는 수민이 동생의 짜증에 울컥해 소리 지르자, 방문이 벌컥 열리고 부스스한 머리의 수현이 뛰어나왔다.

"아유, 시끄러워서 잠을 못 자겠네! 너들 안 자? 나 새벽에 출근해야 한단 말이야!"

수현의 등장에 수민이 반색을 해 달려들었다.

"형! 나랑 장기 하자!"

"휴. 설수민, 늦었거든? 그만 자자."

"형아, 형아! 나 정말 심심해!"

"큰오빠, 신경 쓰지 말고 들어가. 작은오빠 상태가 영 심란해."

"형아, 형아."

촬영이 끝난 영화의 캐릭터를 그대로 흉내 낸 수민이 혀 짧은 소리를 하자 심각한 얼굴의 수현이 수민 앞에 쪼그리고 앉았다.

"출근할 때 병원 같이 가자."

"왜에?"

너무나 천진한 동생의 얼굴을 보며 수현은 더없이 진지했다.

"아무래도 너 정신과적 치료가 필요한 것 같다."

"야!"

형의 말에 발끈한 수민이 소리쳤지만 오라비들의 대화를 들은 수안은 웃음을 참지 못해 키득거렸다.

"후훗, 그럴 줄 알았어."

"이제 자자. 응?"

더위에 지치고 잠에 취한 수현이 중얼거리며 방으로 들어가자 수안도 자리를 털고 일어났다.

"오빠, 그러지 말고 고스톱을 쳐. 인터넷으로 치면 되잖아."

"싫어. 안 그래도 각박한 세상에 할 게 없어 모니터 보고 고스톱이냐? 인간성 말살의 시대야. 하여튼!"

진정한 형제애를 느끼지 못한 수민이 샐쭉해져 빽 소리를 지르고 자신의 방으로 들어갔다.

"흥, 언제는 잘만 하더니 왜 저러셔?"

샤워를 했지만 더위에 속수무책 땀을 흘리며 아래층으로 내려와 방으로 들어온 수안은 침대 위로 풀썩 누웠다. 아무리 더워도 잠은 잘 잤는데 왜 이렇게 잠들기가 힘이 들까?

스스로 생각하기에도 지나치게 신경이 날카로웠다. 아까 그 노란 여우 때문일 것이다. 젠장!

수안은 더 해대지 못한 것이 두고두고 후회가 됐다.

마치 여우가 눈앞에 있는 양 허공을 향해 매서운 라이트 훅을 날리는 찰나, 수현의 목소리가 크게 들려왔다.

"사고라니요? 항상 경호원이 따라다니는 녀석이 무슨, 확실합니까?"

상대를 다그치는 수현의 목소리는 다급했고 초조했다.

"알았습니다. 지금 바로 가겠습니다."

무슨 영문인지 궁금한 수안이 자신의 방문을 열어 고개를 내밀고 계단을 내려오는 수현에게 물었다.

"오빠, 왜?"

"나 나간다."

하지만 수현은 그녀의 말을 듣지 않고 현관을 빠져나갔다.

"무슨 일이지?"

집 안에서는 어지간한 일이 아니면 절대 인상을 쓰거나 목소리를 높이지 않는 수현을 알기에 굳은 얼굴로 나가는 오빠가 걱정이 됐다.

가족이나 친구가 아닌 이상, 오빠들이 얼마나 인정머리없게 냉정한지 종종 보았기에 설수현의 감정을 도발한 사람이 누군지 심히 걱정이 됐다.

수안은 짐짓 가슴 위로 성호를 그었다.

"누군지 모르지만 설수현을 상대하시고 부디 극락왕생하시길."

성모 마리아와 부처님께 동시에 기도를 드린 수안은 방문을 닫았다.

얼마나 속도를 내어 왔는지 모르겠다. 주차장에 제대로 주차할 겨를도 없이 눈에 띈 빈자리에 차를 세운 수현이 미친 듯이 병원 안으로 뛰어들어 갔다.

수술 중임을 알리는 팻말 아래 초조하게 모여선 사람들.

"대체 무슨 일입니까?"

그러자 땅딸막한 체구에 힘상궂은 얼굴을 한 남자가 걱정스럽게 말문을 열었다.

"지금 수술 중이십니다. 생명이 위독하실 정도는 아니지만 부상 정도가 꽤 심각하답니다."

"젠장! 대체 어떻게 사고가 난 겁니까?"

"사장님께서 잠시 정차한 사이 뒤에서 그대로 들이받았습니다."

그것은 분명, 오너를 지켜야 할 경호원들의 잘못. 상우는 얼굴을 들 수가 없었다.

"빌어먹을!"

화를 참지 못한 수현은 그만 벽을 내려쳤다.

시간이 지나면 모든 것이 달라질 거라 생각했다. 태원이 더 힘을 가지면 될 거라 생각했건만……. 미움과 욕심 역시 시간이 지난만큼 더 커질 거라 생각하지 않았었다.

돌아오시 말라고 했건만! 그곳에서 자유롭고 행복하라고 그토록 말했는데 기어이 돌아와 변을 당하고 만다.

수현은 억울하고 분해 견딜 수가 없었다.

"망할 놈! 그냥 미국에서 살지 뭐 하러 돌아와, 돌아오길. 힘도 있으면서 왜 당해주냔 말이야!"

“그러게 말이다.”

결국 분노를 참지 못한 수현의 격한 음성 사이로 고요한 목소리가 끼어들었다. 갑작스런 남자의 목소리에 뒤를 돌아보자 기억 속 아련한 얼굴이 거짓말처럼 서 있었다.

“아…….”

“잘 있었나, 설 군? 아니, 이젠 설 군이라고 하면 실례군. 다 큰 의사 선생님이신데.”

수현에게 다가온 중년의 남자는 십이 년 전과 마찬가지로 날렵했고 진지했다. 수현은 그를 향해 친근한 웃음을 짓는 남자에게 고개를 숙였다.

“오랜만에 뵙는군요.”

남자가 악수를 청하자 수현은 정중히 손을 맞잡았다.

“그렇군. 우린 다시 안 봐야 더 좋은 사이인 것을 말이야.”

그날 모였던 사람 모두 이 자리에 다시 모였다. 남자의 말처럼 이렇게 모이지 않아야 더 좋았을 그들이 다시 만났다.

후계자를 남기지 않고 죽은 진원의 모든 재산을 상속받은 사람은 다름 아닌 태원이었다. 후사를 남기지 못한 사람의 경우 배우자가 첫 번째 상속권을 가지게 되나, 진원에겐 아내마저 없었다. 그럴 경우 유산은 부모의 몫이 되는데, 진원이 상속자를 태원으로 정해두었던 것이다.

불귀의 객이 되어버린 진원의 죽음에 혼절한 정화는 진원을 화장하고 돌아와 앉은 자리에서 변호사의 말을 듣는 순간 분노했다.

믿을 수가 없었다.

사랑하는 아들이, 그 아이, 진원이가 상속자로 쓰레기 같은 놈을 정해두었다니!

정화는 머리를 감싸지고 새된 비명을 질렀다.

이 자리까지 어떻게 왔는데!

하늘 삼아, 남편 삼아 살아온 그 아들이 자신을 두고 죽은 것도 억울할진대 재산마저 빼앗기다니!

다른 것은 모두 소용없었다. 집이며 땅, 그따윈 얼마든지 주어도 괜찮은 것이었다. 원한다면 더 줄 수도 있는 것!

가장 크고 가장 결정적인 것은 바로 우진의 주식이었다. 사장직에 취임하며 받은 지분 15%에 진원이 끌어모은 7%. 박 회장의 지분에 버금가는 주식을 진원이 가지고 있었다.

우진의 생사를 쥐고 흔들 그 주식을 다른 사람도 아닌 태원에게 준 것이다.

그것을 두고 볼 정화가 아니었다. 그녀는 수단과 방법을 가리시 않고 아이에게서 그 주식을 받길 원했다. 죽여서라도 진원의 주식을 돌려받아야 했다.

십이 년 전 어린 태원의 목숨을 노렸듯, 주주총회를 얼마 남기지 않은 지금 정화는 또 한 번 태원의 목숨을 노리고 있었다.

“그래도 크게 다치진 않았습니다. 사장님의 차가 정차하고 그 뒤를 따르는 경호 차량이 멈춘 것을 본 자들이 이중 경호 중인 것을 눈치채지 못하고 급습을 했습니다. 큰 문제는 없을 줄 알았는데, 정차하시는 동안 사장님이 안전벨트를 매지 않으셔서……”

사고 당시를 전하는 상우의 얼굴은 죄책감이 역력했다. 정말 태원의 얼굴을 타고 흐르던 붉은 피를 보는 순간 숨이 멎을 듯 놀랐었다.

“망할 놈, 그러게 왜 벨트를 안 해선.”

상우의 말을 들은 수현이 거칠게 중얼거렸다.

“안전벨트 미착용은 벌금 삼만 원이야. 박 사장 깨면 벌금부터 받아야겠군.”

무척이나 초조한 수현과는 다르게 수술실 앞 플라스틱 의자에 앉은 사십대 남자는 느긋하게 중얼거렸다. 수현은 이 상황에서 그런 말이 나오냐고 소리라도 치고 싶었지만, 말과는 다르게 잔뜩 굳은 남자의 얼굴을 본 순간 한숨만이 나왔다.

“휴!”

그러게 진작 모든 것을 해결하자고 했다. 면죄부처럼 선사받은 그것으로 자유를 얻으라 말했더니, 기어이 고집을 부려 이런 경우를 당하고 만다. 어리석은 놈.

바닥이 닳도록 수술실 앞을 서성거리던 수현은 남자 곁에 털썩 주저앉아 버렸다.

일 초가 십 년 같은 순간들이 지나고 세상의 종말 앞에서도 결코 열리지 않을 것만 같던 수술실의 문이 열렸다.

수현과 남자, 그리고 상우가 지친 기색으로 걸어나오는 집도의를 향해 다가갔다.

"선생님, 어떻습니까? 아무 일 없죠?"

"운전대에 부딪치며 입은 골절로 갈비뼈가 세 대 부러졌어요. 다행히 장기는 건드리지 않았어요. 그런 경우는 드물지만, 어쨌든 박 사장에게는 다행이지요."

"머리는요?"

잔뜩 거친 음성으로 상우가 물었다. 온통 얼굴을 적신 피가 혹시라도 잘못되면 어찌한단 말인가!

"마찬가지로 운전대에 부딪치며 두피가 찢어졌습니다. 찰과상이라고 하기엔 정도가 심해서 경과를 좀 지켜봐야 할 것 같습니다. 그럼 이만."

의사가 그들 사이를 지나가자 세 남자는 잠시 아무 말이 없었다. 서로의 숨소리조차 강하게 의식될 침묵이 잠시, 남자가 말했다.

"그래도 죽느냐 사느냐 죽었냐는 말은 아니지?"

"네, 그런 것 같습니다."

집도의의 말에 안도한 수현이 대답하자 남자는 그제야 긴장을 풀었다.

소식을 듣고 달려오는 동안 얼마나 걱정했는지 모른다.

별일없을 거란 의사의 말에 비로소 안도한 남자는 의자에 앉아 두 손으로 머리를 쓸어 올렸다.

교통사고, 누가 형제 아니랄까 봐…….

죽었단 말을 듣는 것은 십이 년 전 한 번만으로도 충분했다. 시현은 죽은 남자에 대한 면목이 서는 것 같아 수도 없이 안심을 했다.

저마다 긴장이 풀어졌던지 수현과 상우가 벽에 기대서는 것이 보였다. 시현은 두 손에 얼굴을 묻고 진원과의 마지막 대화를 떠올렸다. 진원의 아내이자 자신의 첫사랑을 사이에 둔 이상 결코 마주 보고 싶지 않았던 그들.

다시는 서로의 세상에 끼어들지 말자 암묵적인 약속으로 헤어진 진원이 검찰청으로 그를 찾아왔다. 은수가 죽은 후 일 년 만의 만남이었다.

친근한 어떤 인사도 필요치 않았다. 검찰청 근처 카페로 들어가 앉은 그들은 한동안 말이 없었다. 종업원이 내온 커피의 더운 김이 사라질 동안, 입을 다물고 있던 진원이 그를 보았다.

"부탁을 하러 왔습니다."

"뭡니까?"

건조한 얼굴의 시현이 물었었다.

"당신 손에 어린 녀석의 목숨이 걸려 있습니다. 반드시 부탁을 들어줄 거라 약속해 주십시오."

"당신과 나 사이, 우리가…… 이런 부탁을 할 만한 사이요?"

"난 이 부탁을 당신한테밖에 할 수가 없어요. 믿을 사람이 아무도 없습니다. 내…… 어린 동생의 목숨을 맡길 사람이 당신밖에 없습니다."

"당신이 해요. 당신 동생이라면서요? 그럼 당신이 하면 되겠네. 난 바빠서 이만……."

"아니, 난 시간이 없습니다. 그 녀석을 지켜줄 시간이 없으니 당신한테 부탁을 하는 겁니다."

부탁……. 그 대단한 남자가 말단 검사에게 고개까지 숙이며 한 부탁은 시현을 어리둥절하게 만들기 충분했다.

"……."

그의 침묵을 긍정의 뜻으로 받아들인 진원이 테이블 위로 서류봉투를 내밀었다.

"동생에게 사람을 붙여놨습니다. 분명 녀석에게 무슨 일이 있으면 그 사람이 당신에게 알릴 거예요. 서류엔 원본과 복사본이 있으니 복사본을 봉투에 적힌 이름에게 보내주기만 하면 됩니다. 한 녀석의 목숨이 당신에게 달려 있습니다."

그리고 진원의 말은 한 치의 어긋남도 없이 적중했다. 결코 들어주고 싶지 않은 부탁이었으나, 이미 세상을 떠난 남자와의 약속을 어길 수가 없었다. 시현은 진원이 준 서류를 모두 읽었다. 기업 간의 내부 거래. 그것은 검사로서 당연히 묵과해서는 안 되는 일이었으나 '부탁한다' 던 진원의 목소리가 귓가를 맴돌았다.

사고로 죽은 남자…… 사고 아닌 사고. 그래서 그토록 그리워하던 아내에게로 따라간 남자. 진원의 공허한 얼굴이 자꾸만 떠올랐다.

결국 시현은 진원의 부탁대로 우진의 박 회장을 찾아 어린 태원의 안전을 보장받았다. 하지만 왜 진원이 그에게 이런 부탁을 했는지 지금도 알 수 없었다.

그가 검사라서?

아니다. 시현은 고개를 흔들었다. '은수'란 서로 같은 사랑을 공유했기에 가장 아끼던 동생을 맡겼으리라.

그는 안개 속을 걷고 있었다.

무슨 일이 일어난 것일까…….

벌 떼가 귓속을 점령한 듯 사방에서 웅웅거리며 환청을 만들어냈다. 도저히 앞으로 걸어갈 수 없는 태원은 그대로 주저앉아버렸다.

참 힘들었다. 태원은 지금 그가 앉은 자리가 어디인지, 무슨 일이 있었는지 아무것도 몰랐지만 너무 지쳐 생각하고 싶지 않았다.

등을 바닥에 대고 눕자 축축한 습기 냄새가 그를 감쌌다. 그 냄새에 구토가 치밀었지만 일어나고 싶지 않았다. 어깨를 짓누르던 짐을 내려놓고 누웠다는 것이 더없이 만족스러웠다. 습기

보다 더한 냉기가 그를 감싸고 있었지만 그대로 눈을 감고 싶었다. 편안하게……

"미쳤니? 찬 바닥에 누우면 입 돌아가거든? 얼른 일어나."

하지만 상념을 뚫고 새침한 목소리가 들려왔다.

"어유, 왜 찬 바닥에 누워서 난리야? 오빠, 젊다고 그렇게 몸을 함부로 하면 안 된단 말이야. 어제 옆집 동식이 할아버지도 돌 베고 누웠다가 풍 왔대, 와사풍!"

눈을 뜨자 검은 갈래머리 꼬마가 그를 내려다보며 허리춤에 손을 얹고 있었다. 동그란 두 눈에 잔뜩 짜증과 염려를 담고서 그를 보다, 그가 전혀 움직이지 않자 소매를 걷어붙이고 쪼그려 앉았다.

"아, 말은 죽어도 안 들어. 수민 오빠 친구라면 내가 절대 안 이러는데, 그나마 수현 오빠 친구라서 내가 이렇게 염! 려! 해 주는 건 줄 알아. 정말 친구는 오지게 잘 뒀어."

아이답지 않게 종알종알 제 할 말 다 한 녀석이 그의 팔을 잡아당겼다.

열한 살 아이, 꼬마. 수현의 동생. 못 둑에 누워 으슥한 물안개에 빠져들던 그를 끌어내 준 녀석.

열여덟 살 메마른 그의 인생에 씩씩한 나비처럼 날아든 수안이.

"얼른 일어나!"

녀석이 자꾸만 재촉을 해댄다.

그래, 누워 있으면 안 돼……. 찬 바닥에 누워 있으면 안
돼……. 눈을 떠, 눈을…….

하지만 눈을 뜨는 것은 쉽지가 않았다. 파르라니 속 눈꺼풀을
들어올리면 세상이 보일 텐데……. 마치 정체를 알 수 없는 적
이 천 근의 무게로 짓누르는 것 같았다.

게다가 몸도 아팠다. 정확히 어딘지 알 수가 없었지만 아파서
견딜 수가 없었다. 눈을 뜨지 못하면서 아픔을 느낀 태원은 그
와중에도 웃음이 나왔다.

아프다는 것을 인정하는 자신이 놀라웠다. 무슨 일인지……
무슨 일이 생긴 것인지 알 수 없었지만 자신이 고통을 인정했다
는 사실은 정녕 놀라웠다. 두들기면 두들길수록 고통에 무뎌질
거라고 생각하던 자신이 말이다. 후훗, 이상하게 자꾸 웃음이
난다.

"야, 이 자식아! 정신도 못 차리고 누워 뭐가 좋다고 웃어? 평
소엔 약에 쓰려고 찾아도 없던 웃음이? 미쳤냐? 얼른 정신 차
려, 이놈아! 걱정되어서 죽을 것 같단 말이야!"

회복실로 내려온 녀석은 도통 정신을 차리지 못했다.

수술은 잘되었다는데, 이상하게 의식을 차리지 못하는 태원
을 눕혀놓고 수현은 애가 달아 죽을 지경이었다.

"아악, 나도 일을 해야 먹고 산단 말이지! 내 환자들 눕혀놓고
내가 널 봐야겠냐? 얼른 일어나라고오!"

수현의 팔딱거림을 보다 못한 상우가 조심스럽게 말했다.

"저기, 선생님. 바쁘면 그냥 가세요. 제가 있겠습니다."

"……그 ……그래."

상우의 말을 지지하는 목소리가 시끄러운 병실로 울려 퍼졌다. 고통스럽게 갈라진 목소리의 주인공은 다름 아닌 태원이었다. 주위의 모든 시선이 미동조차 없이 누운 태원에게 집중됐다.

"시…… 끄러…… 워 죽을 수…… 도 없어…… 너…… 그리고 수안……."

"정신이 들어? 야, 박태원!"

말문을 티운 태원에게 수현이 환호성을 지르며 달려들었다.

"사장님!"

상우 역시 가슴을 짓누르던 죄책감에서 해방된 얼굴로 태원을 불렀다.

"그래…… 별…… 일, 별일…… 없지?"

태원의 질문이 무엇임을 아는 상우가 힘차게 고개를 끄덕였다.

"네! 아가씬 무사하십니다."

"……그래."

그 와중에도 수안을 걱정한 태원이 상우의 대답에 안도하자 상우와 수현의 뒤에서 시현이 조용히 말했다.

"돌아온 것을 환영한다."

달라진 것은 하나도 없었다. 십이 년 전과 오늘, 그를 보고 서 있던 사람들과 병원 침대에 누운 그. 모든 것이 똑같았다. 하지만 마음이 달랐다.

'어쩌면 전부일지도……'

안도하는 사람들의 시선 속에서 미소 지은 태원은 힘겹게 뜨고 있던 눈을 감았다.

수안은 익숙한 여자의 익숙한 멘트를 들으며 전화를 던지듯 내려놓았다.

"대체 왜 전화를 안 받는 거야!"

이상했다. 그녀가 전화를 해 한 번도 신호음을 두 번 이상 넘긴 적이 없는 태원이었다. 그런데 벌써 다섯 통화째 태원은 받질 않았다.

"회의 중인가?"

그녀는 멍하게 중얼거리며 소파에 길게 누워서 천장을 바라보았다.

휴, 그래도 그렇지. 전화를 몇 통이나 했건만 사람의 성의를 봐서라도 잠깐 짬을 내겠다.

나쁜 박태원! 다시 뽀뽀 안 해줄까 보다. 흥!

수안은 괜히 울컥한 마음에 주먹을 쥐었다.

"수안, 배고프다."

그런 그녀 곁으로 수민이 디가왔다. 다 늘이진 티셔츠 안으로 손을 넣어 배를 긁적거리는 모습은 영락없는 백수의 모습. 부스스한 머리까지, 대체 누가 봐서 이 남자가 그 대단한 영화배우 설수민이라 하겠는가. 수안은 고개를 절레절레 저었다.

"아침 먹은 지 얼마나 됐다고 그래?"

"아침에 먹은 거라곤 풀밖에 없잖냐? 수안아, 우리 피자 시켜 먹을까?"

"오빠가 사주면."

"흥, 언제는 네가 돈 낸 것처럼 말한다?"

수안의 대답에 콧방귀를 낀 수민이 등받이에 깊게 몸을 묻었다.

"난 불고기 치즈 크러스트 피자, 피클은 당근 만땅이다."

"알았어."

그래, 먹는 게 남는 거다. 걱정과 울컥한 감정 따윈 피자 치즈와 함께 모두 위로 보내 버리자! 수안은 흐뭇한 얼굴로 전화를 걸었다.

오후의 햇빛이 그대로 스며드는 병실. 여전히 창백했지만 오전에 비해 한결 의식이 또렷해진 태원이 장승처럼 버티고 선 시현과 시선을 마주했다.

진원이 죽었을 때, 한 번 본 뒤 처음 만나는 그들이었지만 어색함이 없었다. 태원은 시현이 진원과 어떤 사이인지 알고 있었다. 대한민국 현직 검사가 그를 이유없이 도와줄 리 없다는 생각에 알아본 결과, 시현은 진원의 연적이었다. 아니, 진원과 은수 모두 이 세상에는 없으니…… 시현은 진원에게 연적이었었다.

그런 연적에게 태원의 안위를 부탁한 진원은 마음이 얼마나 복잡했을까. 그 생각을 하면 언제나 마음이 아픈 태원이었다.

"아직도 그 생각 그대로냐?"

"……."

질문에도 태원이 대답을 하지 않자, 시현은 쓴웃음을 지었다.

"고집은 여전……."

"아니요."

사고의 후유증에 잔뜩 쉬어버린 목소리로 자신의 고지식함을 탓하는 시현의 말을 자른 태원이 담담히 대답했다.

"그 생각, 변했습니다. 지금까지는 대수롭지 않게 생각했어요. 그들이 기를 쓰면 쓸수록 그것을 즐겼다는 걸 부인하지 않겠어요."

한 마디 한 마디가 무척 힘겨웠지만 태원은 물러서지 않았다.

"그들이 하찮다고 말하는 날 없애기 위해 아등바등하는 것을 지켜보는 것은 꽤 재미있는 일이라 생각했으니까요. 형을 위한다는 명목보다 어쩌면 그 비틀린 쾌감으로 더 오기를 부렸는지도 모르죠. 하지만 지금은 아닙니다."

검고 맑은 눈동자가 꼭 닮았다. 시현은 태원의 눈을 보며 십이 년 전 그 남자의 얼굴을 떠올렸다.

“왜?”

“지금 제겐 그들에 대한 미움보다 중요한 녀석이 있어요. 너무 소중해서 보고만 있어도 행복한 녀석이죠. 그래서 이젠 모두 정리하고 싶어요. 비록 그것이 형에 대한 죄책감 때문에 마음의 짐이 될지라도……. 하지만 검사님, 형이라면 이해하겠죠?”

시현은 태원의 어깨를 툭 쳤다.

“그럼, 그 사람이라면 진작 결정하지 못한 널 어리석다고 욕할 거다.”

“다 정리할 겁니다.”

“알았다.”

허공에서 만난 두 남자의 눈빛은 진지했고 엄숙했다. 이번에는 시현의 도움은 필요없었다. 태원이 마음의 결정을 했으니 방법은 십이 년 전과 다를 것이다. 종이호랑이 박 회장은 이 게임의 선수가 되질 못했다. 태원은 상우를 호출해 진원이 그에게 줬던 서류를 가져오라 지시했다.

정화는 초조하게 입술을 깨물었다. 주도면밀한 놈, 이중 경호라니……. 가만히 앉아서 그 괘씸한 놈을 떠올릴 수가 없는 정화는 결국 자리를 박차고 일어났다. 이상하게, 정말 이상하게 질긴 놈이다.

십이 년 전에도 이와 같았다.

거의 목적을 달성할 찰나, 눈앞에서 그놈을 놓쳐야 했다. 언

 수박밭에서 만나다

제나 그녀의 편이 되어주던 박 회장이 놈을 미국으로 보내 버린 것이다. 그리고 이번, 놈은 또 구사일생으로 목숨을 구했다. 그 놈의 수완이면 놈은 아마 다음 주에 있을 주주총회에 참석을 하고 박 회장과 주주들로부터 공식적인 사장임을 인정받게 될 것이다. 그러면 모든 계획들이 송두리째 무너지고 잿더미가 될 것이었다.

"어떻게 이 자리까지 왔는데…… 금쪽같은 아들 먼저 보내고…… 여자들 가랑이에 미쳐 제정신 아니던 남편도 참아낼 수 있었던 내 아들, 그 아들을 보내고 내가 우진가를 위해 어떻게 살았는데, 이제 그 자리를 감히 그놈이 넘본단 말이야."

어떻게든 놈을 처리해야 했다. 어차피 지금은 돌아갈 길이 없었다. 앞으로 걸어가면 뒤에 남겨진 길은 사라졌다. 끝을 향해 갈 수밖에 없었다. 정화는 휴대전화를 잡기 위해 테이블 쪽으로 몸을 기울였다.

똑똑.

막 통화키를 누르려는 찰나, 조심스런 노크 소리가 들렸다.

"누구야?"

어지러운 마음이 자연 앙칼진 소리가 되어 나왔다. 정화는 잔뜩 움츠러든 모습으로 들어오는 방해꾼을 노려보았다.

"방해하지 말라고 했잖아!"

"여사님, 급하게 보셔야 할 서류가 있답니다."

"뭐야?"

정화는 새파랗게 젊은 여비서가 머뭇거리며 내민 봉투에 의심스런 눈초리를 거두지 않으며 받았다.

"빨리 확인하시지 않으면 후회하실 거라고……."

비서의 말에 정화의 눈꼬리가 확 치켜 올라갔다.

"뭐야? 누가 그런 건방진 말을 한 거지?"

"저, 서류를 준 남자가……."

"그 남자가 누구란 말이야? 답답하니까 나가 봐!"

도대체가 마음에 드는 사람이 없었다.

"휴!"

정화는 결국 휴대전화는 내려놓고 서류 봉투를 열었다. 그리고 테이블 위로 봉투를 거꾸로 흔들었다.

타탁.

그러자 하얀 서류종이와 함께 여러 장이 사진이 떨어졌다. 사진은 테이블 위로 떨어지지 않고 팔랑거리며 그녀의 발치에 사뿐히 내려앉았다. 유쾌하지 않은 상황에 짜증이 난 정화는 허리를 숙여 사진을 집어 들었다.

"이게 대체 뭐야? 웬 장난질……."

사신을 확인한 정화의 동작이 그대로 멈춰 버렸다. 숨 쉬는 것도, 생각하는 것도, 주위의 모든 것이 멈췄다.

"이걸…… 이걸 어떻게……."

사진 속 남자를 보는 정화의 얼굴은 말 그대로 경악이었다. 사진이 조금씩 떨리더니 결국 다시 바닥으로 떨어졌다.

이 남자, 이미 죽고 없는 이 남자의 사진이 왜 내 앞으로 온 것일까.

정화는 비명이 터질 것만 같아 입을 틀어막았다.

반평생이 넘는 삶 중, 그녀의 마음은 항상 얼음이었다. 본디 타고난 천성이 그러했다. 타인을 배려할 줄도, 남을 사랑할 줄도 모른 채 도도하게 앞만 보고 살았다.

그 와중에 딱 한 번 얼음장이던 마음에 금이 간 일이 있었더랬다.

친정집 바깥채에 살며 잡일을 돌봐주던 할아범의 손자. 비천하기 짝이 없는 남자. 웃음이 하늘 같은 남자에게 자꾸만 시선이 멈춘다는 것을 느꼈을 때, 정화는 수치감마저 느꼈다.

어디 사내가 없어 그리 하찮은 것을 남자로 여길까.

귀찮게 눈길이 머무는 것을 용납할 수 없었다. 정화는 박정우와의 결혼식 바로 전날 남자를 불러냈다. 하룻밤의 유희. 아니, 그것은 유희가 될 수 없었다. 단지 그런 비천한 남자에게 관심을 가진 자신에 대한 응징 같은 것이었다. 정략결혼 상대인 쓰레기 같은 박정우에 대한 반항이라고 해도 좋았다.

정화는 자신에게 그 하룻밤은 없던 것처럼 결혼을 했고 정략결혼이 그러하듯 박정우와의 의무적인 성관계를 통해 첫 출산에 아들을 낳았다. 손이 귀한 집안에 아들을 낳자 자신의 위상은 올라갔지만, 여전히 부부관계는 데면데면 남보다 못한 사이였다.

얼음이던 마음이 그나마 있던 물기를 잃어버리고 말라비틀어질 무렵, 그 남자가 찾아왔다.

하늘을 닮은 눈동자를 잃어버린 남자는 비틀린 웃음을 지으며 손을 내밀었다. 자신의 아들을 달라고.

정화는 처음에는 그 말이 무슨 뜻인지 몰랐다.

남자의 아들이라니? 설마……! 진원이?

"웃기지 마. 네놈 따위가 감히 누굴 입에 올려? 우진가의 후계자를 더럽히지 마."

"내 아들이야, 내 아들! 내 아들 데려갈 거야!"

"뜨거운 맛을 봐야 정신을 차리겠군."

누가 들을까 겁이 나는 미친 소리를 악을 쓰며 지껄이는 남자를 손봐주는 것은 아주 쉬웠다. 개미보다 못한 남자를 손봐주는 거야 어디 일 축에나 드는 것일까.

끌고 가 사내를 못 쓰도록 화끈하게 손봐주라 명령한 정화는 잠든 아들의 얼굴을 가만히 내려다보았다. 검은 눈썹, 우뚝한 코, 사내다운 입술. 천상 우진가의 아이였다.

하지만……. 정화는 입술을 지그시 깨물었다.

다음날, 전신한 아이의 손을 잡고 병원에 간 그녀는 질병이 무엇인지 그 의미를 통감했다.

똑똑.

먼 기억을 더듬으며 온몸을 떠는 정화는 미처 노크 소리를 듣지 못했다.

“여사님, 손님이 오셨습니다.”

“나…… 나가.”

그녀답지 않게 떨리는 목소리가 나왔다. 온몸이 통제할 수 없을 만큼 떨리고 있었다.

“나가. 지금은 아무도 만나지 않을 거야.”

“만나야 할 겁니다. 그래서 꼭 들어야 할 이야기가 있습니다.”

움츠러든 여비서의 목소리가 아닌 굵은 남자의 목소리가 들려왔다. 천천히 뒤를 돌아보자 왼쪽 눈가에 흉터가 있는 덩치 큰 남자가 서 있었다.

“누구야, 누군데 건방지게 이러는 거야! 얼른 나가지 못해?”

아무도 보지 못하게 서류를 끌어 모으는 정화의 얼굴은 소름이 돋을 정도로 차가웠다. 하지만 남자는 그것에 동요되지 않고 정화의 맞은편 테이블 의자를 끌어다 앉았다.

“박태원 사장님의 지시로 왔습니다. 듣지 않으시면 후회하실 겁니다.”

“뭐라고? 건방진 놈! 사람을 불러야 나갈 거야?”

“진정하십시오. 사장님 지시가 아니었다면 저도 오지 않았을 겁니다. 받으신 서류는 모두 읽어보셨습니까?”

“뭐…… 뭐야?”

정화는 손 안에 든 서류를 꼭 잡았다. 남자가 하는 말이 무슨 의미인지…….

"원래는 십이 년 전에 모두 언론사로 넘겼어야 하는 자료죠. 박 사장님의 목숨을 위협한다면, 그것이 사모님의 소행이 확실하다면, 조금의 주저함도 없이 언론사로 넘기란 것이 박 사장님의 지시였습니다. 아, 지금 말한 박 사장님이란 박진원 전 우진그룹 사장님을 말합니다."

"진원, 진원이? 그 아이, 내 아들…… 내 아들."

"맞습니다. 당신 아들 박진원 사장. 모든 것을 알고 속죄하고 싶어했던 분 말입니다. 자신의 잘못도 아닌데, 어머니인 당신이 무슨 짓을 했는지 너무 잘 알고 있어 죽을 수도 없었던 사람, 박진원 말입니다."

진원의 이야기에 경악한 정화 앞에서 상우도 감정이 북받쳐 올랐다.

"무…… 무슨 말이야? 내 아들이 뭘 알았단 말이야!"

"자신이 진정한 우진가의 핏줄이 아님을 알고 있었지요. 그런데도 아무 죄책감 없이 자신을 후계자라 지칭하며 태원 도련님께 온갖 악독한 짓을 서슴지 않았던 당신을 알고 있었습니다. 아, 물론 말입니다. 박진원 사장님은 자신의 생부를 죽인 사람도 당신인 것을 알고 있었지요."

이 악독한 여자로 인해 너무 많은 사람들이 불행했다. 지난 일들 모두를 말하는 상우의 얼굴이 검붉게 달아올랐다.

"소박한 농부가 꿈인 당신의 아들이 당신의 죄를 갚느라 회사를 키우고 경영했습니다. 동생에게 속죄하기 위해, 거짓투성이인 당신을 위해, 행복할 틈도 없이 살다 죽은 당신 아들이 그것을 태원 도련님께 줬어요.”

상우는 정화의 손에서 부들부들 떨리는 서류를 가리켰다.

“그리고 태원 도련님은 오로지 당신 아들을 위해 그것이 언론에 넘어가는 것을 막아줬습니다. 바로 십이 년 전에. 그런데도 당신은 정신을 차리지 못했군요. 아무리 선한 사람이라도 말입니다. 한 번은 참아도 두 번은 참아주지 못하는 법이죠. 내일 조간 신문에 진실이 밝혀질 겁니다. 억울하게 죽은 한 남자의 지난 삶이 말입니다. 정신 똑바로 차리세요. 그렇지 않으면 어디선가에서 불어온 폭풍에 휩쓸려 흔적조차 없이 사라질 겁니다.”

감정을 추스릴 틈도 없이 일갈한 상우가 자리를 박차고 정화의 방을 나갔다.

홀로 남은 정화는 미친 듯이 내달리는 심장에 정신을 잃을 지경이었다.

진원이 모든 것을 알고 있었다니!

내 아들이! 그 아이가 자신이 저지른 모든 것을 알고 있었다니!

그녀는 손에 들린 종이를 천천히 읽기 시작했다. 거기엔 그녀가 알고 있는 남자의 죽음이 아주 상세하게 적혀 있었다.

진원은 그녀의 부정도 모자라…… 생부를 죽인 것이 그녀라는 것도 모두 알고 있었다.

모두…….

"아악!"

도도하게 유지한 세상이 한순간에 무너졌다. 정화는 머리를 움켜쥐고 미친 듯이 비명을 질렀다.

언제나 평정을 잃지 않는 정화의 새된 비명에 놀란 비서가 들어왔다.

"무슨……."

"나가!"

정화는 그런 비서에게 손에 잡히는 모든 것을 던지며 발악했다.

"나가, 나가라고!"

차갑고 오만한 여자이긴 했지만 한 번도 이런 식의 감정 폭발을 보인 적이 없는 정화의 모습에 두려움을 느낀 비서가 얼른 방을 나갔다.

"거짓말이야…… 다 거짓이야. 그놈이 날 우롱하는 거다. 우롱하는 거야!"

분노에 심장이 미친 듯이 질주하고 있었지만 정화는 상관하지 않고 방을 서성거렸다. 식은땀이 이마에 맺히며 점점 숨이 가빠오는 것마저 모두 무시했다.

"그 비밀을 어떻게…… 어떻게 안단…… 헉…….."

순간, 정화는 가슴에 극심한 통증을 느끼며 쓰러졌다.

"헉, 이…… 이…… 이봐. 여, 여기…….."

숨을 몰아쉬어도 숨이 쉬어지지 않았다. 가슴을 부여잡고 도움을 청하듯 손을 허우적거리던 정화가 그대로 의식을 잃었다. 진실까지 모두 잊어버리려는 듯…… 눈을 감고 그대로…….

"다녀왔습니다."

"그래, 수고했어."

부러진 갈비뼈로 인해 쉽게 몸을 일으키지 못하는 태원이 고개만 끄덕였다.

"……반응은 어떠하던가?"

"자신의 비밀이 철저히 지켜지고 있는 줄 알았나 봅니다. 아무도 모를 거라 생각했던 진실이 눈앞에 보이니 크게 당황하더군요."

"그렇겠지."

태원은 상우의 보고에 이를 악물었다.

서류에는 진원이 열 살 나던 해 그 사실을 알았다고 쓰여 있었다. 친구 생일 파티에 가던 그를 유괴한 남자, 그 남자가 자신을 아버지라 말하며 아버지라 부르길 강요했다고 했다. 네 어미가 그랬다고, 그에게서 진원을 빼앗아갔다고.

허름한 차 안에서 악귀처럼 소리치던 친부가 무서웠고, 저택으로 돌아와서는 그를 하늘같이 귀애 여기는 우진가의 사람들 시선이 두려웠다고 했다. 어딘지 모르게 내쳐질까 봐…… 두려웠다고 했다.

그런데 정화의 당황이라, 그것을 직접 파헤쳐 모든 진실에 접
근하기까지 형은 얼마나 고통스러웠을까?

부정한 관계로 인한 자신의 출생과, 너무 어린 나이에 그것을
안 진원의 두려움보다 더 했을까? 누군가 그 사실을 알아 순식
간에 쫓겨날지 모르는, 위태한 어린 마음보다 더 무서울까? 게
다가 적반하장, 모든 문제의 원인인 어머니가 태원에게 가하는
학대를 봐야 하는 심정이란 어떠했을까.

그의 자리를 도둑질한 자신을 자책하고, 원망하며 그럼에도
동정받을 수 없는 자신의 처지가 얼마나 아팠을까.

태원은 정화의 독기 어린 얼굴을 떠올렸다.

'당신, 그래 지금은 혼란스럽겠지. 하지만, 하지만 말이야. 당
신 아들이 서른 평생 중 이십 년을 아파했던 것에 비하면 약과
야. 자신의 존재를 인정하고 사랑할 수 없었던 당신 아들이 마
음의 짐으로 지옥에 살았던 것에 비하면 아무것도 아니라고. 그
러니 당신도 지옥…… 그게 뭔지 느껴봐.'

"최후의 카드를 제시했으니 회사는 건드리지 않는다. 주식 시
장에 좋지 않은 소문이 나도는 것 알고 있지?"

"네, 사장님."

"그래."

돈이 있어야 실력을 행사할 수 있는 법. 한국에 들어오기 전
부터 태원은 상우를 시켜 우진의 주식을 모으고 있었다. 진원에
게서 받은 주식으로 충분했지만, 정화와 그녀를 따르는 이사진

들에게서 자유로우려면 주식을 더 보유하고 있어야 했기 때문
이다. 그가 이사회의 확실한 지지를 받을 수 없는 것은 자명했
기에 주식으로 기반을 마련하고자 했다. 기반은 곧 그의 실력
행사를 의미했다. 주면 받고, 가져가면 빼앗기는 자리가 아닌
자신의 확실한 위치 선언에 큰 도움을 주었다. 그리고…… 거래
를 통해 그가 원하는 것을 얻을 수도 있다. 바로 진원 형.

　Weston의 성공으로 돈에 관한 한 자유로울 수 있었던 태원
은 우진의 주식을 아낌없이 끌어 모았다.

　사실 우진이라면 지긋지긋했지만 아무렇지 않게 뒤돌아설 수
는 없었다. 진원이 그를 위해 희생한 회사가 아니던가. 형의 마
음을 생각하면 손끝이 저려왔다.

　Rrrrrrr.

　가슴속에서 무엇인가 울컥 치밀어오를 찰나, 휴대전화가 요
란하게 울렸다. 정적만이 가득하던 병실에 울리는 벨소리에 지
레 놀란 상우가 그 작은 눈을 동그랗게 떴다. 그리고 자신의 주
머니를 뒤적거려 태원에게 내밀었다.

　"뭐야? 자네 전화를 왜 날 줘?"

　"제 거 아닙니다. 사장님 전화인데 사고로 경황이 없어 제가
가지고 있었습니다. 아, 오늘 하루종일 울렸는데……."

　악을 쓰듯 울려대는 휴대전화를 받아 든 태원은 발신 번호를
확인했다. 익숙하고 그리운 번호를 확인하자 저도 모르게 자리
에서 일어나던 태원은 그만 통증에 숨을 들이켰다.

"헉!"

"사장님! 괜찮으십니까?"

"아, 괜찮아. 자네 이만 나가보게."

"네, 사장님."

상우가 나갈 때까지 휴대전화는 지치지도 않고 울렸다. 하여튼 성격 하고는…….

태원이 폴더를 열고 전화를 받아 대답도 하기 전에 우렁찬 목소리가 바락 소리를 질렀다.

[오빠!]

오랜 체증으로 가슴에 얹혀 있던 일들이 해결되고 있어서일까? 수안의 짜증 어린 목소리가 이렇게 행복할 수 없었다. 느긋하게 자리에 누운 그는 마음을 담아 대답했다.

"Hi."

시원함!

말 그대로 반갑기만 한 심정이란…… 아마 처음이 아닐까. 복잡하게 엉켜 있던 실타래를 힘들게 풀다 그만 가위로 자른 것 같았다.

[뭐야? Hi? 오빠, 지금 장난하니? 내가 얼마나 전화를 여러 빈 했는지 알아?]

하지만 그와는 다르게 수안은 흥분했고 화가 나 있었다.

[아무리 바빠도 그렇지! 부재중 전화는 확인도 안 하냐? 오빠는 점심도 안 먹냐? 벌써 긴긴 여름 해가 지고 있는데! 아무리

바빠도 밥은 먹을 거고 화장실은 갈 거잖아! 그럼 그사이에 확인을 해야지—이!]

태원은 수화기를 귀에서 조금 뗐다.

굳이 보지 않아도 발을 동동 구르는 수안의 모습이 눈에 선했다. 하루종일 연락이 되질 않아 그 작고 예쁜 머리로 걱정을 했나 보다.

"미안, 우리 수안이 화났어?"

[내가 지금 화만 나겠냐? 아우, 속 터져!]

가슴을 팡팡 쳐대는 모습까지 모두 눈앞에 아른거렸다. 보고 싶다. 보고 싶어 견딜 수가 없다.

"수안아, 나 지금 병원이다."

[흥! 이젠 거짓말까지 하냐?]

"진짠데? 나 어제 집에 가다가 사고 났다. 갈비뼈가 세 대나 부러졌대. 아마 전화했을 때 수술하고 깨어나지도 않았을 때일 걸? 나 지금 목소리 쉰 거 같지 않아?"

[진짜? 오빠 진짜 사고 났어?]

"응. 나 아프다."

정말이지 목소리도 쉬었고 부러진 갈비뼈 때문에 몸을 일으킬 수도 없을 지경으로 아팠다. 그가 이렇게 멀쩡한 정신을 유지하고 있는 이유는 정화에 대한 분노와 응징 때문이기도 했다.

"하마터면 죽을 뻔했어."

태원은 짐짓 너스레를 떨었다.

[헉! 오빠, 병원이 어디야? 어딘데? 지금은 괜찮아?]

"지금도 아파서 정신이 없다. 여기 수현이 근무하는 병원인데 올래?"

[이 사람아! 당근이지!]

뚝!

수안은 인사도 없이 전화를 뚝 끊었다. 녀석이 성급하게 준비를 하고 달려올 모습을 상상하는 태원의 얼굴에 통증과는 상관없는 함박웃음이 가득했다.

정말 마지막이라 생각하고 전화를 걸었다. 날은 또 얼마나 더운지 숨이 턱턱 막혀 짜증은 짜증대로 치밀고 있었다.

수안은 비장한 각오로 전화를 했다. 그런데 사고라니! 갈비뼈가 세 대나 부러질 정도의 사고!

좀처럼 자신의 아픔을 내색하지 않는 태원이 순순히 아프다고 인정을 한 것을 보면 어지간히 큰 사고였을 것이다. 옷장 문을 연 수안은 손에 잡히는 대로 걸치고 미친 듯이 뛰어나갔다.

설마 큰일이야 났겠냐고, 정말 큰일이고 큰 사고면 전화도 못 받을 거라 자신을 다독여도 소용이 없었다. 아프다는 그 말에 왈칵 눈물이 쏟아질 것 같았다.

결국 찔끔 눈물이 나 소매로 눈물을 닦는데, 문자 메시지 수신 소리가 들렸다.

〈특실 1054호.〉

다급함에 병실조차 묻지 않은 그녀를 위해 태원이 보낸 메시지였다.

평소 수현의 속옷 심부름을 하러 종종 오곤 했던 병원이 천리만리 멀게만 느껴졌다. 택시 운전기사가 그녀의 동동거림에 정신이 없어 운전을 못하겠다고 머리를 절레절레 흔들 지경이 되어서야 병원에 도착을 했다. 백 원짜리 하나도 다 받아 내리던 평소와는 다르게 만 원짜리 지폐 한 장을 기사 아저씨에게 건넨 수안은 그야말로 칼 루이스가 따로 없이 로비를 내달렸다.

"오빠!"

수안은 숨을 헐떡이며 십층 특실로 들어서서 태원을 애타게 불렀다. 그러자 핼쓱한 얼굴의 태원이 고개를 들었다. 하얀 붕대로 친친 감긴 가슴이 벌어진 환자복 사이로 드러났다.

그에게로 뛰어가며 수안은 울음을 터뜨렸다.

"어어엉! 오빠, 안 죽은 거야?"

"그럼 안 죽었지. 더운데 뛰어왔어?"

태원은 그런 수안을 토닥거려 주었다. 마음 같아서는 그저 꼭 껴안아주고 싶었지만 움직일 수 없음이 그저 한탄스러웠다.

"이 날씨에 이렇게 뛰면 더위 먹어. 수안아, 그러지 말고 냉장고에서 시원한 거라도 마셔. 응?”

“어어엉. 싫어, 싫어.”

하지만 수안은 아이처럼 온통 눈물로 적신 얼굴을 마구 저으며 그의 팔에 고개를 숙였다. 걱정과 안도감에 저도 모르게 눈물이 나는 것임을 알기에 태원은 그저 수안의 머리를 쓰다듬어 주었다. 누군가 이렇게 자신을 위해 걱정해 준다는 것이 얼마나 축복인지 모른다. 그것을 깨닫자 뜨거운 무엇이 가슴을 적시고 있었다.

“걱정했구나, 우리 수안이. 울지 마, 울지 마라.”

“어어엉. 어떤 개자식이야! 어떤 개자식이 오빠 차를 박은 거래? 절대 가만 안 둬!”

후훗. 개자식? 그 단어는 수현이 곧잘 쓰곤 하는 말인데…….

“수…….”

태원이 막 수현을 생각하자 거짓말처럼 병실문이 열리며 수현이 들어섰다. 저승 문턱에 갔다 온 친구와 금지옥엽 막둥이가 눈물바람인 것을 본 수현이 우뚝 멈춰 섰다.

“니들 뭐냐?”

난감했다. 세상에 이보다 난감할 수는 없으리라.

훌쩍이며 고개를 든 수안이 수현을 돌아보는 동안 태원은 감히 어떻게 수현을 설득시켜야 할지 자신이 서지 않았다.

가장 친한 벗의 사랑스런 동생을 여자로 보는 자신을 이해시킬 자신이 없었다. 더구나 그의 복잡한 집안사와 자신의 출생 모두를 알고 있는 수현에게 말이다.

"어엉, 오빠. 태원 오빠 빨리 낫는 거지? 그런 거지?"

하지만 그의 마음과는 다르게 수현을 발견한 수안은 더 서럽게 울기 시작했다. 사태를 파악하느라 대답을 하지 못하는 수현의 모습에 왈칵 걱정이 밀려든 수안이 발을 뻗대며 비명을 질렀다.

"그렇다고 대답해! 대답하란 말이야!"

"저기 수안아, 난 괜찮아. 진짜 괜찮으니까 걱정하지 마. 응?"

무표정한 얼굴의 수현과 병실을 눈물바다로 만드는 수안 사이에서 태원은 갈팡질팡했다. 몸을 가누지 못하는 자세의 불리함까지 더하자 아주 죽을 지경이었다.

"수현아, 내가 다 말할 테니까……."

그의 말을 자르고 수현이 나지막하게 물었다.

"음. 설수안, 너 태원이랑 사귀냐?"

"응, 사귄다."

"정말이냐?"

동생의 단호한 대답에 수현이 태원을 보았다.

"정말 너 우리 막둥이랑 사귀냐?"

"저기…… 그래, 수현아."

무엇인가 다른 부연 설명을 찾던 태원은 이내 포기했다. 그가 고개를 끄덕이자 수현이 저벅저벅 다가왔다. 그리고 수안의 등을 찰싹 내려쳤다.

“아얏! 왜 때려!”

부지불식간에 등을 맞은 수안이 수현의 매서운 손바닥에 팔짝거리자 태원의 얼굴이 굳어졌다.

“설수현, 너 그게 무슨 짓이야!”

수안이 아무리 수현의 동생이라지만, 그에겐 하나뿐인 소중한 연인이었다. 보고만 있어도 안쓰러운 수안을 때리는 수현의 모습에 분노했다.

“하지 마.”

“이 의뭉스러운 것! 저도 연애를 하면서 감히 재욱이랑 내 키스를 놀렸단 말이지! 어우! 이게 정말 사람을 이렇게 황당하게 만드네! 재욱이 영국 간다는데 어쩔 거야!”

하지만 태원의 말은 듣지 못한 듯 수현이 길길이 날뛰기 시작했다.

“왜 이러셔? 재욱 언니 영국 가는 거하고 우리 태원 오빠랑 내가 사귀는 거하고 무슨 상관인데?”

“우리 태원 오빠? 우리? 하, 참.”

“그래, 우리 태원 오빠다! 오빠도 우리 재욱이 그랬잖아! 오빠 얼른 나가! 우리 태원 오빠 안정에 방해된단 말이야! 가버려!”

수안이 수현의 가슴을 팍 밀치자 두어 발자국 뒤로 밀리던 수현이 얼굴을 붉히며 태원을 가리켰다.

“야, 태원이는 내 친구다? 내 친구 보러 내가 왔는데 네가 왜 가라 마라야? 이게 아주 버릇없게!”

"흥이네! 오빠 친구이기 전에 내 애인이다. 왜 이러셔? 우리 태원 오빠 보려면 나한테 허락받고 봐야 해."

"어우 야, 박태원! 너 제정신이야? 저 애물단지랑 진짜 사귀냐? 어어? 대답을 해봐, 이 자식아."

설 남매의 대화는 태원의 상상 밖이었다.

"대답을 해봐, 얼른!"

"오빠, 무시해 버려. 재욱 언니랑 안 되는 걸 왜 여기 와서 이러는지 몰라."

"야, 박태원!"

죽을 만큼 걱정을 했다.

소중한 친구의 반대와 차가운 눈초리를 떠올리며 걱정에 잠 못 이룬 밤이 얼마던가.

그런데 그의 걱정 따윈 전혀 문제가 되지 않는 이들의 대화에 태원은 그동안 자신이 얼마나 어리석었는지 반성했다.

모든 것을 책임지려 했다. 진원이 그에게 준 서류를 세상에 공개하지 못한 것은 진원을 위해서라 생각했지만, 사실은 반대일지도 몰랐다. 우진의 복잡한 집안사가 공개되면 그것은 곧 자신의 출생도 공개가 되는 것이었다.

언제부터인지 자신이 떳떳하지 못하다고 생각을 했었나 보다. 정화를 무시하려 그토록 기를 썼건만, 어느새 깊숙이 세뇌되어 빠져나오지 못하고 있었던 자신을 이제야 깨달았다.

그들의 잘못이 아니었다. 부모를 그들이 직접 골라 태어날 수

없는 것은 그와 진원의 잘못이 아니었건만, 왜 그렇게 움츠리고
살았을까?

평생 그에 대한 죄책감에 살다 간 진원을 야속하게 생각하면
서도, 그 역시 마찬가지였다. 이런저런 이유로 자신의 존재를
깎아내리고 자신의 사랑을 부정하려 했다.

어리석은 놈…….

그때 특실의 문이 열리고 상우가 뛰어들어 왔다.

"사장님!"

다급한 그의 부름에 설왕설래 설전을 벌이던 수현과 수안이
눈이 동그랗게 변했다. 상우는 태원에게 다가와 귓속말로 빠르
게 중얼거렸다.

"그래?"

너무나 뜻밖의 소식에 태원의 얼굴이 찌푸려졌다.

"상태는 얼마나 심각한가?"

"일단 수술을 받아봐야 안답니다. 심장이 마비되고 바로 응급
처치를 받지 못해 상태는 장담할 수 없다고 합니다."

"그래……."

태원은 천장을 응시했다.

정화는 죗값을……그 정도의 죗값도 받지 않으려는 모양이
다.

오후의 일로 발작을 하던 정화의 심장마비 소식은 그다지 놀
랍지도 않았다. 언제나 자기 위주로 살았던 여자의 마지막 역시

철저히 그 여자다웠다.

무슨 영문인지 알 듯도 하고 모를 듯도 한 수안이 태원에게 다가서는 것을 수현이 뒤에서 잡았다. 살짝 고개를 가로젓는 수현의 모습에 입을 다문 수안은 걱정스러운 듯 태원을 보았다.

"최 실장."

"네, 사장님."

"우리 여기서 멈추자."

"하지만 사장님……."

"우리가 우위에 있다. 그 여자는 지금 자신의 위치를 잘 알고 있지. 가지지 못한 것에 대한 욕망도 많지만 이미 가진 것에 대한 집착도 지나치게 많으니 더 이상의 도발은 없을 거다. 언론에 유포되지 않게 하자."

"……네."

상우가 마지못해 대답을 했다.

진원이 지금껏 그를 지켜주었듯, 태원 역시 진원에게 해줄 수 있는 최후의 선물이었다. 정화가 아니라 진원에게. 정화는 사회의 따가운 질책을 달게 받아도 마땅치 않을 테지만 진원은 아니었다. 사회의 일률적인 잣대로 평가되기에 진원은 너무 정직한 사내였다.

상우가 나가고 생각에 잠긴 태원을 수현과 수안이 바라보았다.

태원의 찌푸려졌던 얼굴이 점점 편안해지더니, 언제나 그늘

지던 표정은 간데없이 여유로운 미소 한 조각이 걸쳐졌다.

수현은 태원에게 다가갔다.

"이제 시원하냐? 숨을 좀 쉴 수 있을 것 같지?"

"그래, 이제 시원하다."

서로를 이해하는 두 남자의 눈이 부딪쳤다.

"넌 말을 너무 안 해서 탈이다. 네가 수안에게만은 다르다는 걸 우리 모두 십이 년 전부터 알고 있는 사실이었는데. 너는 눈치를 못 챘단 말이야?"

"그랬어?"

"그래, 그랬어."

수현은 고개를 끄떡거렸다.

"너, 저 애물단지를 확실히 책임질 수 있냐?"

"오빠, 누가 애물단지야!"

수현의 말에 수안이 씩씩거렸다. 태원은 그런 녀석의 얼굴을 힐끗 보고 씩 웃었다.

"응, 책임질 수 있다. 그럼 허락하는 거냐?"

"태원아, 우리 어머니가 말씀하셨다, 저 애물단지 데러가는 사람을 우리 모두 감사히 생각해야 한다고. 정말 고맙다, 저 사고뭉치를 책임져 준다니, 우리 어머니 어깨춤을 추실 거다."

"뭐야, 정말!"

기어이 수안이 수현의 등을 툭 내려쳤다.

"오빠, 이건 정말 모함이야. 나 애물단지 아니거든?"

“그럼. 넌 소중한 내 수안이지, 애물단지 아니다.”

너무나 진지하게 말하는 태원을 수현은 믿을 수 없다는 듯 바라보았다. 진지하기만 하던 녀석의 닭살스런 말에 수현이 질색을 하고 되물었다.

“소중한 우리 수안이?”

“그럼. 소중한 우리 수안이.”

태원은 너무나 당연한 듯 고개를 끄덕거렸다.

“우웩!”

수현은 소름 돋은 팔을 문지르며 뒤로 풀쩍 물러났다.

“조류 커플 물러가라. 훠이~”

“왜 이러셔? 오빠 얼른 가서 오빠네 재욱 여사나 영국 못 가게 잡으시지? 재욱 언니가 한 번 한 말은 죽어도 지키는 거 알지? 얼른 가서 잡아라. 못 잡으면 설씨네 장남 설수현 아니다.”

“걱정을 마셔라. 우리 재욱이 꽁꽁 묶어올 테니!”

수현은 두 사람에게 손을 흔들며 병실을 나갔다.

“오빠, 진짜 괜찮은 거지?”

“그래, 걱정하지 마라.”

“응, 응.”

수안은 착한 아이처럼 고개를 끄덕거렸다.

“어떤 개자식이 그랬는지 물으면 오빠 속상하겠지?”

“…….”

수안은 그에 대해 알고 있다는 것을 감추지 않았고, 태원도 굳이 부인하지 않았다. 굳이 소리 내어 말해 상처를 들쑤시고 싶지 않은 수안이 혀를 쏙 내밀었다.

"이야, 너무 섹시하다. 난 셔츠 단추 세 개 이상 풀어헤친 남자가 정말 좋거든? 오빠 진짜 죽여."

"훗!"

언제나 그러하듯 분위기를 띄우는 데는 수안의 엉뚱한 말보다 더 좋은 것이 없다. 가만히 누워 녀석과 눈이 마주치자, 이 녀석, 무슨 생각을 했는지 씩 웃는 폼이 수상했다.

"오빠아~"

"왜?"

"오빠, 병원이라서 그런 건 절대 아닌데, 왜, 만화 보면 그런 거 있잖아."

"응?"

"그거, 그거."

뭘까? 애당초 수안의 생각을 따라가는 것을 포기한 태원은 그저 수안의 얼굴만 보았다.

"왜, 있잖아. 남자들이 왜, 늙어서 잘 안 될 때, 아구, 왜 이렇게 설명이 안 되냐?"

혼자서 버벅거리던 수안은 제 머리를 콩콩 쥐어박더니 두 주먹을 불끈 쥐었다.

"왜 간호사 복장 같은 거. 코스프레, 그거 입고 하는 거."

“풉!”

아, 진짜 이 녀석의 생각이란!

부러진 갈비뼈의 압박에 시원하게 웃을 수도 없는 태원은 가슴을 움켜쥐고 웃음을 참느라 헉헉거렸다.

“나이 들면 진짜 그렇게 해야 할 수 있는 건 아니지? 왜, 보고만 있어도 욕망이 막 샘솟지 않니?”

“하하하.”

태원은 웃음을 멈추지 못했다.

이 녀석이랑 있으면 심심해할 일은 절대 없을 것이다!

“아우, 웃지만 말고 대답해 봐.”

“하하. 설수안, 내가 말했어?”

“뭘? 대답하랬더니 왜 다른 말을 해?”

“사랑한다는 말.”

“흠, 아니, 못 들었던 것 같아.”

태원은 여전히 웃음을 거두지 않고 말했다.

“사랑해.”

“응, 알았어. 오빠. 그런데 아직 대답은 안 한 거다? 오빠, 오빠아, 코스프레 그거…….”

후훗. 어찌 사랑하지 않을 수가 있으랴.

태원은 종알거리는 수안의 얼굴을 자신의 가슴에 꼭 안았다.

“정말 사랑한다.”

“날 사랑한다면 얼른 대답해 봐. 내 사랑은 조건이야. 대답을 해야 나도 오빠 사랑할 거다 뭐.”
　“하하하.”
　그는 속이 시원하도록 웃고 또 웃었다.

8. 행복이 오는 길

우진그룹 회장실. 쾌적하고 넓은 회장실은 간결한 디자인이었지만, 그룹의 부유함을 한눈에 보여주었다. 이 방의 주인이 애지중지 키우는 난에서 꽃이 펴 난향이 더할 나위 없이 그윽했지만 사람들의 분위기는 험악했다.

박 회장은 곁에 선 김 실장의 말에 얼굴이 일그러졌다. 마음을 감추려 해도 초조해서 그냥 있을 수가 없었다. 박 회장은 언짢은 얼굴로 소파 팔걸이를 내려쳤다.

"상황이 어떤가?"

"고비는 넘기셨다고 합니다. 수술이 끝나고 중환자실에 입원해 계십니다."

"태원이 놈은?"

"사장님 역시 큰 문제는 없을 거랍니다. 아물기만 하면 큰 문제는 없을 거라고……."

"알았어, 나가 봐."

박 회장은 김 실장의 말을 끝까지 듣지도 않고 귀찮다는 듯 손을 흔들어 내보냈다. 홀로 남은 회장실엔 정적만이 가득했다.

며느리는 난데없는 심장마비로 병원 신세를 지고 있고, 하나뿐인 손자놈 역시 교통사고를 당해 수술을 받았다니, 박 회장은 이게 지금 어떻게 돌아가는 상황인지 알 듯 모를 듯 판단이 서지 않았다.

현 경영진의 사업 과제들에 만족하지 못한 주주들이 소집한 주주총회가 며칠 남지 않았건만, 주주들에게 명확한 해답을 제시해야 할 녀석이 빠지면 어쩌란 말인가! 그놈, 당최 마땅한 구석이 없다. 이렇게 손발을 맞춰 주지 못하다니.

"쯧, 제대로 된 것들이 하나도 없어."

박 회장은 언짢은 듯 혀를 차며 팔걸이를 툭 내려쳤다. 잠시 갈등하던 박 회장은 소파에서 일어났다.

"안 되겠다."

태원이 놈이 오지 않으니 그가 갈 수밖에. 늙은이를 왔다 갔다 하게 만드니 괘씸하기 이를 데가 없었다.

하지만 어쩌겠는가.

지금은 태원이 놈의 수완밖에 믿을 구석이 없었다. 시시각각 경영진의 자리를 넘보는 주주들을 막을 사람은 그놈뿐이었다.

박 회장이 들어서자, 때마침 홀로 있던 태원이 힘겹게 몸을 일으켰다.

"주주총회가 머지않았건만 이게 뭐 하는 일이냐? 퇴원은 언제인 거냐?"

박 회장은 태원의 안부를 물을 새도 없이, 아니, 물을 마음도 없이 본론으로 들어갔다. 조급한 마음, 그를 지배하는 탐욕에 얼른 대답을 들어야만 했다.

그런 박 회장의 모습을 보며, 태원은 과연 무엇을 기대했던지 의아심이 들었다. 이런 사람인 것을……. 새삼 그것을 깨닫는 태원의 얼굴에 쓴 미소가 어렸다.

"전 우진의 경영에 상관하지 않을 겁니다."

단호한 그의 말에 박 회장이 대노했다.

"뭐라는 거냐? 네 이놈!"

진원에게서 받은 그 주식을 가지고서도 경영권을 원하지 않는다니! 넓은 아량을 베풀어 우진의 사장 자리를 넘겨주는 것도 모르는 놈!

"네가 아니면 누가 한단 말이냐! 박가의 성을 가지고 태어났으면 당연한 도리를 해야 하는 법! 감히……."

"제가 가진 주식을 드리죠."

그의 말에 박 회장이 멈칫해 태원을 바라보았다.

"형에게 받은 주식 전부를 드리죠. 그리고 전문 경영인에게 우진을 경영케 하시면 되지 않습니까."

복수하겠다고 생각했다.

그를 이토록 힘들게 하고, 형을 힘들게 했던 이 사람들에게 복수하겠단 생각이 언제나 그를 지배했다.

그런데, 이 순간 그것이 참 무의미해졌다. 언제까지 이들 속에 섞여 그조차 부패하고 싶지 않았다. 다 줘버리고 자유로워질 것이다. 단!

"제 주식을 드리는 대신 조건이 있습니다."

"……뭐냐?"

태원이 가진 주식과 전문 경영인 사이의 이율을 빠르게 계산하다 결국 주식으로 기울어진 박 회장이 마지못해 물었다.

"형의 유골을 제게 주십시오. 형수님이 계신 강으로 보내 드릴 겁니다."

"그건…….."

태원의 제안에 박 회장이 잠시 멈칫했다.

천금같이 귀애하던 손자, 진원의 유해를 달라니……. 손자보다 먼저 죽은 손부는 정화 못지않게 그 역시 마땅찮았던 손부였다. 모자라도 한참 모자란 집안의 별 볼일 없는 여식. 그런데 그 아이가 뿌려진 강가에 같이 뿌리겠다니…….

"그건 안 된다."

박 회장은 단호히 거절했다. 박 회장은 태원을 대하는 것과는 달리 나름대로 진원을 아낌없이 사랑했다. 그런 손자의 너무 젊은 죽음을 애통해했기에 강물로 떠나보내고 싶지 않았다. 자신이 죽으면 자신 옆에 묻을 생각까지 했다.

박 회장이 진원의 출생에 대해 모르기 때문에 단번에 허락할 리가 없다는 것을 알고 있었다. 그렇기에 태원은 당황하지 않았다. 대신 침착하게 박 회장을 보았다.

"주주총회를 소집한 사람이 누구인지 아십니까?"

"뭐야?"

"유정화 여사님이십니다."

"뭐, 뭐야!"

박 회장은 태원의 말에 심한 충격을 받았다. 며느리가 호락호락한 여자가 아니라는 것은 익히 알고 있었지만, 감히…… 감히 집안을 배신하고 주주총회를 소집할 줄은 몰랐다. 별안간 뒤통수를 맞은 듯 어질어질했다.

"요망한 것, 독하고 독한 것 같으니라고!"

박 회장은 분노와 배신감에 치를 떨었다.

"지금 심장마비로 쓰러지셨지만 말입니다. 그 권리를 이임 받은 누군가가 현 경영진을 불신하면……."

말끝을 흐린 그는 흔들림없는 시선으로 박 회장을 응시했다. 이 정도면 박 회장이 절대 거절하지 못할 거라는 사실을 알고 있었다.

“흠…….”

잠시 고민하던 박 회장은 결론을 내렸다.

“네 뜻대로 하거라.”

죽은 손자도 귀했지만…… 눈앞에서 우진을 빼앗기는 것은 절대 용납할 수가 없었다. 선선히 고개를 끄떡인 박 회장은 들어올 때처럼 인사조차 없이 병실을 나갔다.

다 써보지도 못할 만큼 돈이 많지만…… 그래도 더 가지기 위해, 그가 소유하고 있는 주식과 이윤을 계산하기 위해 저리 바쁘게 나간 것이리라.

하지만 상관없었다.

이제 형도, 그도 진정 자유로워질 것이다. 진정……!

박 회장이 사라진 병실을 쓸쓸함이 가득했다. 노인은 대체 얼마를 더 가져가야 만족할지, 그 탐욕의 끝을 알 수가 없었다. 그때,

“오빠!”

병실문이 열리고 수안이 뛰어들어 왔다. 가만히 있어도 디운 날 저렇게 얼굴이 붉어질 정도로 뛰어다니다니……. 태원의 언짢던 마음이 눈 녹듯 사라지고, 수안에게 다정한 얼굴로 손을 내밀었다.

“왜 뛰어왔어? 너 그러다 몸져눕겠다.”

“에이, 몸져눕다니. 그게 뭐야?”

녀석은 종알거리며 가지고 온 쇼핑백 꾸러미를 풀었다.

"엄마가 오빠 가져다 주라고 싸줬다?"

"어머님이?"

"응."

가뜩이나 잘 먹지도 않는데 아프면 어떡하냐고 혼잣말로 걱정하는 것을 엄마가 들으셨다. 이미 수현에게 자초지종을 모두 들어 알고 있기에 아무 말 없이 먹기 편한 죽과 음식들을 싸 들려주셨다. 수안이 그걸 받고 깜짝 놀라 눈만 껌벅이자 엄마가 안달을 내며 등을 떠밀었다.

"이것아, 덤벙거리지 말고 잘해. 너 열 번 죽었다 깨어나도 태원이 같은 남자 못 만나. 알았어?"

그 말이 태원을 칭찬하는 말 같기도 하고, 자신을 아주 우습게 여기는 말 같기도 하고……. 수안은 쇼핑백을 안고서 잠시 고민에 빠졌다가 혼자 있을 태원을 생각해 부리나케 병원으로 달려온 것이다.

"음, 그런데 스푼이 왜 없지?"

보온병을 열어 가져온 그릇에 죽을 담고선 아무리 수저를 찾아도 보이지 않았다. 수안은 혀를 차며 쇼핑백을 탈탈 털어보았다.

"아구, 우리 엄마 또 시작이시네. 아니, 숟가락을 안 넣으면 어쩌라고."

태원이 웃으며 말했다.

"후훗. 너하고 비슷하시다."

"그럼! 내가 우리 엄마 딸이니까…… 가만가만, 그거 칭찬인
거지?"

"그럼 칭찬이지."

"히히, 알았어. 오빠 조금만 있어보셔. 내가 병원 매점 가서
얼른 일회용 스푼 사 올게."

"수안아, 안 그……."

그럴 필요 없다는 말이 끝나기도 전에 수안은 바람처럼 달려
나갔다. 하여튼 저렇게 동에 번쩍, 서에 번쩍 하는 것은 어릴 때
나 지금이나 변함이 없었다.

웃으며 녀석이 사라진 병실문을 보는 순간, 스르륵 소리없이
병실문이 열리며 소라가 들어섰다. 환하게 웃고 있다 소라를 마
주한 태원은 금세 무표정한 가면을 쓰고 그녀를 보았다.

"아주 분위기가 좋군요."

파란 분노가 고스란히 묻어나는 목소리에 자연 태원의 얼굴
이 굳어졌다. 한여름 더위가 무색하게 새빨간 민소매 원피스를
입고 머리를 어깨까지 늘어뜨린 소라는 또각또각 하이힐 소리
를 내며 다가왔다.

"웬일이지?"

"신문 지상까지 오르내릴 만큼의 사고라 해서 걱정을 했죠.
그런데 소문과는 달리 멀쩡한가 보군요."

소라의 말속에 무수히 많은 가시가 들어 있었다. 찔리면 피가

흐를 만큼 날카로운 가시를 드러낸 채 그를 향해 다가와 멈춰 섰다.

"날 이렇게 모욕하고도 괜찮을 거라 생각하나요?"

태원은 소라를 올려다보았다.

"난 당신과 혼담이 오가는 사이였어요. 아직도 마찬가지고요. 그런데 이 병실에 나 아닌 다른 여자가 드나들어요. 온 병원 사람들이 다 알도록 말이죠. 그런데 당신은 아무 설명이 없군요."

"당신과 나 사이에 오가는 혼담은 이제 없어. 처음부터 이루어지지 않을 혼담이었고, 이젠 오가지도 않는 혼담이지."

그는 무심하고 차가운 어조로 말했다.

"내가 말했지 않았나, 난 당신과 결혼하지 않을 거라고?"

"이봐요! 당신, 뭐가 그렇게 잘났죠? 당신이 우진을 차지하기 위해서 내가 필요하다는 걸 몰라요?"

수안을 대할 때와 너무 다른 태원의 모습에 소라의 이성이 사라졌다. 도도한 가면을 벗고 그를 향해 앙칼지게 소리쳤다.

"주주들이 당신을 사장으로 신임하기 위해서……."

"그런 것 따윈 이제 의미없어. 처음부터 그랬지만 지금은 더 그렇군."

"무, 무슨 말이죠? 의미가 없다뇨?"

"우진을 포기했거든."

태원의 마지막 말에 병실 안은 잠시 정적에 싸였다.

"그래서 당신이 말하는 주주들의 신임 따위를 받기 위해 당신과 결혼할 필요가 없다는 거지. 이제 비천한 출생의 남자에게 당신 인생을 저당 잡히지 않은 것을 감사하게 생각해야겠군."

태원은 소라가 수안에게 했다던 그 말을 고스란히 인용해 비꼬았다. 소라는 그런 태원을 이해할 수가 없었다. 그 거대 그룹을 포기하다니, 과연 제정신일까? 그녀가 아무리 태원을 원한다지만…… 무일푼의 남자란…….

"당신, 당신은 미쳤어. 꿈도, 야망도 없는…… 미친 남자야."

"그래, 미쳤지. 미친 거 맞아. 그러니까 당신 이만 가라."

내 꼬마가 나타나 이 추한 광경을 보기 전에.

단호한 태원의 얼굴을 보던 소라가 등을 곧추세웠다. 자존심을 굽히지 않고 살아온 여자답게 빨리 감정을 회복했다.

"그러죠, 이만 가죠. 당신을 사랑하지만 당신의 조건까지 사랑하고 싶지는 않으니까 내가 이쯤에서 포기하죠."

태원과 수안을 위해 짐짓 자신이 대단한 아량을 베푼 것처럼 도도하게 말한 소라가 병실을 나갔다.

"좋으실 대로."

소라가 사라진 병실에 태원의 나지막한 비꼼이 울려 퍼졌다.

딸깍.

병실문을 닫고 나오던 소라는 플라스틱 스푼과 포크를 위협적으로 들고 있는 수안을 발견하고 놀라서 우뚝 멈춰 섰다.

"어머! 뭐예요?"

소라는 놀란 가슴을 쓸어내리며 앙칼지게 말했다. 그러자 뽀족한 포크 날을 휘두르며 수안이 다가섰다.

"무, 무슨 일이에요?"

위협적인 모습에 소라가 뒷걸음질쳤다. 병실문이 더 이상 물러날 수 없게 만들자 당황한 소라를 그러자 수안이 무시무시한 어조로 말했다.

"내가 우리 태원 오빠 앞에 다시 한 번 나타나면 당신 차를 확 긁어준다 그랬지? 앙? 기억나?"

"이, 이 여자가 무식하게……."

반말을 해대는 수안을 용서할 수 없는 소라가 눈을 번뜩거렸다.

"그래, 나 무식하다. 너무 무식해서 어떤 짓이든 다 할 수 있다. 지금 네 차가 없으니, 얼굴을 그어줄까?"

"엄맛!"

동그란 눈에 가득 살기를 담고 다가오는 수안의 모습에 더럭 겁이 난 소라가 비명을 지르며 수안을 밀쳤다. 이 완벽한 얼굴을 그어준다니, 정녕 미친 여자다!

"아앗!"

소라는 미친 듯이 버둥거려 병실문과 수안 사이에 샌드위치처럼 끼어 있던 불리한 자세에서 벗어났다. 그리고 평소의 도도하고 오만한 자세를 모두 포기한 채 줄행랑을 쳤다.

"흥! 그렇게 겁먹을 거 어디 와서 행패야, 행패가? 한 번만 더 나타나 봐라! 내가 아주 끝장을 볼 테니까!"

수안은 여전히 포크 날을 휘두르며 다짐했다.

수안은 그 재수탱이가 안절부절못하고 동동거리다 엘리베이터에 올라타고 나서야 병실문 손잡이를 잡았다.

"아, 아."

수안은 발성 연습하듯 목청을 가다듬고 병실문을 열었다.

"오빠~"

그리고 포크를 휘두를 때와는 전혀 다른, 100% 애교가 묻어나는 목소리로 태원을 외치며 들어갔다.

가물어 농사짓기가 힘들다고 난리인 지금도 유유히 흐르는 맑은 강가.

"오빠, 여기가 어디야?"

무슨 영문인지도 모르고 따라가겠다고 졸라 따라온 수안은 태원의 품에 안긴 백색 항아리와 강가를 번갈아 보며 물었다.

"오빠, 여기가 어디야?"

"우리 형수님이 잠드신 곳."

아……. 그럼 저 항아리는…… 형님…….

태원의 대답에 죽어서도 만나지 못한다던 형님과 형수님의 이야기가 기억이 나 수안도 엄숙해졌다.

항아리를 어루만지는 태원의 얼굴은 씁쓸함이 가득했다.

수술에는 성공했지만 산소 부족으로 뇌의 기능을 반 정도 상실한 정화는 이제 무슨 일이 일어나는지도 모를 것이다. 단지 먹고, 자고, 배설하는 일만 할 수 있을 뿐 다른 것엔 관심이 없었다.

그토록 악독하게 명예와 돈을 갈망하던 사람의 변한 모습은 보는 사람을 오히려 슬퍼지게 했다.

가장 완벽한 모습으로 가장 완벽한 삶을 살고 싶었던 여자가 가장 본능적인 삶을 산다니…….

태원은 정화가 죄를 받고 있는 것이라 생각했다.

정화가 사라진 우진가에 결정권을 가진 사람은 박 회장뿐이었다. 박 회장의 허락으로 정화가 은수와 함께 뿌리길 거부한 진원의 유해가 태원의 품에 안겨 있었다.

"이제 형수님하고 만나게 해드리려고."

"그럼 집안에서 허락한 거야?"

"그래."

엄밀히 말해 주식과 맞바꿨지……. 박 회장에 의해. 그래도 상관없었다. 태원이 진원에게 해줄 수 있는 유일한 것이었으니.

그는 유골함을 열었다.

회색 빛이 도는 백색의 고운 가루…… 형.

형수에게 보내주기 위해 유골함에 손을 넣자, 한없이 보드랍기만 한 감촉에 눈을 질끈 감았다.

'그래, 형은 이런 모습을 하고도 부드럽구나. 살아서도 그렇게 모질지 못하더니…… 그래서 바보처럼 아프다가 죽어서…… 죽어서도 이렇게 부드러운 감촉을 남기고 있어, 형…….'

절대 바람 사이로, 물 사이로 흘려보내고 싶지 않았지만……
형수가 기다리고 있었다. 지난 십이 년 동안 하루도 빠짐없이
형을 기다리고 있었을 것이다.

태원은 고운 가루를 한 줌 잡아 물 위로 손을 뻗었다. 스르
륵…… 손가락 사이로 빠져나가 바람에 흩날리는 형…….

기어이 눈물이 뺨을 타고 흘러내렸다.

형의 자유를 보면 행복할 것 같았는데, 이상하게 가슴이 무너
져 내리고 있었다. 유골함이 비워질수록 설움이 더해가자 태원
은 유골함을 껴안고 주저앉았다.

마지막 남은 유해를 더 뿌릴 수가 없었다. 자신이 없었다. 흔
적조차 없이 떠내려갈 형이 아까워 견딜 수가 없었다. 영원히
그를 떠날 것만 같았다.

"오빠, 일어나. 응? 조금 더 남았어."

"싫어. 수안아, 나 못하겠어."

태원은 유골함에 고개를 묻은 채 중얼거렸다. 너무나 아픈 기
색이 역력해 수안의 가슴마저 저며왔다.

"형수님도 그렇겠지만, 나도 형이 필요해. 다 보내면…… 나
는? 나는 이제 어떡하라고……. 생각이 짧았어. 형을 보내는 게
아니었어."

물기 어린 목소리. 가슴속에 그대로 남은 상처받은 아이의 목
소리로 태원이 중얼거렸다.

"오빠, 오빠가 그랬잖아. 내가 먼저 죽으면 오빠 살 수 없을

거라고. 마찬가지야. 내가 먼저 죽어서 오빠를 기다리고 있는데 오빠가 내 곁으로 오지 않아. 난 바람처럼 떠도는데 오빠는 갇혀서 내 곁으로 오지 않으면…… 그걸 상상해 봐. 오빠, 형수님이 얼마나 외롭고 슬플지 상상해 봐. 응?"

수안이 태원의 등에 손을 올리며 달래듯 말했다.

"오빠랑 내가 같이 있고 싶은 것처럼, 형님이랑 형수님도 그러실 거야. 조금만 더 용기를 내. 응? 오빠, 얼른."

토닥토닥 등을 두드리는 손길에 애정 어린 염려가 가득했다. 수안은 태원이 이 일을 마무리 지어야 자유로워질 것임을 알고 있었다. 거의 모든 것이 결론지어졌다. 진원의 유골만 이 강가에 뿌리면 과거에 연연해할 필요가 없었다. 어렵지만 반드시 해야 할 일이었다.

"형을 자유롭게 형수님께 보내기 위해 오빠가 노력한 것을 생각해."

수안의 말에 태원이 고개를 들었다. 잘생긴 얼굴 가득 눈물이 흐르고 있었다. 숨김없이 아프다는 것을 말하는 태원의 모습에 수안은 그만 그의 등을 꼭 껴안고 말았다.

"울지 마, 오빠."

대체 태원이 얼마나 힘들어야 하는지, 그것을 생각하니 절로 설움이 북받쳤다.

태원은 등에서 고스란히 전해지는 수안의 떨림을 느끼며 고개를 들었다. 뜨거운 여름 태양에 강가 돌멩이들이 달아올라 그

열기가 대단했다. 하지만 강둑에는 이름 모를 풀들이 푸르른 생명력을 자랑했다. 그사이로 하얀 나비가 연약한 날갯짓을 한다.

너무 작아 존재를 알 수 없는 나비의 애처로운 날개. 그것이 태원의 시선을 잡더니 꼼짝달싹 못하게 옭아매었다.

무엇을 바라는 듯, 뜨거운 여름 태양 따윈 적수가 안 된다고 시위라도 하는 듯한 나비의 비행을 보는 젖은 태원의 얼굴이 희미한 웃음으로 얼룩졌다.

'형, 보여? 나비야. 너무 작고 너무 예쁜 나비네. 아마…… 형을 마중 나온 형수님인 거 같아. 맞지?'

태원은 마지막 한 줌 남은 유골을 아낌없이 강가로 흩날렸다.

'가라, 마중 나온 형수님 따라 아프지 않고 슬프지 않는 그곳으로 가. 그곳에서는 형수님과 절대 헤어지지 말고 꼭꼭 붙어 있어. 나도…… 나도 갈게. 우리 수안이랑 딱 칠십 년 동안 행복하게 살다가 그곳으로 갈게. 기다려. 그리고…… 잘 가…….'

보내기엔 너무 아까웠지만 가슴속 앙금으로 남았던 숙제가 풀리는 순간이었다. 그를 지켜준 형을 위해 그가 해줄 수 있는 유일한 것. 나비의 힘찬 날갯짓을 보며 태원의 가슴속 응어리가 눈처럼 녹아내렸다.

그는 등에 기대선 수안의 손을 꼭 잡았다.

녀석이 있어 정말 다행이다. 누군가의 체온이 절실하게 그리운 순간, 그 누군가가 수안이란 사실에 더할 나위 없이 행복했다.

"우리 형 행복하겠지?"

"응, 오빠 덕에 아주 행복하실 거야."

"그래."

꼭 그래야 한다.

찜통 같은 한낮의 태양 아래 너무 오래 서 있으면 좋을 것이 없었다. 태원은 형과의 아쉬운 작별을 하고 차에 타 에어컨을 강하게 틀었다.

"아, 시원하다."

더위에 지친 수안이 찬바람에 안도의 한숨을 쉬는 것을 보며 웃음을 지은 태원은 벨트를 맸다. 그러다 힐끗 수안을 보며 무슨 말을 할 듯 머뭇거리다 눈이 마주치자 그저 씩 웃고 만다.

"왜? 무슨 말인데 하려다가 마는 거야? 해봐."

"아니다."

묘한 미소를 지으며 고개를 저은 태원은 시동을 걸었다. 수안은 고개를 갸우뚱거리며 다시 에어컨 바람에 손을 뻗어 찬바람을 만끽했다.

"수안아."

"응?"

마치 아이처럼 천진한 수안의 모습을 보며 태원이 말했다.

"나 내일 미국 간다."

"응."

한낮의 강가는 너무 덥다고 생각하는 수안이 건성으로 대답하다 놀라 그를 향해 돌아앉았다.

"응? 오빠, 뭐라고?"

"미국 간다고."

뭐라는 거야?

"미국? 거길 왜 가는데? 뭐 하러 가? 왜왜? 갔다가 언제 오는데?"

놀랐을 때의 녀석이란 질문이 참 많다. 그것을 너무 잘 아는 태원은 지금 수안이 얼마나 놀라고 당황했는지 알고도 남았다. 묻는 말에 대답을 해야 하는 그로서는 수안과 감히 눈을 마주칠 수가 없었다.

"응, 미국 가. 거기 사업체가 있어. 내가 미국에서 살아가는 이유가 되던 회사지만 이제 정리를 해야 할 것 같아. 그런데 그것을 정리하려면 시간이 좀 오래 걸릴 거야."

"얼마나?"

"모르겠어."

솔직하게 말하는 태원의 목소리는 낮았고, 더할 나위 없이 진지했다. 그가 허튼 소리 따윈 하지 않는다는 것을 알기에 수안은 눈물이 날 것만 같았다.

"그런 게 어디 있어?"

이제 다 끝났다고 생각했는데, 난데없이 미국으로 간다는 태원이 야속하기 짝이 없었다. 수안은 저도 모르게 흘러내리는 눈물을 거칠게 닦으며 말했다.

"내일 가는데 왜 이제 말해? 그리고 갔다가 언제 올지도 모른다고? 그럼 나는?"

"미안해."

"흐흑, 뭐가 미안한데? 오빠 정말 웃겨."

진지한 사과에 수안은 결국 소리 내어 울기 시작했다.

"갈 거면서, 결국 갈 거면서……. 이게 뭐야!"

"수안아."

그녀의 눈물에 당황한 태원이 다가와 어깨를 잡았지만 수안이 거칠게 그 손을 뿌리쳤다.

"너무해. 갈 거라면 사랑한다는 말 같은 건 하는 게 아니잖아. 흐흑."

"내가 갔다가 안 온다고 했어? 시간이 좀 걸리는 거야. 수안아, 네가 있는 이곳으로 꼭 돌아올 거야. 그러니까 울지 마, 응?"

"몰라!"

수안은 어깨를 들썩이며 서럽게 울었다.

"어엉."

"휴……."

서럽게 울어만 대는 녀석을 난감하게 보던 태원은 녀석의 어깨를 잡아 품에 안았다.

"싫어. 이거 놔!"

수안이 발버둥을 쳤지만 태원은 꼼짝도 안 하고 수안을 안은 손에 힘을 주었다.

"너 때문에 가는 거야. 너 때문에……."

"흐흑, 뭐가 나 때문이야? 나 때문이라면 가선 안 되는 거지. 나랑 같이 한국에 있어야 하는 거라고."

마구 소리치는 수안의 등을 꼭 안으며 태원이 말했다.

"수안아. 오빠는 미국에서 십이 년을 살았어. 아무리 내가 주위에 무관심한 사람이라도 십이 년을 산 그곳에 남은 추억과 사람을 정리하는 건 시간이 걸리는 일이야. 내 지난 삶을 정리하는 거라고. 너와 함께하기 위해. 그곳에 추억도, 미련도, 미움도…… 모두 버리고 올게."

"흐흑."

나지막하고 달래는 듯한 목소리에 수안은 태원의 품에 얼굴을 비볐다.

"혼자 있기 싫어."

"나도, 나도 널 두고 가기 싫어. 하지만 수안아, 싫다고 안 하기엔 내게 너무 중요한 일이야. 기다려 줄 거지?"

수안은 젖은 얼굴을 들어 태원을 보았다. 올려다본 검은 눈동자에는 애원과 거절에 대한 희미한 두려움이 가득했다. 정말 보내기는 싫었지만…….

그녀는 태원의 가슴을 툭 쳤다.

"얼굴 잊어버리기 전에 돌아와야 기다릴 거야. 너무 늦게 오면 오빠가 누군지 확 잊어버릴 거라고."

그녀의 대답에 안도의 한숨을 쉬며 태원이 약속했다.

"알았어. 최선을 다해 빨리 돌아올게."

"빨리 와야 해."

하지만 태원은 빨리 돌아오지 않았다.

수안은 커다란 창밖을 내다보았다. 무덥던 여름은 없었던 것처럼 시원하게 불어오는 초가을 바람에 나뭇잎이 흔들리고 있었다.

파란 하늘은 하루가 다르게 높아졌지만, 두 달이 훌쩍 지나도록 소식 한 통 없는 야속한 박태원으로 인해 수안은 점점 우울해져 갔다.

"휴……."

강의가 끝나고 사람들이 떠난 강의실에 홀로 남은 수안은 두 팔에 고개를 묻었다. 전혀 설수안답지 않은 모습이지만 이렇게 우울해하는 것이 바로 태원을 그리워하는 설수안의 마음이었다.

얼른 와……. 빨리 온다고 약속했잖아. 보고 싶단 말이야…….

고개를 묻은 채, 수안은 두 달 동안 주문처럼 외던 말을 가만히 되뇌어 보았다.

똑똑.

난데없이 들리는 소리에 수안이 번쩍 고개를 들었다. 태원인가?

"혼자 뭐 하냐? 배고파서 쓰러진 거냐?"

그녀가 앉은 책상을 두드리며 민규가 웃고 서 있었다.

휴, 젠장. 좋다 말았다. 유리창을 통해 들어오는 가을 햇살을 등지고 웃는 민규는 어지간한 여자보다 예뻤지만 수안은 대답 없이 철퍼덕 고개를 묻었다.

"밥 먹으러 갈까?"

"됐어. 그대 갈 길이나 가라."

상대해 주고 싶은 마음이 없어 귀찮은 듯 말했지만, 눈치없는 자식, 갈 생각은 안 하고 그녀 앞 자리의 의자를 끌어다 앉았다.

"여어, 설수안, 너 너무 심각하다. 왜 그래?"

"……."

기운도 없을뿐더러 민규에게 설명을 해야 할 이유도 없어 수안은 대답을 하지 않았다. 그러자 안달이 난 민규가 수안의 어깨를 잡고 흔들었다.

"설수안!"

어떻게 이 둔치를 좋아한다고 생각했을까? '묻지 마삼!' 표음율 모드를 딱 보면 몰라서 집요하게 대답을 요구하다니!

아니, 그리고 대답을 꼭 해주어야 하는 이유는 뭐란 말인가?

수안은 한숨을 푹 쉬며 고개를 들었다.

"성민규야, 너 오늘 왜 이러냐? 나 혼자 고독을 즐기고 싶다니까. 그냥 가셔, 응? 혜미가 안 기다리냐?”

“혜미? 너 모르냐?”

민규의 목소리는 의아함에 가득했다.

“뭘 몰라?”

원치 않는 대화가 자꾸 이어지자 수안은 혼자만의 고독을 포기하고 고개를 들어 민규를 보았다. 그러자 민규가 어깨를 으쓱 들었다 놓으며 머리를 긁적였다.

“나 혜미랑 헤어졌는데, 학기 시작하고 바로.”

민규 놈의 말에 수안이 발딱 몸을 일으켰다.

“그래?”

헉! 그런데 난 왜 몰랐을까? 학기가 시작한지 한 달이나 지났건만!

아무렴 어때? 흥, 니들이 나 불러내서 호호거릴 때부터 알아봤거든?

세상의 번뇌를 초월할 성인군자가 못 될뿐더러 성인군자가 되고 싶지도 않은 수안은 민규를 보며 내심 고소함을 감출 수 없었다.

얼마나 비참한 여름날이었던가!

감히 둘이서 사귀는 주제에 지들 중간에 앉혀 영화 보게 하고, 날 눈물 나게 하더니!

수안은 팔짱을 끼며 민규를 보았다.

“흠, 마주치면 어색하지 않아?”

“아니, 별로.”

미소를 감추기 위해 안간힘을 쓰는 자신과는 다르게 담담한 민규의 얼굴을 보노라니 정말 한 달 동안 모든 감정 정리가 끝났나 보다. 보기보다 독한 놈!

이래서 인생은 살아봐야 한다. 끝이 어떻게 될지 아무도 모르니. 그녀만 남겨두고 혜미와 팔짱 끼고 사라지던 성민규 때문에 마음 아팠던 것이 정말 옛말이 되어버렸다.

“그래, 세계관이 다르면 뭐 어쩔 수 없는 거지. 너무 상심하지 마.”

수안은 진지한 얼굴을 짓기 위해 노력했다.

크크, 성민규야, 난 세계관이 딱 맞는 태원 오빠 있다!

큰 소리로 자랑하고 싶어 입이 근질거렸지만 수안은 위로를 아끼지 않았다. 하지만 그녀의 위로에 민규가 목소리를 딱 깔고 말했다.

“상심 안 해. 혜미가 좋아서 사귄 게 아니거든.”

허걱, 무어라? 이야, 이게 또 무슨 말이야?

너무나 뜻밖의 이야기라 태원의 부재로 우울하던 기분은 간데없이 수안의 두 눈이 또랑또랑해졌다.

“그게, 그게 무슨 말이야?”

“나 좋아하는 사람 따로 있다. 그런데 그 바보가 그걸 몰라주니까…… 너무 몰라주니까…….”

끝을 맺지 못하는 민규의 표정은 너무 진지했다. 엄숙하고 비장하기까지 한 분위기. 고소해하던 그녀가 미안해질 만큼 말이다. 수안은 저도 모르게 민규의 손을 토닥거렸다.

"휴……. 그랬냐? 그래도 좋아하지도 않으면서 혜미랑 사귀는 건 네가 나빴다."

"……그래?"

당근이지, 이놈아!

수안은 목 끝까지 차 오른 그 말을 꼭꼭 눌러 삼켰다.

"그런데 그 바보가 모르잖아. 내가 자길 얼마만큼 좋아하는지…… 그렇게 주위를 맴돌아도 몰라."

"바보야, 그럼 네가 말하면 되잖아?"

"그럴까?"

어유, 답답해! 수안은 자꾸만 그녀의 말을 따라 하는 민규 녀석을 한 대 툭 때리고만 싶었다. 그때 민규가 나지막한 목소리로 말했다.

"좋아한다."

제법 진지한 녀석의 말은 어지간한 여자의 마음을 녹이기에 충분했다. 수안은 씩 웃으며 민규에게 주먹을 불끈 쥐어 보였다.

"그래, 그렇게 말하면 되네. 성민규, 화이삼!"

"휴……. 설수안."

민규는 어이없다는 듯 너털웃음을 지었다.

"너 좋아한다고."

"어?"

이놈이 뭐라는 거니? 나름대로 앙증맞은 '화이삼!' 까지 외쳐주었건만, 무어라?

너무나 어처구니없는 그 말에 수안의 두 눈이 튀어나올 지경이었다. 뇌가 도저히 받아들이지 못할 말을 한 민규 놈이 수안의 두 뺨을 잡아 시선을 마주 보게 했다.

"말하라며? 좋아한다."

"어, 어…… 저기…… 야야, 손 좀 놔 봐봐!"

수안의 놀라서 붕어마냥 튀어나온 눈동자가 민규의 시선과 마주치지 않게 하기 위해 또르륵, 또르륵 정신없이 굴렀다.

그러자 호흡이 곤란한 듯 버벅거리는 수안의 얼굴을 놓아준 민규가 쐐기를 박았다.

"나 정말 너 좋아한다. 너 무척 매력있는 애거든."

"꼬마가 매력있다는 걸 모르는 사람은 없지."

그때 출입문 쪽에서 익숙하고 그리운 목소리가 날아들었다. 너무나 듣고 싶던 목소리에 뒤를 돌아보자, 언제나 그랬던 사람처럼 태원이 출입문에 기대서 있었다.

"오빠!"

수안은 너무 반가워 민규도 잊고 태원을 불렀다. 모든 것을 정리하기 위한 미국행에서 스스로를 억제하던 밧줄도 끊어버리고 왔나 보다.

베이지 색 면바지에 카키 빛 니트를 입은 태원의 캐주얼한 모

습은 낯설었지만, 그녀를 위해 미소 지은 저 얼굴은 그대로였
다.

"그런데 꼬마, 너 바람피우니?"

"뭐라는 거야? 바람이라니!"

수안은 자신을 붙잡는 민규의 손을 뿌리치고 태원을 향해 달
려갔다. 그리고 얄밉도록 능청스레 서 있는 태원의 가슴을 탁
쳤다.

"왜 이제 와! 내가 얼마나 기다렸는데!"

태원이 웃으며 수안의 손을 잡고 그녀를 꼭 앉았다. 수안 역
시 다시는 멀리 보내고 싶지 않아 그를 힘주어 안았다. 그가 수
안의 얼굴을 조금 들어 바라보았다.

"잘 있었어?"

"당근 못 있지! 왜 이렇게 늦게 온 거야!"

씩씩한 앙탈, 태원의 입가가 슬며시 올라갔다.

"그래서 나 안 기다리고 바람피우는 거야?"

"왜 이러셔? 나 절대 바람 안 피웠거든?!"

대답도 듣지 못한 채 채인 민규가 멍한 얼굴로 바라보는 것도
아랑곳없이 태원과 수안은 반가운 해후를 했다.

태원은 수안의 보드라운 머릿결에 고개를 묻었다.

타인의 시선을 의식하지 않고 그를 꼭 끌어안은 채 반가운 마
음을 전하는 이 존재가 얼마나 그리웠던지 모른다.

미련없는 생활이라 생각했었다. 언제든 훌쩍 떠날 채비를 한 채 살아간다고 생각했었는데……. 수안을 남겨두고 와 얼른 돌아가고 싶은 그에게 정리할 것이 너무 많았다.

추억도, 사람도, 그리고 회사까지.

전화라도 하고 싶었지만 그러면 견딜 수 없을 것 같았다. 씩씩하게 고함질러 댈 녀석이 보고 싶어 당장 공항으로 갈 것 같아 전화를 걸 수가 없었다.

그리고 오늘, 녀석을 만났다. 찬란한 가을 햇살 아래, 그 아닌 다른 남자를 향해 매력을 품어대는 녀석을.

"많이 보고 싶었다."

"응. 나도 많이 보고 싶었어."

그의 가슴에 얼굴을 묻은 녀석의 목소리에 물기가 어렸다. 지난번 귀국했을 때, 혼란스럽고 불확실한 미래로 어두웠다면 지금은 오로지 기쁨만이 가득했다.

"그런 녀석이 다른 남자한테 사랑 고백을 받고 있냐?"

그는 짐짓 수안을 을러댔다. 그의 말에 수안이 고개를 반짝 들고 항변할 찰나, 민규가 먼저 소리쳤다.

"설수안, 너 뭐야?"

분노하고 상처받은 어린 소년의 얼굴. 아직 더 많은 시간이 지나야 그의 적수가 될 것이다. 그래도 말이지, 어리다고 봐주진 않아. 꼬마는 내 거니까.

성큼성큼 다가오는 민규를 보는 태원의 입가가 굳어졌다.

"너 사귀는 사람 있었다는 거 왜 말 안 했어!"

"야, 성민규, 너 웃긴다? 내가 왜 너한테 그런 말을 해!"

역시 민규의 발언에 매우 발끈한 수안이 빽 소리 질렀다.

"설수안!"

어렵게 고백을 했건만, 대답조차 듣지 못한 채 차이고 만 자존심이 민규를 용감하게 만들었나 보다.

민규가 태원의 품에 안긴 수안의 어깨를 턱 잡자, 태원의 눈이 매서워졌다.

"손 놓지 못해?"

감히 누굴 건드려?

험한 삶에서 살아남은 자 특유의 눈빛에 민규가 움찔했지만, 물러나지 않고 호기롭게 버텼다.

"싫습니다. 아직 수안의 대답을 듣지 못했거든요."

들으나마나 상황이 종료됐다는 것을 인정할 수 없는 듯했다.

그래, 사나이 오기란 말이지? 그 오기에 가슴이 찢어질 텐데도? 왜냐하면 내 꼬마는 가차없거든.

그에게 소리없는 질문을 던진 태원이 품에 안긴 수안을 휙 돌려세웠다.

"대답해라. 수안."

"응, 알았어."

태원에게 한 걸음 떠밀려진 수안이 민규를 보았다. 수안은 고백을 한 것이 억울하다는 듯, 감정을 숨기지 못하는 민규에게 더할 나위 없이 진지하게, 그리고 차갑게 말했다.

"민규야, 말은 대단히 고마운데, 너도 보다시피 나한테 돈 많고 잘생긴 애인이 이미 있거든? 혜미하고의 일은 굉장히 애석하지만 그래도 민규야 어쩌니? 세상 일이란 게 마음만으로 되지는 않는단다. 더 좋은 인연이 있을 거야."

민규가 일말의 기대도 가질 수 없게, 하지만 태원이 마음엔 쏙 들게 대답을 한 수안이 그의 손을 잡고 강의실 출입문을 나왔다.

태원은 수안에게 끌려 나가면서도 소년보다 훨씬 현명한 어른답게 충고를 잊지 않았다.

"미안하군. 꼬마 뜻이 그러하니 어쩔 수 없는 노릇 아닌가?"

그렇게 말하는 태원의 어깨가 절로 으쓱했다.

붉으락푸르락 얼굴색이 제멋대로인 민규를 버려두고 밖으로 나오자, 선선한 바람과 아직은 따가운 가을 태양이 그들을 반겼다.

손을 잡고 초록빛 잔디밭을 지나다 수안이 무슨 생각에서인지 씩 웃으며 그를 봤다.

"오빠, 그때 있잖아."

"응."

"그때 오빠랑 나랑 우연히 만난 호텔 정문 앞 기억나?"

"그래."

수안에 관한 것은 무엇 하나 잊지 않는 태원이 당연한 듯 고개를 끄덕거리자 수안이 삐죽 미소를 지었다.

"후후, 오빠가 나 왜 거기서 우냐고 물었잖아? 그것도 기억 나?"

"흠……."

그녀의 말에 태원이 우뚝 멈춰 서 그녀를 물끄러미 바라보았다.

"너 설마……."

"히히."

그 이유를 대번에 알아낸 태원이 눈을 부라리며 민규가 남아 있는 강의실 창을 노려보았다.

감히 아까운 꼬마의 눈물을……! 요절을 내고 말 테다!

분노한 태원이 뒤로 휙 돌자, 수안이 다다다 달려와 그의 팔짱을 확 꼈다.

"오빠, 어디 가?"

"아주 끝장을 볼 거다."

"어유, 뭘 그런 데다 힘을 쓸려고 해? 힘쓸 때가 얼마나 많은데?"

수안답지 않은 애교 섞인 목소리에 태원이 흠칫 돌아보았다.

"힘쓸 때라니?"

"에이, 알면서……."

수안은 돌처럼 멈춰 선 태원의 가슴을 검지로 콕 찌르며 씩 웃었다.

"오빠, 뽀뽀도 안 해준 거 아니?"

"아!"

맞다. 너무 반가워 뽀뽀하는 것도 잊었다. 보드랍고 촉촉한 입술을 생각하자 순간 태원의 가슴에 새빨간 불길이 피어났다.

주위에 지저귀는 새도, 잔디밭을 뛰어가는 남학생도, 경적을 울리며 지나가는 차도 잊었다. 오로지 사랑하는 그들만이 존재할 뿐. 짧은 찰나, 아무 말 없이 서로를 마주 보다 약속이나 한 듯 부둥켜안았다.

"오빠!"

"수안아!"

두 사람은 해후를 처음부터 다시 시작했다. 이번엔 입술부터 부딪치며 말이다.

"오빠, 야하게 하는 거 잊지 마."

"후훗."

입술 위에서 들리는 수안의 속삭임처럼 태원은 깊게 키스하기 시작했다.

웰빙헬스클럽 육층 재즈댄스 교실.

검은 무용복을 입은 수안이 땀을 흘리며 강습생들에게 인사를 했다.

"자, 수고하셨습니다. 내일 뵈어요."

"수고하셨습니다."

대학 4학년 2학기. 들어야 하는 수업 시간은 모두 이수했고, 사대 체육학과라 하지만 교직에 뜻이 없는―수안이 선생님이 되면 애들 여럿 버린다고 온 식구가 합심을 해서 말렸다―수안은 선배가 운영하는 헬스클럽에 취직을 했다.

태권도며 검도에 온 집안을 날아다니는 수안을 보다 못한 엄마가 강제로 등록했던 재즈댄스.

그때 마지못해 배웠던 재즈댄스가 의외로 밥줄이 된 셈이다.

강습생들이 줄줄이 빠져나가자 수안도 퇴근 준비를 서둘렀다. 오늘 저녁에 태원이 집으로 인사를 오기로 해 마음이 급했다.

Rrrrrr.

아니나 다를까, 수업이 마쳤다는 것을 정확히 아는 태원이 전화를 했다.

"응, 오빠. 나 지금 마쳤어."

[나 지금 헬스클럽 앞에 와 있어.]

"알았어. 얼른 샤워하고 내려갈게."

[그래, 천천히 해.]

수안은 전화를 끊고 총알처럼 직원 탈의실로 뛰어갔다.

생업에 바쁜 수안처럼, 태원도 곧 있을 회계사 시험에 응시하기 위해 바쁜 나날을 보내고 있었다. 우진을 포기하고 미국 Weston 회사도 정리한 그는 앞으로 자신이 할 일을 고심하다 회계사로 미래를 결정했다. 경영학을 전공했고 회사를 경영해 본 사람으로서 최선의 직업이었다. 가진 재산을 축내며 살기보다 의미있는 삶을 살고 싶었던 태원이 결론지은 회계사는 물론 무조건 될 수 있는 것이 아니었다. 하지만 무척 어렵고 힘들다는 공부를 하는 태원의 얼굴은 어느 때보다 행복해 보였다.

그런 태원을 지켜보는 수안 역시 행복했다.

수안은 부리나케 샤워를 하고 미처 머리도 안 말린 채 탈의실을 나와 엘리베이터로 갔다. 때마침 문이 열리는 엘리베이터를 탄 그녀는 초록색 카디건을 걸쳐 입었다. 이젠 날씨가 제법 선선해져 낮에도 긴팔 옷을 입어야 했다.

"내일 뵐게요."

"아이구, 설 선생. 수고했어요."

로비의 안내데스크에 앉아 있던 경비 아저씨에게 꾸벅 인사를 하고 밖으로 나오자, 도로가에 차를 세우고 나른하게 기대선 태원이 보였다. 청바지에 카디건 차림인 그녀와 달리 태원은 회색 바지와 재킷에 검은 실크 셔츠를 입고 있었다. 그런 그를 지나가던 사람들이—특히 여자들이—힐끔거렸다. 하지만 절대 한눈 팔 리 없는 태원의 지독히 잘생긴 얼굴이 그녀를 발견하고 웃으며 차에 기대선 몸을 일으켰다.

언제나 저렇게 멋지고 섹시하기까지 한 내 애인. 새삼스런 흐뭇함에 수안이 그를 부르며 뛰어갔다.

"오빠!"

"힘들지?"

"절대 힘들어."

힘들다고 하면서도 헬스클럽 내에서 '씩씩한 수안 씨'로 불리는 수안답게 대답만큼은 우렁찼다.

수안을 차에 태우며 태원이 안쓰러운 듯 말했다.

"그러게 힘들면 다니지 말라니까."

“일 안 하고 그럼 뭐 하냐? 긴긴 낮에 할 일 없이 빈둥거리는 게 얼마나 큰 사회적인 인력 낭비인지 알아?”

“그래?”

그는 시동을 켜며 수안을 힐끔 돌아보았다.

“당근!”

짐짓 거만하게 고개를 치켜 올린 수안의 충고는 계속됐다.

“사람은 자고로 일을 해야 하는 거야. 무슨 일이든 내게 주어진 일을 감사하게 생각해야 한다고. 오빠, 어디 남의 돈 버는 게 쉬운지 아니?”

“후후.”

언제나 그렇듯 청산유수, 태원은 녀석이 귀엽기만 해 웃었다. 저렇게 너스레를 떠는 이유를 알기에 수안이 더 사랑스러웠다. 그가 녀석의 집에 인사를 가는 것을 걱정하고 있다는 것을 알고 자신만의 방법으로 위로해 주고 있는 것이다.

수안과 태원이 만난다는 것은 수현이 이미 말을 해 부모님 모두 알고 계셨다. 하지만 그 사실을 알고 계신다고 해서, 그것이 곧 허락은 아니었다.

신호를 받아 차가 잠시 멈춰 서자, 태원은 수안을 돌아보며 말했다.

“아, 수안아, 떨린다.”

“응? 우리 집 인사 가는 게 왜 떨려?”

능구렁이. 다 알면서 저렇게 시치미를 뗀다. 수안을 보며 태원은 머리를 쓸어 올렸다.

"어머님, 아버님이 뭐라 하시면 어쩌지?"

"괜찮아, 괜찮아. 그냥 들으면 되지."

"후후, 나 같은 녀석한테 꽃 같은 널 못 주신다 그럼, 그 말도 다 들어?"

"꽃 같은?"

태원의 그 표현에 수안이 반색을 했다.

"이야~ 오빠, 그 표현 정말 마음에 든다. 그래, 내가 좀 꽃 같긴 해. 그렇지?"

"당연하지. 그러니까 더 걱정이다."

"그러지 마. 별걱정을 다 해. 아마 우리 엄마가 더 고마워할 거다."

수안은 태원의 걱정을 한 방에 날리듯 단호하게 선언했다. 그리고 놀랍게도 수안의 그 말은 적중했다.

수안과 태원이 현관에 들어서자 엄마가 버선발로 달려 나왔다.

"어이구, 태원아 잘 왔다. 그동안 잘 지냈니?"

"네, 어머님. 그동안 무탈하셨죠?"

"그럼. 아유, 어릴 적 얼굴이 그대로 남아 있구나."

걱정이 무색하게 태원의 손을 잡고 놓아주지 않는 엄마를 보며 수안이 입술을 삐죽거렸다. 평소에는 뽀글뽀글 파마 머리에 '이놈의 지지배!'를 연발하면서……

"웩! 엄마 무슨 자애로운 어머니 연기야? 그냥 평소 엄마대로
해요, 엄마대로."

콱! 그러자 엄마가 인상을 팍 쓰며 그녀를 노려보았다.

"태원아, 진즉에 올 것이지."

태원을 향해 천사처럼 하시는 말과 그녀를 노려보는 눈이 너
무 달랐다. 치……. 억울하고 할 말도 많았지만, 자고로 사람이
라면 참아야 할 때를 알아야 하는 법.

수안은 엄마를 자극하는 것을 포기하고 안방 문을 열어 아버
지를 찾았다.

"아빠, 태원 오빠 왔어요."

"그러니?"

금지옥엽 딸의 말에 설 교수가 모습을 드러냈다.

"아버님."

태원이 설 교수에게 고개를 숙였다. 설 교수는 그런 태원에게
다가가 어깨를 두드리며 웃었다.

"잘 자랐구나."

간결한 한 문장의 말이었지만, 진심으로 하는 말임을 알았다.
태원은 그를 이토록 반겨주는 설 교수 내외에게 그저 안도의 마
음밖에 들지 않았다. 그리고 설 교수 뒤에서 고개를 삐죽 내미
는 형제까지.

"왔어?"

"왔어요, 형?"

태원은 비로소 긴장을 풀고 웃었다.

"그래, 배고프지? 조금만 기다려라. 얼른 저녁 차리마."

"얼른 올라와. 바둑이나 한 판 둘까?"

수안의 부모님께 이끌려 거실로 올라오자, 여러 사람의 어깨 너머 수안이 두 주먹을 불끈 쥐는 것이 보였다.

'화이삼!'

소리없이 입모양만으로 그를 응원하는 녀석. 태원은 미소를 지으며 고개를 끄덕거렸다.

"야, 그런데 난 수안이 저것이 농담하는 줄 알았는데, 정말 참말이었구나?"

"뭐가?"

소란스러운 환영과 식사 후, 젊은 사람들끼리 이층으로 올라와 과일을 먹던 중 수민이 호들갑스럽게 말했다.

"아무리 생각해도 참 미스터리야."

"아, 뭐가?"

수안은 좀체 본론으로 들어가지 않고 말을 빙빙 돌리는 수민을 다그쳤다. 수민과 수안의 투닥거림은 일상과 마찬가지기에 수현과 태원은 그저 웃으며 보기만 했다.

"너 말이야, 너, 설수안. 어떻게 태원 형 같은 사람을 애인으로 만드냐?"

"뭐라는 거야?"

"천하의 태원 형을 애인으로 만든 비법이 뭐냐?"

"흥, 그걸 맨입으로 말할 줄 알았니? 그 비싼 노하우를?"

수안이 거만하게 웃으며 포크로 키위 하나를 콕 찍었다. 그리고 바로 곁에 앉은 태원의 입에 가져다 대었다.

"오빠, 아~ 해."

"응? 아~"

태원은 수안의 갑작스런 행동에도 전혀 놀라지 않고 입을 벌려 키위를 받아먹었다. 그 모습에 형제는 너무 어처구니가 없어 할 말을 잊었다.

"허……. 저…… 허!"

절친한 친구의 너무 낯선 모습에 수현이 손을 들었다 내렸다 하는 사이, 수민은 사레가 들려 가슴을 팡팡 쳤다.

"이게 바로 사랑이지, 뭐가 사랑이니? 그렇지, 오빠?"

오라비들의 모습을 마음껏 즐기며 수안이 달콤한 미소와 함께 태원의 손을 잡았다. 태원도 당연한 듯 맞장구쳤다.

"그래, 이게 사랑이지."

"그럼, 그럼."

"이야, 가증스럽다는 게 무슨 말인지 아주 절감을 한다, 절감을 해!"

수안의 180도 다른 말투와 얼굴에 수민이 학을 떼며 물러났다. 그냥 있을 수만은 없는 수현 역시 곁에 있던 냅킨을 말아 태원에게 던졌다.

“미친 녀석. 너 박태원 아니지? 내 친구 박태원이 그런 말을 할 리가 없어!”

“질투하니?”

팔짝거리며 난리를 피워대는 형제에게 태원이 조용히 물었다. 너무나 조용하고 태연하게. 그 말에 수현과 수민 모두 등받이 쿠션을 던졌다.

“이놈아!”

“우우!”

“태원 오빠한테 그러지 마!”

질색을 하며 말리는 수안까지, 왁자지껄 이층 거실에 한바탕 소동이 일어났다.

가을밤 하늘에 별들이 초롱거릴 무렵, 태원이 수안의 집을 나왔다. 너무 유쾌했고 행복한 시간을 보낸 그의 얼굴이 부드러운 미소가 어려 있었다.

“조심해서 가. 그리고 오늘은 공부하지 마. 계속 밤샌다며? 오늘은 쉬고 내일부터 해. 몸 생각도 해야지.”

집 앞에 세워진 차에 키를 꽂는 태원을 보며 수안이 걱정을 했다.

“내 말 알았지?”

“그럼, 누구 어명이신데? 당연히 새겨들었어.”

“응. 오빠, 운전 조심하고 내일 봐.”

아직 헤어지는 것이 익숙지 않은 수안이 어색하게 손을 들어 흔들었다. 태원은 그런 수안의 손을 꼭 잡았다. 보드랍고 작은 손이 커다란 그의 손에 쏙 감겨왔다. 잠시 그 느낌을 만끽하려는 듯 수안의 손을 집고 놓아주지 않다가 그가 수안을 당겼다.

"앉아봐."

그는 수안을 대문 앞에 앉혔다. 그리고 자신 역시 수안의 옆에 나란히 앉아 하늘을 보았다. 수안은 태원의 행동에 의아하긴 했지만 촘촘한 가을 별빛이 참 아름다운 지금, 헤어지고 싶지 않아 그저 말없이 어깨를 나란히 하고 앉아 있었다.

"수안아, 손 내밀어봐."

"응?"

그녀는 별빛에 취해 태원의 말을 놓치자 다시 물었다.

"뭐라고 했어? 손?"

"그래, 손."

태원이 웃으며 수안의 손을 잡았다. 그는 손을 펴게 한 뒤 작은 손안에 무엇인가를 떨어뜨렸다. 오래 만지작거린 듯 그의 체온을 고스란히 간직한 무엇. 그러자 수안이 환호성을 질렀다.

"어? 반지다."

반지는 아무 디자인도 없었다. 그 흔한 큐빅 하나 박혀 있지 않는 금반지였지만 수안은 그저 좋기만 했다.

"우와, 이거 순금이네?"

아낌없이 노란 금빛을 자랑하는 반지를 보며 수안의 눈이 동그래졌다. 예쁘다거나 아님 못생겼다도 아닌 '순금'이란 말에 태원이 씩 웃었다.

"훗, 그래 순금이다. 널 생각하는 내 마음이 바로 순금이지. 어떤 불순물도 섞이지 않았거든."

"히히."

수안은 요즘 들어 솔직히, 그리고 조금은 닭살 섞인 멘트를 아낌없이 남발하는 태원의 말이 좋기만 했다.

"안 그래도 오빠한테 반지 사러 가자고 하려고 했는데, 어떻게 알았어? 오빠, 고마워."

"그랬어? 그럼 말을 하지."

너무 좋아하는 수안을 보자, 미처 해주지 못했던 것이 미안할 지경이었다. 태원은 반지를 들여다보는 수안의 머리를 쓰다듬 어 주었다.

"예쁘지는 않아. 아무것도 없는 달랑 금반지라서 말이야."

물론 그의 주머니에는 앙증맞고 귀여운 다이아몬드 반지가 들어 있었다. 반지를 보는 순간 딱 수안과 어울릴 것 같아 두 번 고민도 없이 사버렸다. 하지만 그것을 먼저 주기 전, 태원은 금 반지를 먼저 건넸다.

"그럼 어때서. 오빠, 재산 가치는 순금이 최고야. 18K나 14K 그런 건 살 때는 비싸도 팔려고 하면 값이 형편없어 안 된대. 그 저 금이 최고야, 최고."

"후훗."

항상 허를 찌르는 수안의 말. 태원은 유쾌하게 웃으며 수안의 손을 잡았다. 그리고 작은 손가락이 소중하게 가진 금반지를 받아 들었다.

"예전에 형이 내게 준 반지야. 나한테 돌 반지나 백일 반지가 있을 턱이 없으니……. 그걸 녹였어."

그 말에 놀란 수안의 눈이 동그래졌다.

"어머, 오빠. 그럼 중요한 건데 왜 그랬어?"

참 이상하지, 지금 형을 떠올리며 형에 대해 말하는 것이 힘들지가 않았다. 형에 대한 안타까움, 미련……그런 것은 하나도 생각나지 않고 단지 형이 얼마나 그를 아꼈는지 그 기억만 났다.

"형이 준 반지, 그래, 수안이 네 말처럼 무척 소중하게 여겼어. 사내 녀석이 그깟 반지, 뭐 그렇게 중하게 생각하냐고 할지 모르지만 나한텐 소중했다."

태원이 수안의 손을 잡아 반지를 끼워주었다.

"그걸 반으로 녹였어. 내 마음을 녹여 이렇게 만들었다."

"오빠……."

언제나 위풍당당하던 수안이 감동으로 말을 잃었다.

"너 하나, 나 하나."

태원이 자신의 왼손을 들어올렸다. 그의 약지와 자신의 약지에서 빛나는 반지, 수안은 태원을 와락 껴안았다.

"오빠, 너무 멋져!"

흥분한 수안이 그의 뺨에 쪽 소리가 나도록 뽀뽀했다.

"수안아, 사랑한다. 행복하게 해줄게."

"응, 오빠. 나도 진짜 사랑해."

사랑 확인이…… 참 이상한 곳에서 이루어진다. 그래도 어쩌겠는가. 대문 앞에 쪼그리고 앉아서도 이토록 감동이고, 이토록 사랑하니 말이다.

태원의 얼굴이 스르륵 다가오자 수안은 눈을 질끈 감았다. 입술과 입술이 마주치기 전 태원의 몽롱한 머릿속이 생각했다.

아무래도 다이아몬드 반지는 좀 더 근사한 곳에서 청혼할 때 써야겠다고.

드디어 이 글이 끝을 맺었습니다.

이 글의 배경이 되는 작년 6월부터 올해 1월까지, 글을 쓰는 동안 개인적으로 평생 기억될 만큼 큰일들이 너무 많았기에 결코 완결하지 못할 거란 불길한 생각까지 했습니다. 그런데 정말 무던히도 진도가 나가지 않아 애먹었던 글이 출간이 된다는 사실에 무척 기쁩니다.

여러 일들이 겹쳐 포기하고 싶은 순간, 미련을 버릴 수 없었던 가장 큰 이유는 바로, 이 글은 제가 평소 동경하는 모든 관계가 들어가 있기 때문이었습니다.

상처받은 사춘기 남자 아이와 티없이 밝기만 한 여자 아이의 추억과 사랑.

오랜 시절 그 사람을 일고 변함없이 사랑한다는 것에 큰 매력을 느끼는 저인지라 수안과 태원은 참 멋진 주인공들이었어요(물론 제 자식들이라 저에게만 그런지도……. ^^;;;).

여동생을 향한 수현·수민 형제의 애정, 오랜 이웃집에서 서로 아웅다웅하는 수현과 재욱의 사랑까지 그저 단순한 조연 정도로 여겼던 인물들에 소복한 애정이 자라는 것 또한 무시할 수가 없었습니다.

그래서 힘들지만 더 많은 애정을 기울인 글입니다.

출간을 앞둔 지금, 중간중간 언급되는 진원과 시현, 그리고 은수란 존재가 이야기의 흐름을 방해하지는 않을지 조금 걱정입니다.

『수박밭에서 만나다』와 시리즈 『꿈』의 주인공이 바로 위의 세 인물입니다.

원래 진원과 은수의 이야기 『꿈』을 먼저 구상했고, 『수박밭에서 만나다』는 나중에 구상한 글입니다. 그런데 이상하게 『수박밭에서 만나다』가 먼저 연재되기 시작했고, 완결도 먼저 해 결국 빛도 먼저 보게 되었네요.

태원과 진원이 형제인데다 『꿈』에서 일어나는 일들이 『수박밭에서

만나다』에서도 중요한 일로, 이래저래 두 이야기가 긴밀히 얽혀 있어 읽으시는 독자님들께서 조금 혼란스러우실 수도 있어요. 출간 준비를 하며 진원의 이야기를 많이 삭제를 하긴 했지만 완전히 없앨 수는 없었기에 걱정이 됩니다.

부디 큰 이해를 부탁드리며…….

제가 글을 쓰는 동안 항상 큰 힘이 되어주시는 분들. 우리 파우더룸 작가님들. 자, 호명 들어갑니다.

아미님, 리나님, 우체통님, M.S.님. 허시님, 규연님, 파란님, 그리고 조커님과 향님. 그리고 제 주인공을 사랑해 주신 리뷰어 수야님. 모두 모두 사랑합니다.

특히 수인의 모델이 되어수신 규연님!

처음 연재를 시작할 때 사랑과 감사를 전해 드렸지만 다시 한 번 전합니다. 감사드려요.

그리고 항상 댓글을 주시며 응원해 주셨던 우리 파우더룸 독자님들! 님들의 성원이 없었다면 저 벌써 지쳐 쓰러졌을 겁니다. 제가 진정 감사드린다는 것 아시죠?

다음 글에도 변함없는 사랑을 부탁드린다는……. 쿨럭!

마지막으로 많이 부족한 제 글을 세상에 내놓을 수 있도록 도와주신 청어람 담당자님께도 감사를 전합니다.

비록 허구로 만들어진 이야기지만 저를 행복하게 해준, 제 가슴속에서 언제나 유쾌하고 씩씩하게 살아갈 수안과 태원에게도, 화이팅!

—2006년 2월, 봄이 오는 길목에서

항상 노력하며 발전하고픈 정경하 드림.

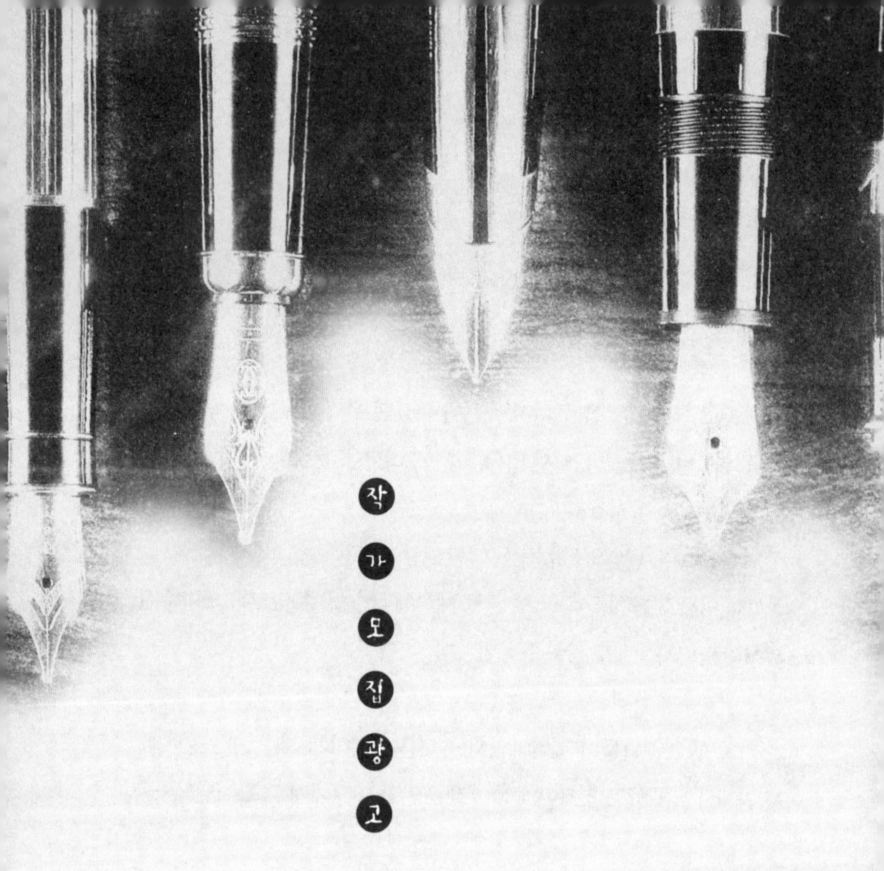